백암 전재규 박사의
생애와 사상

KB162871

백암 전재규 박사의 생애와 사상

황봉환·박창식·김병희 지음

1판 1쇄 발행 | 2023. 12. 1

발행처 | **Human & Books**
발행인 | 하응백
출판등록 | 2002년 6월 5일 제2002-113호
서울특별시 종로구 삼일대로 457 1409호(경운동, 수운회관)
전화 | 02-6327-3535, 팩스 | 02-6327-5353
이메일 | hbooks@empas.com

ISBN 978-89-6078-773-5 03800

백암 전재규 박사의 생애와 사상

─청라정신으로 가는 길

황봉환·박창식·김병희 지음

Human & Books

목차

집필자 서문

한 사람의 생애(生涯)와 사상(思想)을 역사적 서술로 기록하는 것은 그 인물이 행한 놀라운 업적과 지역사회에 미친 영향력 때문일 것이다. 복음의 위대한 능력에 감전되어 한평생 확고한 신앙의 토대 위에서 믿음의 공동체인 교회를 섬기며, 전문 의료인으로서 계명대학과 동산의료원 그리고 지역사회와 기독교계에 끼친 전재규 박사의 영향력은 과소평가될 수 없는 부분이다. 한 인물에 대한 생애와 사상을 들여다보고, 그의 업적들을 들추어내어 세상에 알리도록 하는 일은 그가 걸어온 발자취에 남겨진 개인의 일생(一生)이 본보기가 되었기 때문이다. 이것이 이 글을 집필하게 된 동기와 목적이다.

백암(白巖) 전재규 박사는 신앙이라는 확고한 정체성 위에서 다양한 영역을 넘나들며 그의 재능과 은혜와 축복을 교회와 학교와 이웃을 위해 나누는 일에 전심전력한 인물이다. 서현교회를 중심으로 한 그의 열정과 헌신은 교회 곳곳에 배어 그 향기를 뿜어내고 있을 뿐만 아니라 교회의 성장과 발전과 선교에 아름다운 흔적들로 여전히 빛을 발하고 있다. 그가 전문 의료인으로서 환우들에게 쏟은 치유(治癒)의 헌신적 사역과 복음 전도의 열정은 의료원 공동체에 많은 감동을 주었다. 특별히 목회 사역자들을 양성하고 훈련하는 신학대학의 총장직을 역임하면서 그가 대학의 발전을 위해 쏟아 놓은 물질적 지원의 공헌은 타의 추종을 불허할 만한 업적으로 평가받고 있다.

전재규 박사는 영적 눈으로 감지한 기독교 역사문화가 대구·경북 근대화의 초석이었음을 인지하며, 장고의 세월을 버티어온 귀중한 역사문화 유산들이 후손들에 의해 잘 가꾸어지고, 보석보다 더 가치 있는 유물로 보존되고, 다음 세대의 교육을 위해 활용되어야 할 당위성을 강하게 주장하고 있다. 지금도 더 넓은 시각으로 역사를 조망하며, 근대화의 뿌리를 찾아 동분서주하는 그의 열정은 성령 하나님의 감동과 이끄심의 띠(belt)에 묶여 소수가 걸어가는 좁은 진리의 길을 걸으면서 오직 소외되고 가려져 있는 역사의 현장들을 발굴하고 알리기 위한 행보이다. 그가 추적하면 역사(歷史)가 되고, 그가 스토리(story)를 엮으면 소설이 되고, 그의 시적(詩的) 표현에 곡을 붙이면 노래가 된다. 그러나 그 귀결점은 하나님께서 하신 일을 드러내고, 그의 이름이 땅에 묻히지 않도록 하며, 그분께만 영광을 돌리는 성경의 가르침에 두고 있다.

전재규 박사의 생애와 사상을 집필한 세 학자는 전문 영역이 다르지만, 이러한 공통된 인식을 바탕으로 대신대학교에서 후학들을 양성하는 교육 사역에 깊이 관여하고 있는 가운데 이 글의 집필에 동참하여 한 권의 책으로 탄생시키는 일에 공헌했다. 글을 전개해 가는 과정에서 전문 영역에 따라 좀더 사실적 고찰을 위해 내용을 분류하여 전문성을 살리면서 집필 작업을 진행했다. 세 집필자가 생애와 사상의 주인공인 전재규 박사가 이룬 다양한 영역에서의 업적들을 세밀하게 파헤치고 그가 남긴 발자취를 생생하게 모든 것을 글로 다 담아내지는 못했지만, 그가 걸어온 생애의 희로애락, 전문적인 학문의 영역에서 그가 추구하고 이룬 업적들과 결과들을 추적하고, 지역사회의 역사와 문화 창달에 공헌하려는 그의 업적들과 꿈은 글 속에 고스란히 녹아내려 있다. 바쁜 일상에서 빨리 달아나는 시간을 붙잡으며, 연결의 고리를 매끄럽게 전개하려는 노력과 함께 더듬어 찾아 엮어낸 한 사람의 생애와 사상이라는 글이 읽는 이들에게 큰 감동과 교훈이 된다면 그것이 집필자들에게 큰 기쁨이 될 것이다. 한 사람의 생애와 사상은 그 사람됨을 알리는 진솔한 고백이다.

공동 집필자 황봉환, 박창식, 김병희 박사

필자가 대신대학교 총장직에 봉직하였던 시기에, 깊은 인연을 맺은 황봉환, 박창식, 김병희 세 분의 교수님께서 '백암 전재규 박사의 생애와 사상'을 집필한다는 이야기를 듣고 구순(九旬)을 바라보는 나의 지나온 긴 인생 여정을 회상하는 기회를 갖게 되었습니다. 하나님의 심판대 앞에 드러난 것처럼 적나라하게 펼쳐진 저의 생애와 사상에 대한 글을 읽으면서 나의 부족함과 아쉬웠던 삶을 돌아보며 부끄럽고 송구하다는 마음을 가지게 되었습니다. 그러함에도 특별한 저의 전 생애를 휘몰아 감은 하나님의 사랑과 은혜에 감사가 넘쳐나는 행복한 삶의 여정이었다는 생각이 들자 저는 온몸에 전율이 감도는 환희를 느끼게 되었습니다.

저는 원래 5남매의 막내로 태어나 매사에 소심하고 수줍어하는 성격 탓에 형님들과 비교되면서 성장했습니다. 그래서 남보다 더 열심히, 더 부지런하게 살아야 할 운명의 사람이라 생각하며 한평생 성실을 교훈으로 삼고 무슨 일이든 열심히 했습니다. 아내로부터 한 가지 일에 일관 매진하려는 정신으로 각인된 그런 성격을 좀 유연하게 바꾸어보라는 말을 듣기도 했습니다. 그 이유는 다른 친구들이 즐기는 오락과 취미생활을 경험하지 못한 채 성경을 가까이하며, 교회생활에만 일관하며 살아왔기 때문이었습니다. 그러나 저는 교회를 중심으로 한 신앙생활 가운데서 성실과 용기와 지혜를 축적하며, 조금씩 삶에 대한 자신감을 가지게 되었습니다. 학창시절에는 성수 주일을 철저히 하는 일로 시간에 쫓기기도 하였으나 일체의 다른 오락을 금한 채 오로지 체력을 단련하는 데 힘을 쏟았습니다. 의과대학을 졸업하고 군의관으로 입대하고 보니 전방에서는 군목이 부족하여 군의관과 군목이 하는 두 가지 업무를 동시에 담당하며 봉사하는 좋은 경험을 하기도 했습니다. 저는 그때 군 막사 뒤편 산골에 오두막을 짓고 생활하면서 여유시간을 이용하여 설교와 미국 유학을 준비하며 영어공부도 열심히 했습니다. 이 시기에 한길을 걷게 된 일생의 분명한 목표가 세워지게 된 것입니다.

한번은 우연히 "유대 땅 베들레헴아, 너는 유대 고을 중에서 가장 작지 아니하도다. 네게서 한 다스리는 자가 나와서 내 백성 이스라엘의 목자가 되리라"(마 2:6)는 말씀을 읽게 되었고, 그 말씀으로 군인교회 주일예배에 설교도 했습니다. 저는 그 당시 이 말씀으로 엄청난 충격과 감동을 받았습니다. 매일 아침 기상하게 되면 부대 뒤의 강원도 골짝 산봉우리를 향하여 "너는 유대 고을 중에 결코 적지 아니하도다"라고 소리치면 이어서 산울림이 내 귓전을 울리며 같은 말로 화답해 오는 것을 경험했습니다. 저는 장차 언젠가는 다윗과 같이 하나님의 도구로 크게 쓰임 받을 수 있다는 자신을 얻게 되었습니다.

1966년 말에 도미하여 6년 동안 의사 전문의(醫) 과정을 마치고 전문의로 근무하면서 클리블랜드 한인교회를 세워 은혜로운 교회생활을 하기도 했습니다. 대구 동산기독병원장 하워드 마펫 박사의 요청에 따라 미국 생활을 마무리하고 귀국하여 1973년 1월 1일부터 31년 동안 동산의료원에 근무하면서 환우들을 치료하고, 성경적 전인치유 사역을 병행하면서 저의 의료업적들이 국내외적으로 널리 알려지게 되었습니다.

특히 예수님의 치유 사역과 성경적 치유를 근대의학과 비교하며 몇 권의 교제를 출간했으며, 한국호스피스 사역에도 깊이 관여하면서 그 이론적 기초를 세웠고 호스피스적 돌봄과 노인 목회에 대하여 가르치기도 했습니다. 성경적 전인치유 사역을 통해 인간의 존엄성을 깨닫고 의료윤리와 존엄사에 관한 업적도 쌓았으며, 계명대학교 의과대학에서 의료윤리학을 10여 년 동안 가르치기도 했습니다.

2003년에 학교에서 은퇴하여 새로운 후반기 인생을 개척하기 위하여 메시아닉 유대인 신학을 수료하고 성막과 성전에 관한 연구를 계속하면서 성지를 여러 차례 탐방하기도 했습니다. 그리고 대구는 '한국의 제2 예루살렘'이라는 영적 정신을 역사적 사료를 바탕으로 고증하기도 했으며, 기독교의 3대 사역인 복음 선교, 기독교 교육, 치유 사역의 터전이 된 청라언덕의 역사적 유래와 그 정신 위에 세워진 자유대한민국의 건국 정신을 조명하면서 오늘에 이르고 있습니다. 지난 2009년부터 4년간 대신대학교 총장에 선임되어 선지학교의 정체성을 바로 세우고, 도약적인 발전을 위해 활발하게 봉사하기도 했습니다. 아직도 남아있는 과제가 만만치 않음을 알고 있지만, 관계자 여러분의 많은 협력과 하나님의 도우심으로 수년 내에 다 이루어질 줄 믿고 전진하고 있습니다.

이렇듯 저의 생애에 담겨있는 면면을 세 분의 교수님이 신학적인 안목과 접근으로 '생애와 사상'이라는 한 권의 단행본으로 출간하게 되어 무어라 감사를 드려야 할지 가슴이 벅차오릅니다. 생의 끝자락을 향해 달려나가는 중이지만 삶의 여정 속에서 매 순간 성삼위 하나님께서 간섭하시고, 지도하시고, 인도하셨음을 강하게 느끼면서 감사와 찬송과 영광을 주 여호와 하나님 아버지께 올려드립니다. 그리고 저와 귀한 인연을 맺고 여러모로 도와주시고 격려해 주신 모든 분을 기억하며 남은 생애를 행복하게 걸어가면서 옷깃을 여미고 더 귀중한 인생길을 걷도록 용기를 주는 귀한 글을 써주신 교수님들께 깊은 감사를 드립니다.

대신대학교 명예총장 전재규

　주님의 택하심과 섭리 가운데 그분이 허락하신 이 땅에서 나그네 인생길을 걸어오신 한 인물의 지나온 발자취를 살펴보는 것은 참으로 의미 있는 일입니다. 주님의 영광을 위해 귀하게 쓰임 받고 있으며, 다양한 영역에서 드러나지 않았던 한 인물의 귀중한 업적을 세밀하게 드러내는 생애와 사상에 대한 글은 잔잔한 감동과 도전을 주기에 충분한 글입니다. 백암 전재규 박사님의 생애와 사상이란 글은 모든 사람에게 귀감이 되고 이런 일들을 허락하신 하나님께 감사와 영광을 올려 드리며, 백암 전재규 박사에게 주신 하나님의 축복과 상급이 클 줄 믿습니다.

　백암께서는 대신대학교가 재정적으로 어렵고 힘들 때 수년에 걸쳐서 사재를 헌납하시어 현재 본관 건물을 짓고 학교 발전의 초석을 놓으셨습니다. 이처럼 학교와 지역교회의 역사와 문화창달에 공헌하려는 백암의 희생은 한국교회의 보배로운 업적으로 남게 될 것입니다. 백암은 바른 신앙관에 기초하여 초지일관 하나님 나라 확장과 한국교회의 부흥을 꿈꾸고 선지학교를 사랑하고 계명대학교 의과대학과 동산의료원에서 전문적인 의료선교에 헌신하시면서 그의 생애를 통해 남긴 아름다운 업적은 지역사회의 희망이 될 것입니다. 하나님은 보이지 않는 손으로 섭리를 이루시되 보이는 사람 백암을 사용하셔서 큰일을 이루어가십니다. 추호도 흔들림 없는 인격과 경건한 삶으로 지금까지 지켜오신 훌륭한 신앙은 후진의 큰 사표가 되셨습니다.

개인의 사사로운 정에 이끌리지 않고 오직 주님의 교회와 나라를 위해서 편협함이 없이 살아오신 백암의 삶은 참으로 이 시대에 귀감이 됩니다. 이런 신앙의 반듯하심과 정직한 성품을 지니셨기에 후학들에게는 보수신앙의 기초를 다지는 데 크게 기여하고 계십니다. 백암을 대신대학교의 총장으로 모시고 제가 교무위원으로 계속해서 함께 선지동산을 섬겨오는 시간은 참으로 귀한 시간이었습니다. 한 인물에 대한 생애와 사상의 솔직한 면모를 글을 통해 지인들과 후학들에게 남긴다는 사실은 대단히 예민한 일입니다. 가까이에서 지켜본 그의 삶은 언제나 올곧고 순수하며, 열정으로 교회와 학교 그리고 지역사회에 대한 영적인 관계를 단단하게 연결시켜줍니다.

　　백암은 코로나 팬데믹 상황에서 이 세상 사람들은 모두 다 무덤으로 끝난다고 절망하고 슬퍼하지만 우리는 그러한 순간에도 주님께서 이루실 부활을 믿고 소망 가운데 굳게 서있음을 삶으로 보여주신 참으로 귀하신 분입니다. 그의 모습을 진솔하게 서술하신 공동집필자 여러분은 우리에게 분명히 혼돈의 시기에 글로써 백암의 생생한 삶의 모범을 밝혀 주셨습니다. 이 세상의 사람들과 구별되고 사는 목적과 방법이 다르고 가는 길이 다르고 우리의 마지막 종착점이 다름을 분명히 보여주신 전재규 박사의 삶을 담게 됨을 기뻐하며 축하의 글을 올려드립니다.

대신대학교 총장 최대해

성경에는 하나님을 이야기하면서 아브라함과 이삭과 야곱의 하나님을 고백한다. 이 이야기는 그들이 믿는 하나님이 이방인들이 믿던 바알이나 아세라와는 차별화된 여호와 하나님이심을 고백하는 것이고, 그 하나님을 믿었던 믿음의 선진들을 자랑스럽게 바라봄을 의미한다. 그래서 아브라함은 믿음의 조상이 되고 그 뒤를 따르는 이삭과 야곱도 믿음의 사표가 되는 것이다. 이런 면에서 우리에게도 우리의 아브라함과 이삭, 야곱의 이야기를 찾아내어야 한다고 생각해왔다. 그래서 우상이 가득한 복음의 불모지에 복음을 들고 개화기를 열었던 선교사님들의 이야기는 찾아내어져야 한다. 그리고 선교사님들로부터 복음을 전달받아 교회를 세우고 가꾼 믿음의 선진들의 이야기를 찾아서 믿음의 사표로 삼아 한국교회의 다음 세대를 이어가야 할 것이다.

이런 맥락에서 내 삶에서 백암 전재규 장로님을 만난 것은 큰 축복이라 생각한다. 왜냐하면 장로님의 삶에서 간직하고 있는 믿음의 본보기를 여러 활동에서 볼 수 있었기 때문이다. 내가 장로님을 처음 본 것은 남산교회 김태한 장로님의 집안 행사에서였다. 김태한 장로님의 사모님 강경애 권사님과 전재규 장로님의 사모님 강일혜 권사님이 자매 사이여서 집안 행사에 오셨을 때 처음 인사를 드린 적이 있었다. 그리고 먼발치에서 종종 뵈었을 뿐 깊은 교제는 이루어지지 않았다. 그러다가 2011년 내가 영남신학대학교 6대 총장이 되고 난 후 총장들의 모임에서 대신대학교 총장으로 오신 장로님을 뵈면서 선배 총장님으로 가까이에서 모실 수 있게 되었다.

가까운 거리에서 종종 뵌 장로님은 늘 긍정적이시고 적극적이셨으며, 나라와 교회를 진정으로 사랑하시는 신앙의 불꽃을 늘 가슴에 안고 있는 것을 보았다. 장로님께서 우리 영남신학대학교가 있었던 미국북장로교 선교사들이 활동한 선교 기지를 처음으로 청라언덕으로 명명하여 초기 선교사들의 개척정신을 살려내시고자 할 때 많은 도전을 받았다. 이후 동산 언덕에 여호와이레 동산 기념비를 세워 다음 세대를 위한 믿음의 표석을 세우시려고 할 때는 장로님의 깊은 뜻을 공감했기에 나는 적극적으로 도왔다. 뿐만 아니라 청라언덕을 중심으로 3·1절 만세 행사를 재연하시려 할 때도 학교의 학생들을 동원하여 함께 참여하곤 했다.

후일 장로님을 더욱 가까이 뵐 수 있었던 것은 매주 토요일 서현교회에서 있던 성시화 성경공부 모임을 인도할 때였다. 매주 토요일 장로님은 누구보다 열심히 참석하시고 맨 앞자리에 앉으셨다. 이미 장로님도 평생 신앙생활을 하시고 신학을 하시면서 성경에 대한 깊은 이해가 있음에도 성경공부 모임에 매주 참석하여 깊이 경청하시는 모습은 감동을 주기에 충분했다. 이러한 그의 삶을 지켜보면서 나는 스스로 미안한 마음과 함께 새로운 존경심으로 장로님 허락도 없이 선생님으로 모셔야겠다고 생각했다. 이러한 생각은 내가 봉사하는 영남신학대학교에서 명예 철학박사 학위를 드림으로 표현이 되었다. 이 일로 청라언덕에서 함께 시작하여 지내오던 같은 장로교 식구들이 합동과 통합으로 분열되어 생긴 벽을 크게 낮춰 대구 교계에 연합사업을 위한 중요한 발판을 마련할 수 있었다.

여전히 장로님은 청년의 열정으로 초기 선교사님들의 열매를 담을 수 있는 근대문화유산 보존을 위한 비전을 품으시고 그 꿈을 이루시기 위해 전심을 다하고 계신다. 장로님의 나라와 교회 사랑에 대한 순전함과 깊은 뜻을 함께 공유하며, 그 뜻을 이어갈 많은 사람이 나타났으면 좋겠다는 생각을 했는데 이번에 장로님의 삶의 이야기가 책으로 출판되는 것에 기쁜 마음이 그지없다. 특히,

장로님을 오랜 세월 모시던 황봉환, 박창식, 김병희 박사님이 집필하게 된 것은 참으로 다행으로 여겨진다. 왜냐하면 모두 장로님을 존경하고 함께 계셨던 분들이고 삶의 내용을 잘 정리하실 수 있는 분들이기 때문이다. 바라기는 이번에 나온 장로님의 삶의 이야기를 많은 사람이 읽고 믿음의 선진들의 헌신과 희생을 찾아 우리가 섬기는 교회와 삶의 장에 아름다운 이야기를 만들어가는 사람들이 나오길 기대하며 이 책을 적극 추천한다.

영남신학대학교 권용근 총장

제1장

전재규 박사의
생애

1. 성장 환경과 기독교 수용

전재규 장로는 1938년 3월 10일, 경상북도 칠곡군 동명면 금암동에서 부친 전윤환과 모친 최월금 사이의 5남 1녀 중 막내아들로 태어났다. 그는 용궁(龍宮) 전씨로 고려조 용성부원군(龍城府院君) 전방숙(全邦淑)을 중시조로 하였다. 부친 전윤환은 군위군 부계면 대율리 한밤마을에서 살다가 결혼 후 군위군 장군동으로 옮겨오게 되었다. 당시 그는 주자학(朱子學)을 고수한 채 군위군 장군동에서 농사를 지으며 살았는데, 자식에 대한 교육열로 대구 가까이에 있는 칠곡군 동명으로 이사하게 되었다. 첫째, 전재수는 아버지의 뜻에 따라 서문시장에서 비단 장사를 시작으로 섬유공장을 크게 일구어 공부하는 동생들을 뒷바라지하였다. 후일 그는 대구중부교회 장로로 교회를 섬겼다. 둘째, 전재호는 경북대학교 국어국문학과 교수로 인문대 학장을 역임하고 정년퇴직 후 한일언어문화연구소 소장으로 활동하고 있으며, 역시 대구중부교회 장로로 교회를 섬겼다. 셋째, 전재휴는 고려대학교 법대를 졸업하고 변호사로 활동하고 있으며 대구중부교회 집사로 봉사했다.[1]

군위지역에 기독교가 최초로 전파된 시기는 1902년으로 대구보다 5년 정도 늦었고 교회가 설립된 숫자도 1900년대 5곳, 1910년대 1곳, 1920년대 6곳, 1930년대 1곳으로 타 지역과 비교할 때 적은 편이었다. 그 이유는 군위는 팔공산 최고봉인 비로봉(1,193m)을 시작으로 행정구역이 섞여있고 특히 불교 문화가 융

---

1 하영웅, 『아픔은 잠들고 사랑을 깨우다 - 전재규 회고록』, 25~26.

성했던 곳으로, 설매실(매곡리) 아랫쪽 인근 마을인 장군리에는 삼국통일을 이룬 김유신 장군을 추모하기 위해 세운 효령사(장군당)가 위치해 있기 때문이다.

이와 같이 군위지역의 기독교 전파가 빠르지 않았고, 교회 설립도 적어 전도 활동이 쉽게 이루어지지 않았다. 군위지역의 교회들은 대체로 한국 전도자에 의해 전도를 받고, 한국인 조사가 시무했다. 군위에 최초로 설립된 교회는 1902년 봉황동교회(鳳凰洞教會)로 이후 1903년 호암교회(虎岩教會), 1904년 내리교회(內梨教會), 1905년 매성교회(梅城教會), 1907년 상곡동교회(上谷洞教會), 장군교회(將軍教會), 1911년 선곡동교회(仙谷洞教會), 1920년 군위성결교회, 1923년 대복교회, 이화교회, 상곡교회, 병수교회, 1924년 대율교회, 1933년 삼산교회 등이 설립되었다. 군위의 초기 교회 설립자들은 주로 농민들이었다.[2] 이 지역의 기독교 전파는 주로 선산 괴평동교회(槐坪洞教會)로부터 복음을 받고 시작되었는데 김점권(金点權)·고두섭(高斗燮) 등이 오가며 신앙생활을 하다가 분립하여 봉황동교회가 설립되었다. 이 지역의 다른 교회들 역시 이와 비슷한 형태로 형성된 것이 특징이다.

전재규 장로에게 가장 큰 영향을 주었던 부친 전윤환은 결혼 후 장군교회를 다녔으나 중도에 낙심하여 신앙생활을 멀리했다. 그러나 모친 최월금의 남다른 신앙은 전재규에게 큰 영향을 주었다. 일찍이 최월금의 가정이 기독교 복음을 받아들이게 된 계기는 그의 부친이 기독교에 입교하면서부터였다. 최월금의 부친은 영수(領袖)로 장군교회를 섬기면서 약 가방을 들고 군위지역 여러 교회를 순회하며 사람들을 치료하면서 전도했다. 이와 같은 신앙은 최월금으로 하여금 새벽기도와 주일성수를 목숨보다 중요하게 여기고, 교회 일에도 헌신적으로 봉사하게 하였다. 또 천성적으로 부지런하고 활발한 성품 덕분에 먹고 사는 문제가 어느 정도 해결되었다. 그는 무엇을 하든지 사람들에게는 일을 처리해 갈 수 있는 능력이 있어야 하는데, 그러기 위해서는 학업에 전념해야 한다고 자녀들

---

2 초기 군위지역에 설립된 교회인 봉황동교회, 호암교회, 내리교회, 매성교회, 상곡동교회, 장군동교회, 선곡동교회 등 모든 교회가 면소재지 밖에 설립되었다.

에게 항상 강조했다.

　전재규 장로는 1944년 동명초등학교에 입학하였으나 1948년 4월, 자녀들을 도시에서 키우고자 하는 부모의 뜻에 따라 동명을 떠나 대구 원대동으로 이사하게 되었다. 전윤환은 이곳에서 종이와 벽지 등을 파는 지물상을 운영했으며 첫째 형 전재수는 자전거에 비단을 싣고 서문시장에 내다 파는 일을 하였다.[3] 전재규 장로는 1950년 5월 20일, 대구 수창초등학교를 졸업하고 셋째 형이 다니는 계성중학교에 입학하였다.

---

3 하영웅, 『아픔은 잠들고 사랑을 깨우다 – 전재규 회고록』, 24.

2. 계성고등학교 진학과 신앙 형성

전재규 장로는 1953년 3월 25일, 계성중학교를 졸업하고 계성고등학교에 입학하였다. 당시 전재규 장로가 입학한 계성고등학교는 1906년 미국 북장로교 소속 아담스(James E. Adams) 선교사가 야소교 대남소학교를 졸업한 학생들을 중심으로 27명의 학생들을 모집하여 대구제일교회의 초가지붕 행랑채를 교사로 하여 '보이스 아카데미'(Boy's Academy) 즉 계성중학교를 개교하였다. 계성중학교의 설립 목적은 기독교 신앙을 바탕으로 한 지식 함양과 교회 지도자 양성이었는데, 그것은 교훈 "여호와를 경외함이 지식의 근본이니라"(寅畏上帝智之本, 잠언 1:7)라는 성경의 교훈을 근본으로 삼고 있다. 설립 초기부터 신앙 위주의 자주, 자립, 상호 존중하는 인격 형성에 중점을 두고 교육하였다.[4] 당시 계성중학교는 20세기 초 기독교 정신을 근간으로 서구의 신학문을 전파하는 데 앞장섰으며, 학문과 신앙을 견지(堅持)하였다.

이와 같은 분위기는 전재규 장로의 신앙 인격 형성에 영향을 주었기에 그는 나름대로 경건 생활을 방해하는 것들을 멀리하였으며, 주님과 깊은 교제를 통해 영적 체험을 경험하는 계기가 되었다. 그의 학창시절은 신앙 그 자체가 삶의 이유이기도 했고 목표이기도 했던 때였다. 삶이 신앙이자, 신앙이 삶이라는 신념으로 최선을 다한 때라고 그는 당시를 회상하였다.[5] 이러한 그의 모습을 본

---

4 계성 100년사 편찬위원회, 『啓聖百年史』(서울:학교법인 계성학원, 2006), 41~44.
5 전재규 장로와 전화 인터뷰(2022. 10. 10).

주변 사람들과 친구들은 그가 장차 목사가 될 인물이라고 생각했다. 하지만 그는 부친 전윤환의 권유로 의사가 되어 하나님의 나라를 위해 일하고 영광을 하나님께 돌리기로 결심하였다.[6] 그는 주일이면 온종일 교회에서 시간을 보냈다. 새벽 예배를 다녀와 주일을 준비하고 다시 교회로 가서 유년주일학교 교사로 봉사했다. 주일학교 예배를 마친 후에는 주일 오전 예배를 드리고 예배가 끝나면 집에 가서 점심을 먹고 중·고등부 예배에 참석했다. 그리고 구역별 모임을 가진 후 저녁 예배를 마치고 집으로 돌아오면 주일이 마무리되었다. 여름 방학이 되면, 고등학교 3학년인 전재규는 자신이 섬기는 원대교회뿐만 아니라 군위, 동명, 상주, 의성, 반야월, 대구 등지에 있는 작은 교회를 찾아 하기학교에서 가르치며 봉사했는데, 그는 이야기 선생으로 알려질 정도였다.[7] 그는 가끔 나운몽 장로가 경영하는 용문산기도원에 있는 맷돌바위에서 기도하고 내려오기도 했다.

6 하영웅, 『아픔은 잠들고 사랑을 깨우다 – 전재규 회고록』, 35~36.
7 Ibid., 36.

3. 경북대학교 의과대학 진학과 교회 봉사

전재규 장로는 1956년 경북대학교 의과대학에 입학해서 그의 인생에 가장 바쁜 시기인데도 불구하고 활발하게 교회를 위해 봉사했다. 그는 대학교 1학년 때 중·고등부 교사로 교회를 섬겼다. 그는 주일이면 새벽부터 주일학교 성경공부, 주일 오전 예배, 학생회 모임, 주일학교 교사 모임, 저녁 예배 등 정신없이 주일 하루를 보냈다. 그러던 중 어느 주일날, 청년부 헌신 예배 인도차 온 서부교회 노재남 목사가 전해준 마태복음 28:16-20의 말씀에서 '어디에 있든 주님께서 항상 함께 하신다'는 주제의 설교를 듣고 말씀에 따라 살고자 결단하는 계기가 되었다.[8]

이후 그의 헌신적인 신앙생활은 대학생임에도 불구하고 중등부 부장을 맡아 봉사하였고, 1958년 의과대학 본과로 진학한, 21세의 나이에 청년회 회장을 맡아 봉사하던 중 투표를 거쳐 집사 직분을 받게 되었다. 그러나 1959년 에큐메니컬 운동으로 교단이 분열되면서 그는 원대교회에서 고신교단 소속 태평로교회로 옮기게 되었는데 그때 여러 교인과 함께 교회를 옮기는 데 앞장섰다. 그는 1962년 2월 26일, 경북대학교 의과대학을 졸업하고 같은 해 4월 22일 군의학교에 입학하여 3개월 훈련 과정을 마친 후 1962년 7월 14일 군의관으로 임관하였다.[9]

---

8 Ibid., 47~48.
9 Ibid., 52~54.

전재규 장로는 군의관으로 임관한 지 10일 후 신명여학교 출신인 강일혜와 약혼식을 거행했다. 강일혜는 독립운동가 강금주 장로의 딸이었다. 강금주는 일제 식민지 전시 체제하에 죽음을 무릅쓰고 끝까지 창씨개명을 거부한 인물이다. 이렇게 철저한 그의 신앙교육은 여러 차례에 걸친 신사참배 강요에도 불구하고 자녀들 모두가 학교에서 신사참배(동방요배)를 거부하며 신앙을 지키게하였다. 전재규 장로는 임관 후 27사단 66연대 3지대 지대장으로 최전방에 배속되어 복무하였다. 당시 66연대 내에는 잘 지어진 교회가 있었지만, 군목이 없어 그가 군의관으로서 군목이 하는 일을 대신하여 교회를 봉사했다. 그는 성경과 주석을 기초로 설교를 준비하여 주일마다 예배를 인도하며 설교하기도 했다. 1963년 3월 1일, 전재규와 강일혜는 대구제일교회에서 이상근 목사의 주례로 결혼하여 부부가 되었다.[10] 전재규 장로는 군에 근무할 때 병사들이 어렵게 만들어준 오두막에서 거처했는데 그해 3월 27일, 화재로 소실되는 아픔이 있었다. 그 후 전재규 장로는 결핵 전문 병원인 마산 36병원에서 근무하다가 전역했다.

전재규 장로는 전역한 후 달서보건소에서 근무하면서 틈틈이 미국 유학을 준비하였다. 퇴근 후에는 강일혜가 경영하는 신일약국에서 일을 도우며 생활했고, 그는 주일마다 비산동에서 태평로교회까지 다니는 데 어려움이 있었기에 하루는 강일혜와 의논한 끝에 집 가까이에 있는 서현교회로 옮기기로 결정했다. 당시 서현교회는 원대교회에서 함께 신앙생활을 했던 교인 4, 50명이 신앙생활을 하고 있었다. 그해 그는 서현교회로 옮긴 후 유년부 부장으로 섬겼다.

전재규 장로는 1965년 ECFMG에 합격한 후 미국 세인트루이스로 유학을 떠나 1967년 세인트루이스 시립병원에서 인턴 생활을 시작했다. 이후 그는 세인트루이스를 거쳐 클리블랜드로 이사하게 되었는데 그 지역에서 예배를 드릴 한인교회를 찾았지만 클리블랜드에는 한인교회가 없어 직접 한인교회를 설립하여 신앙생활과 선교에 힘썼다.[11] 1972년 12월 31일, 전재규 장로는 귀국하여

---

10 Ibid., 59~76.
11 Ibid., 107~108.

다시 서현교회에 다니면서 동산병원에서 근무하였다. 1974년 10월 25일, 집사 장립을 받았고, 다음해인 1975년 10월 25일, 장로 장립을 받았다.[12] 그는 서현 교회 교육관 이사로 교회를 섬겼으며 1987년 1월 25일, 이사장직을 맡아 교육 관 운영을 안정화시켰다.[13] 2007년 1월 28일, 서현교회에서 시무장로로 31년 봉 사를 마무리하고 원로장로로 추대를 받았다. 그는 모태신앙으로 성장하여 오 늘날까지 잠시도 교회를 떠나본 적이 없는 '예수의 사람', '경건한 그리스도인' 으로 생활하고 있다.[14]

---

12 Ibid., 115.
13 Ibid., 199~201.
14 Ibid., 218~220.

4. 가정생활과 자녀교육

전재규 장로는 1963년 3월 1일 강일혜와 결혼하여 1남 2녀를 두었는데 한국에서 태어난 첫째 은애, 둘째 은주, 그리고 미국에서 태어난 셋째 신석이가 있다. 이들 모두는 미국 아이비리그 대학을 우수한 성적으로 졸업했다. 첫째, 은애는 의과대학을 졸업하고 의학박사로 스탠포드대학교에서 내과 과장을 지냈다. 둘째, 은주는 프린스턴대학교에서 건축공학과를 졸업하고 하버드대학교 대학원을 마치고 한국 영종도 공항 관련 업무와 KTX 관련 업무 등을 담당하기도 하였다. 셋째, 신석은 대학을 졸업하고 연방은행에서 근무하다가 은퇴 후 아내의 병원에서 행정업무를 맡아보고 있으며, 한인교회에서 장립집사로 교회를 섬기고 있다.

이와 같이 전재규 장로의 자녀들이 훌륭하게 성장할 수 있었던 것은 신앙교육과 이중 언어 교육에서 찾아볼 수 있다. 그는 미국에서 자란 자녀들을 위한 교육에 남다른 고민과 관심을 갖고 자녀들을 신앙으로 양육했다. 그는 자녀들을 미국의 현지 사람들처럼 개방적으로 키우지 않고 철저히 한국식으로 양육했다. 한국어 교과서를 읽도록 하였으며 듀얼 랭귀지(이중 언어) 교육을 실시하여 완전한 영어와 완전한 한국어를 구사할 수 있도록 가르쳤다. 그의 가정은 매일 저녁 가정예배를 드렸는데, 그는 예배를 인도하고 성경 이야기 후 기도하는 법을 가르쳐주었다. 그리고 좋아하는 찬송가를 찾아 함께 부르고, 때로는 새로운 찬송가를 배우기도 했다. 그리고 주기도문으로 예배를 마쳤다. 장녀인 은애는 원화여자중학교에 다니던 1학년 때, 경북도내 영어 웅변대회에서 1등을 차지하였는데, 그때 은애는 "우리 아버지를 아는 분들은 아버지를 목사님이라고 부릅니다. 그 이유는 설교를 아주 잘하시기 때문입니다."라고[15] 자신의 아버지와 가족들을 매우 자랑스럽게 여기고, 세상에서 제일 행복한 가족을 가졌기에 하나님께 늘 감사의 기도를 드린다고 고백했다.[16]

전재규 장로는 유학 중인 자녀들을 교육시키기 위해 오랫동안 한국에서 홀로 생활했는데 당시 그는 매일 오전 5시 30분이면 동산의료원 무지개다리에 올라 조용하게 말씀을 묵상한 후 기도하였다. 먼저 미국 땅을 향하여 자녀들을 생각하며 기도하고, 다음으로 서현교회를 바라보며, 교회를 위해 기도하고, 마지막으로 병원을 향하여 간절히 기도하였다. 그는 자신의 가정의 주인은 그리스도이시고 이 반석 위에 가정을 세워야 한다고 생각했다. 이것을 실천하기 위해 철저하게 가정 예배를 중심으로 자녀들을 신앙으로 교육하였다.[17] 또 그는 명절 때마다 형제들과 가족들이 모여 가정 예배를 드릴 때면 첫째 형은 사회를 보고, 둘째 형은 기도했으며 전재규 장로는 설교했다. 지금은 미국에 있는 자녀들과 영상통화로 성경공부를 하고 있으며, 자녀들은 크고 작은 일이 있을 때마다 전재규에게 기도를 부탁하고 있다. 새해는 자녀들의 모든 가정이 줌을 통해 예배를 드릴 정도로 철저하게 가정예배 생활을 견지하고 있다.

---

15 전재규, 『동산에서의 30년』, 174.
16 Ibid., 175.
17 하영웅, 『아픔은 잠들고 사랑을 깨우다 – 전재규 회고록』, 131~143.

5. 동산병원 근무와 활동

　전재규 장로는 1967년 1월, 미국 세인트루이스 시립병원에서 인턴 생활을 시작하였다. 세인트루이스 시립병원은 1년 전에 온 처남 강중신이 외과 의사로 근무하고 있는 곳이었다. 그는 강중신의 권유에 따라 휴론로드병원의 마취과에서 2년간 수련 과정을 마치고 클리블랜드 클리닉에서 6개월 동안 심장 마취 과정을, 애크론 아동병원에서 6개월간 소아 마취 과정을 마친 뒤 휴론로드병원에서 근무하고 있었다.[18] 그러던 중 1972년 2월, 동산의료원 원장 하워드 마펫(Howard F. Moffett)으로부터 동산의료원에서 함께 근무하자는 요청의 편지를 받고 그해 12월 31일 귀국하였다. 1973년 동산의료원 마취통증의학과에서 진료를 시작하여 30여 년 동안 동산의료원에서 근무하였다.[19] 당시 동산의료원은 마취 전문의 교육 프로그램과 제도가 확립되어 있지 않았고, 마취 전공의 지원자도 거의 없는 실정이었다. 그는 미국에서 수련받을 때 사용했던 프로그램을 그대로 활용하여 마취통증의학과에 근무하는 간호사들과 꾸준히 공부를 하였다. 1981년 3월부터 마취과장 및 마취과 주임교수로 임용되어 마취 강의, 의학영어, 의료윤리학, 전인의학, 의학개론 등 과목을 가르치며 후학을 양성하였다.[20]

---

18 Ibid., 96~104.
19 Ibid., 111~114.
20 Ibid., 118.

전재규 장로의 동산의료원에서의 의료활동을 간략하게 살펴보면 다음과 같다.

첫째, 호흡기 도입

1970년경까지만 해도 한국에는 호흡 관리에 관한 지식이 전무하였다. 이때 동산의료원은 대구·경북 지역에서 최초로 호흡기를 도입하였다. 전재규 장로는 동산의료원 내에 산소치료실을 개설하여 연탄가스 중독 환자의 치료를 돕기 위해 고압산소 탱크를 사용하였다. 그 결과 당시 내·외·소아과를 막론하고 병원 전체의 중환자 호흡 관리를 마취통증의학과에서 전담하게 되었고 병원 발전에도 크게 기여하는 계기가 되었다.[21]

둘째, 대한마취과 학회 활동

전재규 장로는 1974년 마취과 전문의가 되면서 학회 활동에 본격적으로 참여하였다. 그는 1986년에는 학회 발전을 위해 학술상 제도를 만들 것을 제안하고 연구활동을 활성화하기 위해 1,000만 원을 기부하였다. 또 1986년부터 의료윤리를 의과대학 교육과정에 개설하고, 대한윤리교육학회의 창설 멤버로 활동하였으며 대한마취통증의학과 학회장을 역임하면서 교과서를 발간하기도 했다. 이러한 그의 활동들은 성경적 치유 사역과 성경적 돌봄의 바탕에 기독교 윤리를 접목한 것이었다고 생각한다.[22] 그는 1973년 마취과장으로 부임한 이래, 200여 편의 논문을 발표하여 마취과학의 발전에 크게 기여하였다.

셋째, 『척추마취의 임상』 발간과 마취통증의학과 명칭 개정

전재규 장로는 당시 국내에 마취과와 관련한 전문서적이 전무한 상태에서 1988년 단행본 『척추마취의 임상』을 출간하였다. 당시 마취과 분야에서는 국내 최초로 출간된 개인 단행본이었다. 그리고 그는 병원 근무 초창기부터 '마취

---

21 Ibid., 116~117.
22 Ibid., 305.

과'란 표현이 환각제, 마약 등 부정적 의미를 연상시킨다는 생각에 명칭 개정이 절실히 필요하다고 생각했다. 그는 명칭 개정을 위해 오랫동안 애쓴 결과 2002년에 마취과를 '마취통증의학과'로 개정하는 성과를 얻었다.

넷째, 무통분만 마취 도입

전재규 장로는 1983년부터 그동안 무통분만 마취를 도입하려고 노력한 끝에 산부인과의 협조를 얻어서 무통분만 관련 컨퍼런스를 본격적으로 열고 산부인과 간호사들에게 교육을 실시하였다. 그 결과 계명대학교 동산의료원에서 대학병원으로서는 최초로 무통분만 시술을 시작했다. 이에 전국적으로 무통분만이 인기를 얻게 되자 다른 대학병원에서도 동산의료원 산부인과를 찾아와 배우고 가는 의사가 많았으며[23] 1991년에는 『산과마취의 임상』을 출간하여 산과마취 분야에 새로운 장을 열게 되었다.

다섯째, 성경적 치유 사역과 호스피스 돌봄 사역

전재규 장로는 1981년 대구신학교 야간부에 입학하여 신학을 공부하였는데 당시 그가 가장 관심을 가진 분야는 예수님의 치유 사역이었다. 기독교 정신의 핵심인 사랑을 통해 '호스피스 돌봄'이라는 개념도 새롭게 정리되었다. 호스피스 돌봄이란 천국을 향한 순례자를 돕는 긍휼과 자비의 돌봄인 것이다.[24] 그는 1991년에 송미옥 간호사와 장황호 목사의 권유로 동산호스피스를 조직하고 고문으로 추대되면서 본격적으로 대내외적인 활동을 시작하게 되었다. 1999년에는 호스피스 전인치유센터를 건립하는 사업의 건축위원장을 맡아 치유센터를 세웠다. 2001년에는 사단법인 한국호스피스협회의 기구를 확대하여 이사회를 조직하였는데, 이때 전재규 장로는 초대 이사장으로 추대되어 국내외에서 활발하게 활동하였다.

---

23 Ibid., 189~190.
24 Ibid., 305.

특히, 전재규 장로는 성경에 있는 치유 사역을 접하고, 현대의학과 어떻게 관련지을 수 있을지 많은 연구를 시도하였다. 그는 성경적인 치유 사역을 실천하기 위해 수술실에 들어갈 때면 환자에게 인사를 건네고, 찬송가를 부르며 마취를 준비했다. 그는 긴장한 채 수술대 위에 누워 있는 환자들이 편안하게 수술을 받기 위해 늘 몇 마디의 관심 어린 대화를 주고받았다. 하나님을 믿는 사람이거나 하나님을 아는 사람이면 마취하기 전 마음에 새겨질 정도로 기도를 한 후 마취를 시작했다. 그가 1981년부터 2003년까지 의학 영어 과목을 맡아 강의할 당시 교재로 택한 것은 바로 성경 내용이 담긴 건강 정보 서적이었다. 영어 성경 속 예수님의 치유 사역 부분들을 교재로 활용하여 예수의 치유 사역을 가르쳤다.[25]

그리고 당시 마취통증의학과는 일주일에 한 번씩 기도 모임을 시작하여 서로를 위하는 가족적인 분위기로 진행되었다. 병원 업무가 시작되기 30분 전에는 매일 아침 예배를 드렸고, 전재규 장로는 자주 예배 때마다 설교를 맡아 인도하였다. 그는 2003년 7월, 동산의료원에서 정년 은퇴한 이후 팔공산에 있는 '언더로뎀' 요양병원에서 일주일에 3일을 근무하기도 했다.[26]

---

25 Ibid., 120~123.
26 Ibid., 305~309.

6. 대신대학교 총장직과 학교발전

　특히, 전재규 장로와 대신대학교는 분리하여 설명할 수 없을 정도로 관계가 깊다. 1981년 당시, 대구신학교의 교장이며 서현교회를 담임하고 있던 김수학 목사가 그에게 대구신학교(대신대학교 전신)에서 공부할 것을 권유하면서 인연은 시작되었다. 그는 대구신학교 야간 2학년에 편입하여 공부하였고, 마침내 1983년 대구신학교를 졸업한 후 외래교수로 신학생을 가르쳤다. 그러나 대신대학교는 학교 규모 면에서나 학생 지원율에서나 타 대학과 비교해서 현저히 떨어진 상태에서 폐교되거나 통폐합되어 다른 곳으로 넘어갈 위기에 처해있었다. 이와 같은 상황에서 2007년 대신대학교 발전위원회장이었던 류재양 장로가 사임하고 전재규 장로를 발전위원회장으로 추천하였다.[27] 당시 대신대학교 총장 이의근 장로를 비롯해 발전위원회는 학교발전을 위한 비전들을 모아 '대신 비전 2020'을 선포했다. 이들은 21세기의 대신대학교가 지역 복음화를 선도하는 목회자를 양성하고, 아시아 선교를 주도하는 선교사와 교역자 및 교회 지도자를 양성할 수 있도록 구체적인 계획을 수립하여 추진하기로 하였다. 그러기 위해서는 우선 시설을 확충하는 것이 가장 시급한 일이라 판단하고 학교부지를 확보하기 위해 사유지 5,100평을 매입하는 절차를 밟게 되었다. 그러나 '대신 비전 2020'을 추진하는 가운데 새마을운동 중앙회 회장으로 이의근 총장이 임

---

27 Ibid., 246.

명되면서 총장 임기를 마치지 못하고 사임하여 1년 반 동안 공석이 되었다.[28] 이에 재단이사회는 전재규 장로를 제5대 총장으로 만장일치로 선출하였다. 그가 대신대학교 총장으로 취임하면서 '대신 비전 2020' 사업은 다시 활발하게 추진되었다.

'대신 비전 2020'의 사업 중 가장 핵심적인 비전은 신학과 선교를 중시하는 특성화 대학을 수립하는 것이었다. 이를 위해서는 가장 먼저 경산 시유지를 매입하여 학교 부지를 확보하는 것이었다. 우여곡절 끝에 학교부지 확보 논의가 다시 진행되어 경산 시유지 매입이 이루어졌고 드디어 그곳에 종합관을 건립하게 되었다. 그 후 전재규 장로는 2억의 사재(私財)를 출연하여 5층 세미나실을 짓기 위한 목적헌금을 하였고 2, 3층에 도서관을 마련하기 위해 다시 3억을 헌금하였다. 심지어 퇴임한 후에도 세미나실과 도서관 이전에 필요한 경비를 지원하였다.[29] 그리고 학생 복지와 학교 경쟁력 차원에서 방치된 구 도서관 건물을 리모델링(remodeling)하여 제2생활관을 열기 위해 상당한 금액을 기부하기도 하였다. 그는 총장 재임 시절 지급되던 급여와 판공비 일체를 받지 않고 직임을 감당했으며, 교수 3명을 임용하여 자신이 직접 월급을 지급하기도 하였다.[30] 2022년에는 대구광역시 북구 산격동에 있는 200여 평의 부동산 매매대금인 20여 억 원 전액을 가족들의 동의하에 대신대학교에 기부하였다. 이에 대신대학교 최대해 총장은 대신대학교를 사랑하는 그의 마음을 기억하기 위해 대신대학교 본관 옆에 공사비 7억여 원을 들여 '선교문화센터'를 건립하였다. 그는 이후 조경과 내부에 청라정신을 드러내기 위해 설치할 전시물 작업을 위해 학교에 1억 원을 예치해 두었다. 그는 1981년부터 교수, 재단이사회 감사, 그리고 총장까지 맡아 대신대학교와 함께 40여 년의 세월을 보냈으며, 총 60여 억 원을 기부 후원하였다.[31]

---

28 Ibid., 249.
29 Ibid., 250.
30 Ibid., 256.
31 Ibid., 155~157.

또한 전재규 장로는 대신대학교 총장으로 재임하는 동안 대신대학교의 역사를 정리하는 의미 있는 일을 추진하였다. 그는 2007년 6월, 대신대학교 재단이 사회에 대신대학교의 역사 편찬을 제안하고 그가 대신대학교 역사편찬위원장을 맡아 사업을 추진하게 된 배경은 대신대학교의 역사를 바로 세우고, 나아가서 대구·경북지역의 기독교 역사를 정리하여 근대 기독교 역사의 참 의미를 인정받고 널리 알리기 위한 목적이었다.[32] 그는 편찬위원장을 맡아 5년 동안 노력 끝에 2012년『대신대학교史』를 편찬하였다.

---

32 Ibid., 27.

7. 해외선교 후원과 참여

전재규 장로가 해외선교에 남다른 관심을 갖게 된 계기는 서현교회가 일찍이 해외선교에 뜻을 품고 선교회를 조직하여 1980년 10월 26일, 한국 선교 사상 최초로 아프리카 나이지리아에 강승삼 선교사를 파송할 때부터였다. 그는 1983년부터 서현교회 선교위원회 위원장을 맡아 선교지를 방문했을 때 전재규 장로는 유창한 영어 실력으로 선교 사역의 동기와 선교 지원에 대하여 교인들에게 자세하게 소개하고 설명했다. 또 그는 선교지에 서신을 보내고 적극적으로 후원하면서 파송교회와 선교사 사이에 교량 역할을 했다. 그 결과 파송교회는 선교사를 신뢰하고 적극적으로 후원하여 도움을 줄 수 있었으며, 선교사는 걱정없이 선교에 전념할 수 있었다.

한 예로 나이지리아 선교사로부터 오지를 다니기 위해 10인승 자동차가 필요하다는 요청을 받고 당시 선교위원장이었던 전재규 장로는 온 성도들이 자발적으로 선교를 위해 헌금하도록 하여 차량을 구입하고 선교지에 보냄으로써 큰 도움을 주기도 했다.[33] 그의 탁월한 리더십과 친화력은 선교 활동에서 발생하는 여러 문제를 해소하고 추진하는 한편 선교의 효율성을 높였다. 서현교회는 강승삼 선교사 뒤를 이어 이능선 선교사와 서재옥 선교사를 나이지리아에 파송했다. 이후 전재규 장로는 한국 SIM 국제선교회 조정위원과 대표이사로 활동하기도 했다. 그의 활동은 선교사들을 적극적으로 도울 뿐만 아니라 한국 선

---

33 Ibid., 148~149.

교사들이 국제적인 선교사들과 함께 팀으로 사역할 수 있는 환경을 마련하는 계기가 되었다.[34]

그는 2001년 10월, 한국인 최초로 이사회에 참석하여 18일 동안 선교지를 답사하였다. 그 후 강일혜 권사는 선교 사업을 위해 특별목적헌금을 하기로 작정하고 자신의 이름으로 된 통장을 만들어 선교위원회에 두고 선교사들과 선교지를 위해 필요할 때마다 사용하게 했다. 강일혜는 통장에 특별목적헌금이 없으면 다시 채워넣기를, 10년 동안 하였다. 2022년 안타깝게도 강일혜가 소천한 뒤에도 특별목적헌금 통장을 그대로 교회에 두고 전재규 장로가 특별목적헌금이 지출되면 다시 채워 넣는 일을 이어나가고 있다.

---

34 전재규, 『동산에서의 30년』, 46~47.

제**2**장

전재규 박사의
신앙 형성과
신학 공부

1. 신앙 형성과 신학 공부

기독교 신앙을 가진 이들은 누구나 신학에 깊은 관심을 가지며, 신학을 배우기를 원한다. 그 이유는 신학을 통해 기독교 진리의 토대가 되는 교리와 삶의 원리가 되는 신앙의 법도와 규범을 깨닫게 되고, 흔들림이 없는 신앙생활을 위한 토대를 세워주기 때문이다. '신학'(θεολογία)이란 하나님(θεοσ)의 말씀(λογοσ)을 연구하는 학문이란 뜻이다. 이 의미를 영어에서는 'theology'로 표현한다. 오늘날 신학 공부는 신학교에서만 하는 것이 아니라 지교회 안에서도 성도들의 신앙증진과 직분자의 영적 리더십(leadership)을 위해 신학을 가르치기도 한다. 전재규 장로는 독실한 기독교 신앙을 가진 부모 슬하에서 태어나 성장하면서 갓난아이 때부터 교회에 출석하기 시작했다. 어머니 최월금 여사는 부친 신앙의 영향을 받아 일찍 예수를 영접한 후 어린 시절부터 교회에 출석하며 신앙생활을 했다. 어린 시절부터 신앙생활을 한 전재규의 어머니는 활발하고 예의 바른 성품 덕분에 주변의 사람들로부터 칭찬을 받았다. 어머니는 새벽기도와 주일 예배 시간을 목숨보다 중요하게 생각했으며, 교회가 하는 일에는 발 벗고 나서 봉사했다. 전재규 장로의 부친도 어머니와 결혼한 후 15~6년 동안 군위군 효령면 장군동에 정착하면서 그곳 장군교회에 출석하였다.[1]

1937년 부모는 칠곡군 동명면 금암동으로 이주했고, 전재규 장로는 이곳에

---

1 전재규 박사의 부모는 막내아들(전재규)가 태어나기 전 세 명의 형과 한 명의 누나는 모두 장군동에서 태어났으며, 장군교회에 출석했다.

서 태어났다. 그래서 전재규 장로도 어릴 때부터 동명교회에 출석하게 되었고, 4학년 때까지 동명초등(국민)학교에 다녔다. 그는 초등학교 시절 열성적으로 교회에 출석했다. 그는 연말에 시상하는 출석상을 받기 위해 한 주일도 결석하지 않으려고 노력했으며, 친구들을 많이 전도하여 전도상을 받기도 했다. 전재규 장로는 초등학교 시절 잊지 못할 감격스러운 순간을 맞기도 했다. 전재규 장로가 초등학교에 다닐 때 대한민국은 일본의 통치를 받고 있었다. 그가 학교로 등교하면 매일 아침 운동장에 집합하여 학교 동편에 세워놓은 일본 천황을 모신 신사를 향하여 경례한 후 비석에 새겨진 글을 암송했다.[2] 그는 당시 어린 나이에 동방요배(東方遙拜)의 정확한 뜻도 모른 채 기계적으로 따라 한 암송이었다. 후일에 생각하면 얼마나 부끄럽고 창피스러운 일이었으며, 기독교에서는 유일신(唯一神)인 하나님만 경배하라는 가르침에 반하는 일인가를 알게 되었다. 그가 초등학교 2학년 때 대한민국이 일본의 통치에서 벗어나 해방을 맞이하게 되었다.

어린 전재규 장로는 어른들 틈에 끼어 '독립만세'(獨立萬歲)를 힘껏 외치며, 초등학교로 들어가 동명초등학교 동남쪽에 세워져 있었던 일본 천황을 숭배하던 신사(神社)를 몽둥이로 두들겨 부수었다. 그때 일을 지금도 생생하게 기억하고 있다. 전재규 장로는 성장하면서 일본이 한국을 통치했던 36년 동안 한국 국민과 사회뿐만 아니라 교회를 엄청나게 박해했다는 이야기를 들었다. 목사를 비롯한 수많은 신자가 신사참배를 거부하다가 옥고를 치르거나 순교를 당했다는 이야기였다. 그때마다 일본인의 야비하고 몰인정한 행동에 어린 전재규 장로의 가슴은 저렸다.

전재규 장로의 부모는 막내아들이 초등학교 5학년이 되던 해에 칠곡 동명을 떠나 대구시 원대동 달성초등학교 맞은편으로 이사했고, 그는 동명초등학교를 떠나 대구 수창초등학교로 전학하게 되었다. 그는 수창초등학교를 졸업하

---

2 일본 천황을 모신 신사의 비석에 새겨진 내용은 다음과 같다. "1. 우리들은 대일본제국의 국민입니다. 2. 우리들은 마음을 합하여 천황폐하에 충의를 다하겠습니다. 3. 우리들은 괴로움을 참고 단련해서 훌륭하고 강한 국민이 되겠습니다." 전재규, 『아픔은 잠들고 사랑은 깨우라』(대구: 뉴룩스, 2020), 21.

고, 계성중학교와 계성고등학교를 졸업할 때까지 6년 동안 원대교회에 출석했다. 전재규 장로는 계성학교에 다니면서 신앙이 더한층 성장했다. "여호와를 경외하는 것이 지식의 근본"(잠 1:7)과 "진리가 너희를 자유롭게 하리라"(요 8:32)의 가르침에 따라 신앙 운동에도 참여하기 시작했다. 특별히 고등학교 시절에 전재규 장로의 신앙생활은 열정적이었다. 그는 당시 1년 동안 거의 빠짐없이 새벽기도회에 출석했으며, 딱딱한 예배당 마루에 앉아 '주여, 주여!'라고 부르짖어 기도했고, 방학을 이용하여 용문산, 주암산 기도원과 교회 부흥집회 등 여러 곳에 참석하여 은혜를 받기도 했다.

전재규 장로는 경북대학교 의과대학에 입학한 후에는 유년주일학교 교사로 임명을 받아 학생들을 지도했으며, 학생면려회 활동을 하기도 했다. 여름 방학이 되면 교회마다 열리는 '하기성경학교' 강사로 초청을 받아 의성, 안계, 상주, 효령, 동명, 반야월 등지의 여러 교회에서 성경동화 이야기를 전하는 선생님으로 봉사하기도 했다. 전재규 장로는 당시 어린이들과 하나님의 말씀을 가르치고 배우면서 웃고 울었던 감동적인 순간을 잊을 수 없다고 했다. 그는 의과대학 재학 중 과중한 학업 중에서도 주일을 온전히 지키기 위하여 노력했다. 주일이면 오전 유년주일학교에서 봉사하고, 주일 예배에 참석한 후 이어서 학생회 예배와 저녁 예배까지 온전히 하나님께 헌신했다.

전재규 장로는 경북대학교 의예과를 수료하고 본과(1958년)에 진학했을 때 그의 나이는 21세였으며, 그가 출석했던 원대교회에서 총각 집사로 임명되어 교회 여러 기관에서 열심히 봉사했다. 그가 총각 집사로 봉사할 당시 1959년 장로교단 안에서 신학 노선의 차이로 인하여 교단이 분열되는(합동과 통합) 아픔을 경험했다. 그 분열의 와중에서 전재규 장로(당시 집사)는 원대교회를 떠나 고신교단 소속이었던 태평로교회로 이적하게 되었다. 그 후 전재규 장로는 육군군의학교에 입대하여 소정의 교육을 마치고 군의관으로 근무했다(1962.4.22~1965.8.31). 그는 강원도 양구에 위치한 21사단에 배속받아 2년간 근무하는 동안 그곳에는 군목이 없었기 때문에 군의관으로서 군목처럼 봉사하며 자주 설교했다. 전재규 장로는 군의관으로 근무할 당시 1963년 3월 1일에 대구제일교회에서 이상근 목사의 주례로 강일혜 자매와 결혼식을 올렸다.

1966년 12월~1968년 5월까지 미국 미조리주(Missouri)에 위치한 세인트 루이스 병원(St. Louis City Hospital)에서 '인턴십' 과정을 마치고 전문의 수련인 '레지던트'(residency) 과정을 거치기 위해 오하이오주(Ohio)의 클리블랜드(Cleveland)에 위치한 휴론로드 병원(Huron Road Hospital)으로 옮겨갔다(1968.6). 이 병원의 마취과에는 척추마취 바늘(pecil point needle)을 개발한 Whitacher 박사가 근무하고 있었으며, 수련 프로그램이 좋은 병원이었다. 전재규 장로는 이 병원에서 2년간 수련 기간을 마치고, 미국 대학 마취과 의사(American College of Anesthesiologists) 필기시험과 구두시험에 합격하는 영예를 얻게 되었다. 이후로 전재규 장로는 클리블랜드 클리닉에서 6개월 동안 심장 마취 과정을, 에크론 아동병원(Akron Children Hospital)에서 6개월간 소아 마취 과정을 마친 후 휴론로드 병원에 취직되어 직원으로 일했다(1971.1.1~1972.12.30).

당시 클리블랜드에는 아직 한인교회가 없었다. 그래서 전재규 장로는 그곳에서 알게 된 몇몇 교포들과 의논하여 한인교회를 세우기로 뜻을 모으고 마일스 장로교회를 빌려 마일스 한인교회를 설립했다.[3] 전재규 장로의 하나님 사랑과 교회 사랑은 남달랐다. 두세 사람이 모여서라도 하나님을 예배하면 하나님께서 기쁘게 받으실 것이라는 확신이 그를 사로잡았다. 한인들과 함께 하나님을 예배함이 그에게는 기쁨과 감사 그 자체였다. 교회라는 영적 공동체 안에서 하나님을 예배할 뿐만 아니라 구원에로 소명 받은 그리스도의 형제자매들과 교제하며, 선교에 동참하여 하나님 나라 확장에 헌신하는 기쁨은 이루 말로 표현할 수 없었다. 전재규 장로(당시 집사)는 마일스 한인교회를 떠날 때까지 전심

---

3 클리블랜드 마일스 한인교회가 설립된 후 첫 예배에 30여 명의 교포들이 모여 예배했다. 설립 예배의 사회는 전재규 집사가 맡았으며, 미국교회의 부목사로 사역하였던 이병희 목사가 설교로 섬겨주었다. 당시 클리블랜드에 체류하였던 한인들은 대부분 자영업자들이었다. 그곳에는 아직 한인교회가 없어 일부 한인들은 미국인교회에 출석하고 있었다. 한인교회가 설립된 후로 그들은 매 주일 함께 모여 즐거운 마음으로 예배했으며, 서로를 격려하고 돌아보며 행복한 신앙생활을 이어갔다.

전력하여 교회를 섬겼다. 하나님의 교회를 사랑하고 섬기는 그의 신앙은 이곳에서도 빛을 발했다.

1972년 12월 31일 전재규 장로는 6년의 미국 생활을 마감하고 한국으로 귀국했다. 이렇게 귀국하게 되었던 동기는 당시 대구 동산기독병원 병원장 하워드 마펫(Dr. Howard F. Moffett) 박사에게서 온 편지 한 통 때문이었다. 하워드 마펫 박사의 편지에는 신실한 그리스도인 의사가 미국에서 공부를 마치고 본국으로 돌아와 기독교 기관인 동산병원에서 헌신해야 한다는 간곡한 요청이 담겨있었다. 그는 여러 경로를 통해 동산기독병원이 미국의 선교사들에 의해 설립되어 대구의 근대문화를 일으킨 곳이라는 사실을 알게 되었다.[4] 전재규 장로는 하나님의 이름으로 세워진 동산기독병원에서 의사로서 하나님의 나라를 확장하는 일에 기여해야겠다는 삶의 목표가 마음속에 뚜렷하게 각인되었다.[5] 그는 귀국한 직후 1973년 1월 1일부터 동산기독병원 마취과장직을 맡아 봉직하게 되었다. 새해 연휴를 보내고 1월 3일 첫 출근을 한 전재규 장로의 가슴은 설레고 벅찼다. 그는 출근하여 시무식을 겸한 아침 채플에서 감사와 기쁜 마음으로 첫 예배를 드렸다. 직원들 앞에서 자신을 소개한 후 '마취통증의학과'에서의 업무를 시작했다. 그가 동산기독병원에서 의사로서 업무를 시작한 후 가족이 결정해야 할 중요한 일은 교회를 선정(選定)하는 일이었다. 아내 강일혜

---

4 대구 동산기독병원은 1899년 10월 1일(실재 1899년 12월 25일) 미북장로교 의료선교사로 내한한 우드브리지 존슨(Woodbridge O. Johnson)이 한옥 한 채를 구입하여 '서양약방'이란 간판을 걸고 개원한 것이 대구 '제중원'의 시작이었고, 아키발드 플레처(Archibald G. Fletcher, 1882~1970)는 제2대 원장으로 봉사했다. 당시 의료선교사로 대구에 온 우드브리지 존슨 선교사가 현재의 대구 서문시장 옆 푸른 언덕에 진료실을 세워 진료를 시작했다. 1903년에 진료실을 건립했으나 진료실 건물은 거의 무너졌고, 진흙과 물이 흘러들기도 했다. 이러한 상황에서 아키발드 플레처 선교사는 1910년 뉴욕에 있는 한국선교 담당 총무인 브라운(Brown) 박사에게 편지를 보내 대구의 상황을 전달하고 도움을 요청했다. 플레처는 편지에서 이렇게 썼다. "크기로 보면 이 나라에서 셋째 도시인 대구는 거의 무한하다고 할 수 있는 넓이를 가진 지역과 백만 이상의 인구를 가지고 있습니다. 그런 대구에는 병원 시설이 있어야 합니다. 나는 그것이 한국에서 가장 큰 의료시설이어야 한다고 믿습니다. 나는 나아가서 반드시 있어야 할 것은 진료 시설을 갖춘 병원이라고 생각합니다. 지금은 진료 시설이 없습니다. 지금 없는데, 간호사도 한 사람 꼭 있어야 합니다. 의사는 한 사람 있습니다. 그는 유일한 의사입니다. 언어 공부를 위해 쉬었던 1년을 제외하고는, 오직 한 사람의 의사만 있었다고 할 수 있습니다." Donard R. Fletcher, *By Scalpel and Cross, A Missionary Doctor in Old Korea*, 이용원 역, 『십자가와 수술칼』(대구: 동산의료원서교복지회, 2021), 96~97.
5 전재규 박사는 1972년 10월 휴스톤 텍사스(Houston Texas)에서 시행된 전문의 구두시험을 치르고 합격한 후 계획한 대로 1972년 12월 31일에 한국으로 귀국하게 되었다.

와 의논한 후에 동산병원 후문 건너편에 있는 서현교회를 택하여 기쁜 마음으로 신앙생활을 시작했다. 전재규 장로의 가족이 거주하는 사택은 병원 내에 있었고, 교회 역시 가까이 있어서 일터인 병원과 영적 생활의 터전인 교회가 일직선상에 있어 든든한 마음으로 신앙생활을 할 수 있게 되었다.[6]

동산기독병원은 업무를 시작하기 전 매일 아침 채플을 드렸다. 이것은 동산기독병원 설립 목적에 따라 선교적 사명을 수행하기 위한 기도와 축복의 시간이었다. 하나님의 말씀을 들으며, 기도로 하루의 일과를 시작하는 것은 그리스도인에게 기쁨이요 축복이었다. 이 채플을 위해서 병원의 과장들이 순번을 정하여 설교를 담당했다. 전재규 장로도 이런 환경에 따라 병원 채플에서 자연스럽게 설교하기 시작했다.[7] 특별히 계명대학교 의과대학이 설립된 이후 교수협의회가 개최될 때마다 여러 번 아침 채플에서 설교를 맡게 되었다. 이러한 설교 사역을 시작으로 병원 외부의 여러 교회에서 헌신 예배와 전도 집회에서 설교하기도 했으며, 특강을 포함하여 오백여 회가 넘게 설교했다.

전재규 장로는 그 당시 자신이 직접 작성했던 설교원고들 가운데 일부를 발췌하여 설교집을 만들어 출판하기도 했으며, 아직도 잘 보관하고 있다.[8] 전재규 장로가 동산기독병원 및 여러 교회와 집회에서 설교한 것은 신학을 공부한 전문적 지식을 가지고 설교한 것이 아니었다. 지금까지 성경을 읽고 설교를 들으며 자란 신앙의 토대 위에서 영어 성경과 대조하고, 관련된 신학 서적과 성경 주석들을 참고하면서 스스로 연구하고 적용한 설교들이었다. 전재규 장로는 의사로서 자신의 영역에서 전심전력하여 기도하면서 환우들을 돌보는 치유 사역을 감당했을 뿐만 아니라 교회를 사랑하여 하나님께서 허락하신 장로 직분을 모범적으로 수행하였으며, 하나님의 말씀을 사랑하고 열심히 연구하였다.

---

6 전재규, 『동산에서 30년』(대구: 도서출판 Timebook, 2003), 13.
7 전재규 박사는 1974년 6월 18일 "신앙하는 갈대와 동산기독병원의 고유성"이란 제목으로 설교했으며, 9월 16일에는 "동산기독병원의 사명과 로뎀나무의 유사성"이라는 제목으로 설교했다.
8 전재규 박사가 설교원고들을 발췌하여 출판한 책이 『내 집이 평안할지어다』(대구: 보문출판사, 1995)이다. 전재규, 『동산에서 30년』, 14.

공직의 바쁜 업무와 교회의 당회원으로 봉직하면서도 하나님의 말씀을 더 사랑하고 그 말씀에 순종하기 위해 신학 공부에 대한 열정을 버릴 수 없어 대구 신학교에서 신학을 공부하기로 결심했다.

2. 대구신학교와 졸라(Zola)에서의 신학

전재규 장로가 미국에서 전문의 과정을 거치고, 선진 의학을 배우고 병원에서의 많은 경험을 체득한 후 대구 동산기독병원의 초청을 받아 이곳에서 1973년 1월 1일부터 의사로서 의료활동을 시작했다. 전재규 장로는 동산의료원의 설립이념인 기독교 정신에 따라 매일 아침 병원 업무 시작 전에 드리는 채플에 참석하여 예배를 드리고 기도로 하루를 시작했으며, 한 달에 한 번씩 채플 시간에 설교를 맡아 하게 되었다. 이러한 가운데 전재규 박사의 마음에는 하나님의 이름으로 세워졌고, 환우들에게 복음을 전하며, 기독교 사랑을 실천하는 기관에서 하나님 나라를 확장하는 일에 기여해야겠다는 삶의 목적과 방향이 뚜렷해졌다.

특별히 현대 의학과 성경이 말하는 치유 사건과 의학적 설명이 어떻게 관련되어 있는지를 더 분명히 알고 싶은 탐구심이 일어났다. 그러기 위해서 신학교에서 신학을 공부해야겠다는 생각을 하게 되었다. 전재규 장로는 미국에서 귀국할 당시 미국 영주권을 가지고 있었기에 한국에서 공부하면 영주권 체류 연장이 가능하여 대신대학교 전신이었던 대구신학교에 2학년으로 편입하게 되었다(1981.2.26). 전재규 장로의 학문연구에 대한 열정은 대구신학교에서도 빛이났다.

1) 대구신학교(Daeshin Theological Seminary)에서의 신학 수업

전재규 장로는 오후 5시에 병원 근무를 마친 후 곧바로 신학교로 달려가 수업을 듣고, 밤 12시까지 공부하며, 과제물을 준비하며 성실한 학생으로 최선을 다했다. 그는 신학에 대한 호기심이 많았다. 신학을 공부하면서 성경에 기록된 치유 사역에 관한 부분을 더 깊이 있게 생각하고 연구할 수 있게 되었다. 그는 예수님의 치유 사역 가운데 혈류증을 앓던 여인이 치유 받았던 기록을 생각하면서 과학적 관련성이 있는가? 관련성이 있다면 과학적으로는 이 병의 근원이 무엇이며, 어떻게 치료해야 하는가? 평소에 궁금해하던 이런 질문을 하게 되었고, 신학을 공부하면서 예수님의 치유 사역을 과학적 입장에서 풀어가기 시작했고, 후에는 인간의 죽음과 관련된 '호스피스'(hospice)에 관한 연구로 이어지기도 했다.[9] 전재규 장로는 미국에서의 수학 경험과 뛰어난 영어 실력과 학구열로 무장된 학생으로 열심히 공부하여 성적 최우수 장학생으로 선발되기도 했다. 그에게 주어진 장학금은 형편이 어려운 신학생들을 격려하는 차원에서 학비를 지원해 주도록 양도했다.

전재규 장로는 대구신학교 3학년이 되었을 때 학교에서 수업할 뿐만 아니라 신학 영어 과목을 강의해 달라는 요청을 받기도 했다. 그는 신학교 교수로 신학 영어를 가르치며, 예수님의 치유 사건을 현대 의학의 관점에서 어떻게 설명할 것인가에 초점을 두고 강의했다. 낮에는 의사로서 활동하고, 밤에는 신학을 배우며 동시에 신학 영어를 가르치는 선생으로 활동했으니 그의 삶이 얼마나 규칙적이고도 엄청난 에너지와 시간이 필요했는지 알 수 있다. 특별히 전재규 장로는 예수님의 치유 사역과 구약의 '여호와 라파'(Jehovah Rapha)라는 말은 성경과 근대 의학을 연결하는 내용으로 생각했다. 치유 사역에 관해서는 복음서와 다른 성경에 기록된 내용을 중심으로 강의를 하려고 노력했다. 그가 대구신학교에서 강의를 시작한 이후 30년이 넘도록 강의 일정을 어기거나 수업을 휴강한 적이 없었다. 그는 신학 영어 강의에 필요한 영어 성경을 사러 오는 학생

---

9 전재규,『아픔은 잠들고 사랑은 깨우라』(대구: 뉴룩, 2020), 153.

이 있으면 서점에서 그냥 주고 돈은 나중에 자신이 대신 지불했다. 그는 신학생들이 영어도 배우지만 우리말 성경과 영어를 대조해 보면서 훨씬 더 깊이 성경을 이해하도록 기회를 준 것 자체가 감사한 일이었다고 했다.

전재규 장로가 대구신학교에서 수학한 신학 과목을 일일이 언급할 수는 없다. 그는 의학박사 학위를 취득한 자로서 대구신학교 신학과 2학년에 편입하여 학업을 시작했다. 그는 2년 4학기 동안 총 49개 과목을 이수했으며, 단 1982년 3학년 1학기에 '고린도후서'(2학점) 과목의 점수 Bo를 제외하고는 모든 과목에 90~100(Ao~A+)점 내에서 학점을 획득했다.[10] 대구신학교에서 전무후무한 최고의 성적이라 생각한다. 그는 2년 4학기 동안 최우수 성적 장학생이 되었고, 학교에서 지급한 장학금은 신학을 공부하는 다른 학생에게 장학금을 주도록 다시 학교에 기부했다. 전재규 장로는 1983년 1월 14일 대구신학교를 졸업했다. 그는 낮에는 병원에서 환우들을 치료하고, 밤에는 신학을 배우며 가르쳤다. 하루에 일인삼역을 한 셈이다. 이후로 대구신학교는 발전을 거듭하여 명실공히 영남지역의 선지학교로서 자리를 굳게 지키면서 지금까지 많은 목회자를 배출했다. 대구신학교는 1996년 4년제 정규대학으로 승격되었고, 그 후 신학대학원과 일반대학원의 석·박사 과정까지 인가받는 명실공히 신학대학의 면모를 갖추게 되었다.

전재규 장로가 이렇게 대신대학교와 인연을 맺으면서 교수, 재단이사회 감사, 신학대학의 총장으로 섬길 수 있는 은혜를 입게 되었다. 그에게 있어서 대신대학교는 특별한 곳이다. 대신대학교에서 신학을 공부한 것이 그의 인생의 전환점이 되었다. 그는 총장직을 잘 마무리하고 현재는 명예총장으로 학교를 위

---

10 전재규 장로가 공부한 신학 과목은 다음과 같다. 1981년도 1학기에는 신학영어, 고대교회사, 변증학, 수사학, 성경 해석학, 현대철학, 공관복음, 기독교교육, 교의학서론, 헬라어, 주교교육학, 구약사, 총 12과목이었다. 1982년 2학기에는 옥중서신, 세계문화사, 헬라어, 신론, 모세오경, 심리학, 고대교회사, 신학영어, 신약서론, 지혜문학, 험증학, 총 11과목이었다. 1983년 1학기에는 장로교회사, 이단종파, 소선지서, 구원론, 로마서, 기독교윤리학, 기독교교육학, 예배학, 설교연습, 요한계시록, 교회행정, 근세교회사, 고린도후서, 교회성장학, 총 14과목이었다. 1983년 2학기에는 교회성장학, 헬라어, 교회사, 구약사, 교회정치, 설교연습, 기독교교육원론, 조직신학, 종말론, 소선지서, 교회론, 졸업논문, 총 12과목이었다. 이상의 교과목은 전재규 장로의 허락에 따라 대신대학교 행정실에서 발급한 성적증명서 자료에 근거한 것임을 밝힌다.

해 거의 전 재산(약 65억 원)을 바치면서 대신대학교의 무궁한 발전을 기대하며 꿈을 키워가고 있다. 이렇게 신학을 공부하는 과정에서 생명의 가치를 새삼깨닫고, 인생의 죽음과 맞물려 있는 '호스피스협회'를 조직하여 생명의 존엄성을 지켜가기를 바라며, 치유 선교학이라는 새로운 학문의 장에 기초를 제공하는 업적을 이루었다.[11] 전재규 장로가 이렇게 끈기 있게 공부를 병행할 수 있었던 것은 하나님의 말씀 속에서 얻은 강한 신념 때문이었다. 성경을 통하여 그에게 전달된 강한 신념은 그가 추구하는 것을 연구하여 밝히려는 마음을 자극했고, 그 일을 이루게 하는 힘의 원천이 되었다. 하나님께서 주시는 은혜 안에서 그가 이루려는 노력이 결국 하나님의 이름과 복음의 능력과 하나님의 영광을 드러내는 자리에까지 이르게 된 것이었다. 이것은 하나님의 승리였고, 동시에 전재규 장로의 인생 승리였다. 그의 인생 승리를 계명대학교 동산의료원 사무처장으로 봉직했던 박광열은 이렇게 평가했다.

지극히 인간적이면서 하나님이 인정하시는 분, 끊임없이 탐구적이시며, 다양한 지식을 소유한 해박한 학자시고, 책임감과 사명감이 투철한 경영인이시며, 표리가 일체한 인격자의 모습으로 우리 강단에 서셨다. 자신감이 넘치게 당당하게 말씀하셨다. 나뿐만 아니라 전재규 교수님의 설교를 듣는 분들은 감동을 많이 받았다. 영육이 강건하시며 세상 학문에 통달한 분이실 뿐 아니라 성서적 학문에도 능하신 달란트를 하나님으로부터 받으셨기 때문이다. 인간 육신의 질병을 치료하는 의사가 된 후 인간 영혼 구원의 사명감으로 오십이 훨씬 넘으신 연세에도 신학대학을 졸업하셨다. 인간의 영과 육을 치료하는 완전한 인간치유 사역자가 되신 것이다. 의과대학에서 의학을, 신학대학에서 신학을 가르치며, 병원에서 환자의 질병을 치료하고 병원의 강단과 하나님이 인도하시는 전국 방방

---

11 전재규 장로가 2000년에 발간한 『치유와 건강』 그리고 2015년에 발간한 『전인치유, 현대과학 그리고 성경』은 전인 의학, 전인 치유, 임상 목회, 목회 간호, 호스피스의 성경적이고 신학적인 가이드를 담은 책으로 한국에서 유일하게 발간된 저서들이다.

곡곡의 강단에서 인간 영혼 구원의 사명을 감당하시고 있다.[12]

2) 졸라 유대인 교육기관(Zola Levitt Ministries)에서의 신학 공부

전재규 장로의 신학에 대한 도전은 여기서 멈추지 않았다. 기독교의 역사적 뿌리와 배경을 이해하고, 그 영향력이 한국에 어떻게 전래되었는가를 심도 있게 연구하려는 열망으로 새로운 신학 공부에 도전했다. 그는 미국에 본부를 둔 '졸라 유대인 교육기관'(Zola Levitt Ministries)과 관계를 맺은 감리교 재단인 '갈보리선교교회'에서 행하는 유대인의 신학(Institute for Jewish-Christian Studies)을 공부했다. 이 과정은 단순히 유대인만 연구하는 기관이 아니라 신구약 전체를 관통하는 신학 전반에 대한 강의를 들으며, 유대인의 역사와 기독교를 비교 연구하는 과목들을 공부했다. 전재규 장로는 대구에서 서울을 오가면서 이러한 과목들을 폭넓게 공부했다. 이것이 유대인과 기독교 역사를 이해하는 기회가 되었고, 유대인의 신앙과 신학이 전 세계에 끼친 영향력이 크다는 사실을 알게 되었다. 그가 졸라 유대인 신학 과정에서 배운 과목들을 요약하여 소개한다.

(1) 구약총론

구약총론이란 구약성경 각 권에 대한 문제들을 취급하는 것으로서 저작자, 기록 연대, 진정성과 문학성 그리고 통일성에 관한 부분을 다루고, 성경 각 권의 내용이 어떤 형태로 전개되고 있는가를 다룬다. 총론 공부에서는 구약성경 39권 전체를 다 다룬 것이 아니라 유대인들이 중요하게 생각하는 11권을 중심으로 다루었다. 다른 성경은 11권 안에서 일어났던 이야기들을 반복하는 것이라고 평가하기 때문이다. 따라서 11권을 알면 구약 전체를 이해할 수 있다는 것이다.[13]

---

12 전재규, 『동산에서 30년』, 145~146.
13 11권의 성경은 창세기, 출애굽기, 민수기, 여호수아, 사사기, 사무엘 상.하, 열왕기 상.하, 에스라, 느헤미야 이다.

(2) 유대인의 역사

유대인의 역사는 아브라함에서부터 시작한다(창 12장). 출애굽과 사사시대를 거쳐 열왕들이 통치하는 시대에는 남과 북이 나누어져 왕국이 분열되었다. 결국, 북왕국 이스라엘은 앗수르에 의해(B.C. 722 혹은 725), 남왕국 유다는 바벨론에 의해(B.C. 586 혹은 605) 멸망했다. 특별히 유대인의 역사는 크게 세 시기로 나눈다. 1) 첫째 시기는 유대 형성기이다. 유대 역사의 형성기는 B.C. 400년부터 A.D. 500년까지로 본다. 2) 둘째 시기는 유대 역사, 유대인, 유대교의 발전 시기이다. 500년부터 1,800년까지이다. 3) 셋째 시기는 1,800년부터 현재까지이다.

(3) 현대 이스라엘 역사

현대 이스라엘 역사는 1,800년 이후부터 현재까지의 이스라엘 역사를 포함하고 있다. 이 역사 공부는 상당히 흥미로운 내용이 기록되어 있다. 이 시기의 역사는 유대인의 박해로부터 시작된다. 로마가 A.D. 66년에 이스라엘을 침공하였고, 4년 후 70년에 예루살렘 성전이 파괴되었다. 그 후 유대인들은 이방인들에게 짓밟히고 이곳저곳으로 흩어져 살아야 하는 디아스포라 유대인이 되었다. 서유럽, 동유럽, 북아프리카, 지중해 지역으로 흩어졌다. 그들이 박해를 받은 이유는 어느 곳에 가든지 그들은 유대교를 포기하지 않았고, 이방인 사회에 동화되지 않았기 때문이다. 그러나 유대인들은 언젠가 고국으로 돌아가려는 희망을 버리지 않았으며, '시오니즘'(Zionism) 운동이 각 지역에서 일어나기 시작했고, 고국으로 올라가자는 '알리야' 운동이 일어나기 시작했다. 알리야 운동은 주로 동유럽에 살던 유대인들로 구성이 되었다. 이 운동이 1860년부터 1936년까지 단계적으로 일어나 많은 유대인이 이스라엘 땅으로 돌아왔다. 돌아온 유대인들과 정착해있었던 아랍인들 사이에 여러 차례 전쟁이 있었으며, 분할된 영토에서 지금도 아랍인들과 대립하면서 살아가고 있다.

(4) 유대교와 기독교의 비교연구

여기서 다루는 내용은 양 종교의 역사, 특성, 활동의 형태 등을 비교하는 것이 아니라 종교적 사상의 핵심인 성경관에 대한 비교이다. 신론, 삼위일체론, 인간론, 죄론, 교회론, 내세론을 다루고 있다. 세부적인 차이점에 관한 비교연구는 여기서 다루지 않는다.

(5) 모세오경에 나타난 메시아 예언

모세오경에서 메시아에 관한 예언은 신약성경의 기록에서부터 시작한다. 누가복음 24:27에서 부활하신 예수님이 제자들에게 전하신 말씀이다. "이에 모든 선지자의 글로 시작하여 모든 성경에 쓴바 자기에 관한 것을 자세히 설명하시니라." 예수님은 친히 요한복음 5:46에서 "모세를 믿었더라면 나를 믿었으리니 이는 그가 내게 대하여 기록하였음이라"고 하셨다. 특별히 여기서 다루는 내용은 구약의 절기를 통해 메시아를 예언하고 있다는 점이다.

첫째, 유월절과 메시아 예언이다. 구약에서 유월절은 메시아에 관한 예언과 연결되어 있다. 유월절에 어린양의 피를 바른 이스라엘 백성의 집에 죽음의 천사가 넘어간(passover) 것처럼 어린양이신 예수님이 십자가에 흘린 피가 구원의 원동력이 되었다(출 12:1-14; 레 23:4-8). 피 흘림과 피의 속죄를 믿는 자는 구원을 받게 된다. 예수님은 자신이 어린양이 되어 죽음으로 유월절을 완성하신 분으로 본다(요 1:29).

둘째, 무교절과 메시아 예언이다. 유월절에 이어 7일간 계속되는 무교절에는 누룩 없는 빵을 먹는다(출 12:15-17; 레 23:6). 성경에서 누룩은 죄를 의미하고, 누룩 없다는 것은 순결을 의미한다. 이 빵은 성막의 지성소(코데쉬 하코데쉼, Kodesh Hakodashim) 안에 있는 상 위에 진설되었다. 이는 죄 없는 사람인 예수님의 몸과 모습을 상징한다고 가르친다.

셋째, 초실절(The First Fruits)이다. 이 절기는 이스라엘 백성이 가나안에 들어가 거두는 곡식의 첫 이삭을 그리는 절기이다(레 23:10-14). 무교절은 7일

동안 지키고, 그 7일 안에 안식일이 포함되어 있다. 그 안식일이 지난 다음 날(오늘날 일요일)에 제사장이 이삭 한 단을 하나님 앞으로 가져가 태우지 않고 흔들었다. 유대인들은 이 절기를 부활절이라고 부르며, 예수님의 부활과 연관시킨다. 예수님이 부활의 첫 열매가 되셨기 때문이다(고전 15:22-23). 예수님이 영원한 부활의 첫 열매이다. 따라서 그를 믿는 자는 다 부활에 참여한다는 것이다.

넷째, 칠칠절(The Pentecost)이다. 이 절기는 맥추의 초실절(출 34:22), 칠칠절의 처음 익은 열매(민 28:26), 오순절 또는 성령강림절, 곡식을 수확하여 저장하는 수장절(Shabuoth)로도 불린다(레 23:15-21). 예수님은 초실절의 처음 익은 열매를 상징하는 부활의 첫 열매이시며, 부활하여 승천하신 후 그의 영(His Spirit)을 보내셨다. 오순절 절기에 약속하신 성령을 보내신 것이다. 이것이 오순절, 성령강림절이다. 오순절은 유대인의 명절이다. 이 절기를 시작으로 이방인이 구원을 받을 수 있는 길이 열리게 되었다. 이방인의 첫 구원자가 로마 백부장 고넬료이다(행 10:34-35).

다섯째, 나팔절(The Feast of Trumpets)이다. 이 절기는 일곱째 달 첫날에 숫양의 뿔로 만든 나팔을 불어 기념하는 축제의 날이다(레 23:23-25). 이는 유대인들이 고난의 시기를 지나고 기쁨을 누리는 절기이다. 특별히 유대인들에게는 고난의 시간이 지나고 기쁨의 시기를 보내고 있다고 말한다.

여섯째, 대속죄일(The Day of Atonement)이다. 이 절기는 일곱째 달(티쉬르 달) 십 일에 지키며, 모든 이스라엘 백성이 거룩한 성회로 모이는 날이다. 일년 중 가장 거룩한 날이며, 하나님께 자신을 드리는 날이며, 죄를 고백하는 날이다. 이날은 죄를 속죄하는 날이며, 예수님이 돌아오시는 때를 상징한다. 곧 재림의 때를 상징한다(슥 12:10; 롬 11:26).

일곱째, 초막절(The Feast of Tabernacles)이다. 이 절기는 일곱째 달 15일에 지키는 절기로 이스라엘이 광야에서 초막을 짓고 살았던 것을 회상하면서 칠 일간 지키는 절기이다(레 23:33-43). 이는 하나님이 그의 백성과 함께하시는 것을 상징한다. 성막은 영원토록 그의 백성과 함께 있다. 하나님이 임재하시고 통치하는 하나님 나라를 상징한다. 유대인이든 예수 그리스도를 믿는 자이든 모든 믿는 자가 한 하나님 나라 안에서 만나게 되는 것이다.

여덟째, 수전절(The Feast of Light, Dedication, The Feast of Hanukah)이다. 이 절기는 유대인들이 해마다 12월에 행하는 유명한 절기이다. 수전절은 이스라엘의 중간기 시대에 생긴 절기이며, 요한복음 10:22에만 언급된 절기이다. 이 절기는 8일 동안 지킨다. 알렉산더 대왕이 사망한 후 셀레우코스(Seleucos) 장군이 메소포타미아 지역을 통치하기 시작했다. 주전 170년경에는 셀레우코스 왕조의 안티오쿠스 4세 에피파네스(Epiphanes)가 통치하면서 유대인들을 몰아내고 이곳을 완전히 헬라화하려고 배교한 유대인들을 매수하여 헬라화 정책에 앞장서게 했다. 유대 제사 제도를 폐지하고, 성전에 제우스(Zeus) 신상을 건립하고, 제단에 부정한 동물인 돼지를 바쳐 제사했다. 이에 격분한 마타디아스(Mattathias)가 형제들과 함께 안티오쿠스 4세의 관리를 살해하고, 이방 신상을 헐고, 자기들과 동조하는 유대인들과 합세하여 독립운동을 시작했다. 이것이 마카비 독립전쟁의 시작이었다. 유대 마카비(B.C. 165-160)가 3년간 투쟁 끝에 예루살렘을 장악하고, 제우스 신상(神象), 안티오쿠스 상(像)을 제거하고 더렵혀진 예루살렘 성전을 정화했다. 성전을 정화하고 새롭게 성전을 하나님께 봉헌하며, 이를 기념하여 지킨 절기가 '하누카', 수전절 절기이다. 이 수전절에는 촛불을 켠다. 그것은 영원을 의미한다. 그래서 이 절기가 빛의 축제가 된 것이다.

아홉째, 부림절(The Holiday of Purim)이다. 이 절기에 대해서는 에스더서가 기록하고 있다(에 9:20-32). 이 절기는 하나님께서 유대인을 어떻게 구원하셨는가를 기억하게 하는 절기이다. 에스더의 이야기는 하만이 유대인을 죽이고자 꾸민 음모의 이야기로 시작한다. 에스더가 수산궁에 있었을 때 하나님께서 에스더와 모르드개를 통하여 유대인을 악한 하만으로부터 구원하신 역사적 기록이다. 유대인은 이 절기를 지키면서 그때의 감격처럼 감격하며, 하나님의 은혜를 축하하고 있다.

(6) 구약의 메시아 예언과 성취

구약에서의 메시아 예언과 그 성취에 대하여 중요한 기록 열일곱 개를 선별하여 언급한다.[14] 구약에서 메시아 예언은 이러한 성경뿐만 아니라 구약에 소개된 11명의 인물을 통해서도 나타나 있다. 아브라함과 이삭, 요셉, 모세, 다윗, 솔로몬, 요나, 미가, 이사야, 예레미야, 다니엘, 스가랴이다. 특별히 신약에서 두드러지게 메시아에 대한 예언과 성취에 대한 기록을 남긴 책이 히브리서이다. 이 책은 그리스도를 믿는 히브리인들을 위해 기록되었다. 히브리서의 주제는 메시아의 사역이 구약에서 예언된 것보다 더 확실하게 나타나 있다. 히브리서에는 구약을 직접 인용한 곳이 29번이고, 53번은 함축적으로 혹은 간접적으로 인용하고 있다. 히브리서 전체가 13장으로 구성되어 있다. 그런데 그 가운데 82번이나 구약이 언급되어 있다. 그러므로 히브리서를 잘 이해함으로써 구약에 나타난 메시아에 관련된 예언을 더 잘 이해하게 될 것이다.

---

14 A. 베들레헴에 유다 자손 중에서 이스라엘을 다스리는 자가 네게서 나올 것이라는 미가서 5:2의 예언은 마태복음 2:1-5에서 성취된 것으로 기록되어 있다. B. 구약 시편 2:7에서는 예수 그리스도께서 하나님의 아들로 태어나실 것을 예언했다. 이 예언은 누가복음 1:35과 요한복음 3:16-17절에서 성취되었다. C. 예수 그리스도가 유대 족속의 후손으로 왕 중의 왕, 영원한 통치자 메시아가 되리라는 것은 창세기 49:10절에 기록되어 있다. 이것은 히브리서 7:14에서 성취되었음을 알 수 있다. D. 이사야 7:14은 동정녀의 몸에서 메시아가 탄생할 것을 예언했다. 이 예언은 마태복음 1:18-22에 성취된 사실로 기록되어 있다. E. 신명기 18:15에서 메시아가 모세와 같은 선지자가 되리라는 말씀은 요한복음 7:15-17에서 성취된 말씀으로 발견할 수 있다. F. 메시아가 나귀를 탈 것이라고 스가랴 9:9절은 예언했다. 그 예언은 요한복음 12:12-15에 성취된 내용으로 기록되어 있다. G. 이사야 53:3은 메시아가 버림을 받게 될 것을 예언하고 있다. 이 예언에 대한 성취는 요한복음 1:11에서 발견할 수 있다. H. 미가서 5:1과 이사야 52:14는 메시아가 핍박을 받고 매를 맞게 될 것이라고 예언했다. 이 예언은 마가복음 15:19에서 성취된 것으로 기록했다. I. 이사야 53:7은 예수께서 재판을 받으실 때 침묵할 것이라고 예언했다. 이 예언은 마태복음 27:12-14에서 성취되었다. J. 시편 41:9은 예수께서 유다에게 배신당할 것이라고 예언했다. 이 예언은 마가복음 14:17-20에서 성취된 것으로 기록했다. K. 이사야 53:8은 메시아가 심문을 받고 유죄 판결을 받으리라고 예언했다. 이 예언은 마태복음 27:2에서 성취되었다. L. 시편 22:16은 메시아가 십자가형으로 죽게 될 것이라고 예언했다. 이 예언은 요한복음 19:17-18에서 성취된 말씀으로 나타나 있다. M. 시편 22:18에는 메시아의 옷을 벗긴 후 사람들이 제비뽑기할 것이라고 예언했다. 이 예언은 요한복음 19:23-24에서 이루어졌다. N. 시편 69:21에서 메시아에게 쓰고 신 것을 마시게 하리라고 한 예언은 요한복음 19:28-29에서 성취되었다. O. 출애굽기 12:46에는 유월절 양의 뼈가 부러지지 않을 것이라고 예언했다. 이 예언은 요한복음 19:34-36에 성취된 사건으로 기록되어 있다. P. 이사야 53:5-6에는 메시아가 자기 백성의 죄를 구속하는 대속자가 될 것이라고 예언하고 있다. 이 예언은 베드로전서 2:24-25에서 이루어졌다. Q. 시편 16:10에는 메시아가 죽음에서 부활할 것을 예언했다. 부활에 대한 예언의 성취는 신약 여러 곳에 나타나 있으며, 그중에 누가복음 24:1-7, 47에서 성취된 기록으로 나타나 있다.

(7) 신구약 중간사

이스라엘과 유다 왕국의 멸망 이후 본토에 남았거나 흩어진 유대인들은 바벨론과 페르시아의 지배를 거치고, B.C. 331년경부터 헬라의 지배를 받게 되었다. 헬라의 지배를 받았던 시기부터 로마의 통치가 시작되기 전까지의 역사를 중간사로 본다. 헬라가 이스라엘을 점령한 후로 헬라의 언어, 철학, 문화가 유입되고 점차적으로 헬라화되기 시작했다. 이러한 언어, 철학, 문화적 유입은 유대인의 생활방식과는 너무나 큰 차이를 보였다. 중간사 시대에는 이런 유형의 종파들이 현존했다. 첫째, 이 당시에 이스라엘 안에는 유대교 사람들인 소페림이 있었다.[15] 둘째, 엣세네(Essene)파가 있었다. 셋째, 로마의 통치와 제사장직 매매와 바리새파의 소멸이다.

(8) 현대의 유대교

이 강의는 현재 전 세계에 흩어져 살아가는 유대인의 활동과 삶에 대하여 밝히는 내용이다. 유대인은 전 세계 인구의 1%이다. 유대인들은 허풍쟁이, 방탕자, 싸우기를 좋아하는 사람, 게으름뱅이, 주정뱅이가 아니라 평화주의자이다. 근면하며, 범죄나 흉악한 일에 빠져들지 않으며, 가정이 건강하며, 가족생활은 칭찬받을 만하다. 미국의 세익스피어라고 불리는 마크 트웨인이 "유대인에 관하여"라는 책을 1,800년대 말에 저술했다. 그는 유대인의 특성을 다섯 가지로 정리했다.[16]

---

15 소페림은 서기관 그룹이며, 율법 학자들로 구성되었다. 그런데 이 학자들 가운데 헬라의 정치적 영향을 받은 정치적인 사람들과 하나님을 최우선으로 섬기는 비정치적인 사람들로 나뉘게 되었다. 하나는 '오니아스'(Onias) 파였고, 다른 하나는 '토비아스'(Tobias) 파였다. '오니아스파'는 모세의 율법을 충실히 지키는 신앙심이 깊은 사람들로서 나중에 '하시딤' 또는 '경건주의자'로 불렸다. 이들은 토라, 성전, 경건한 생활이라는 세 가지 원칙을 고수했다. 이들이 후에 바리새파로 알려지게 되었다. 이와 반대로 '토비아스파'는 모세의 율법을 포기하고, 헬라문화에 동화되었고, 권력자들과 타협하고, 현세에 순응하려고 했던 헬레나이저들로서 사두개파를 형성한 사람들이었다. 바울 역시 이 두 종교적 당파의 사람들이 당시에 존재했음을 밝혔다(행 23:8).

16 첫째, 유대인은 대체로 평화를 좋아하는 사람들이다. 둘째, 유대인은 범죄를 저지르지 않는 민족이다. 중범죄든 경범죄든 죄를 짓지 않으려고 한다. 셋째, 유대인은 대단히 가족 지향적 민족이다. 넷째, 유대인은 인정이 많다. 다섯째, 유대인은 근면하다. 알버트 아인쉬타인, 시그문트 프로이드, 조나 삭, 알버트 아브라함 마이클슨, 셀만 왁스맨, 로잘린 얄로우 등 전 세계에서 1901년부터 지금까지 노벨상을 수상한 사람은 의학

(9) 신약총론

정통파 유대인들은 신약성경도 유대인의 책이라고 믿는다. 유대인이 썼고, 유대인이 읽고, 유대인이 출판하였고, 유대인에 의해 세계에 펴졌다고 믿는다. 그러면서도 보편적으로 모든 유대인이 읽도록 하는 것은 금지되어 있다. 따라서 구약도 신약도 유대인의 책이라고 믿는다. 유대인들은 신약을 세 구분으로 나눈다. 첫째는 역사서(마태복음, 마가복음, 누가복음, 요한복음, 사도행전), 둘째는 교회 서신서(로마서, 고린도전·후서, 갈라디아서, 에베소서, 빌립보서, 골로새서, 데살로니가전·후서), 셋째는 목회 서신서(디모데전·후서, 디도서, 빌레몬서), 넷째는 유대 서신서(히브리서, 야고보서, 베드로전·후서, 요한일서, 요한이서, 요한삼서, 유다서, 요한계시록)이다.

(10) 초대교회사

첫째, 초대교회와 기독교의 출현에 대하여, 둘째, 교회의 구조와 유대교의 구조에 대하여, 셋째, 유대인의 세 교육기관에 관한 내용을 다루고 있다. 특별히 유대인은 세 교육기관에서 교육을 받는다. 첫째는 성전, 둘째는 회당, 셋째는 가정이다. 유대인은 중요한 절기나 순례하는 절기나 하나님께 예물을 드리려고 할 때는 예루살렘을 방문한다. 그러나 실제적인 삶의 중심지는 회당이다. 예배하고 희생제물을 드리기 위해서는 성전에 가지만 율법 공부나 삶의 중심지는 회당이다.

(11) 이스라엘과 종말 사건

전재규 장로가 마지막으로 배운 과목은 '이스라엘과 종말 사건'이다. 신구약 성경의 중심은 종말 사건을 향하여 흘러가고 있다. 구약에서 예언했던 하나님 나라와 왕은 오셨고, 다시 오실 것이다. 종말론적 관점에서 하나님의 나라는 가

에서 53명, 물리학에서 53명, 화학에서 36명, 경제학에서 31명, 문학에서 15명, 평화상 5명, 총 200명이 수상했다. 전 세계 노벨 수상자 가운데 22%가 유대인들이다.

까이 오고 있다는 점을 가르친다. 이 과목에서는 구약에서의 종말 사건, 중간기 시대의 종말 사건 그리고 신약시대의 종말 사건을 다루고 있다. 종말 사건에는 휴거, 환란 시대, 그리스도의 재림과 천년왕국 시대에 관한 내용을 다루고 있다.

이상이 전재규 장로가 졸라 유대인 신학 과정에서 배운 과목들이다.

제**3**장

전재규 박사의
교회 사랑과
헌신

1. 교회 사랑과 예배

전재규 장로의 교회 사랑은 그의 바른 교회관에 토대를 두고 있다. 그는 성경적이고 신학적인 교회론의 바른 의미를 이해하고 있다. 전재규 박사의 신앙생활은 오직 교회 중심이었다. 교회는 하나님의 백성이 모여 예배하는 장소였고, 살아계신 하나님이 임재하시는 거룩한 공간이었다. 교회에서 드리는 예배 가운데 하나님의 은혜와 축복을 경험하며, 기쁨을 얻고 소망을 갖게 되었다. 그가 사랑한 교회에 대하여 그는 이렇게 설명하고 있다.

교회는 택함을 받은 성도들이 함께 모여 교제하는 곳이라 할 수 있다. 초대교회는 '에클레시아'(εκκλησια)라(행 19:39) 불렀는데 이것은 법에 따라 유권자들을 소환할 때 사용했던 말로 '불러내었다'는 뜻을 가지고 있다. 교회는 선택받은 주의 백성을 불어내어 모인 회중(congregation)이다. 이렇게 불러내어 모인 초대교회의 생활을 보면 그들은 사도들의 가르침을 받아 서로 교제(fellowship)하며 떡을 떼며 기도에 오로지 힘썼다(행 2:42)고 하였다. 여기에 나타난 교제는 헬라어의 '코이노니아'(κοινωνια)로 표현된 말로써 단순한 교통(communication)이 아닌 친교(communion), 즉 친한 교제를 의미한다. 그러므로 교회란 불러내어 모인 성도들이 친교하는 곳이라 할 수 있다.[1]

---

1 전재규, 『내 집이 평안할지어다』(대구: 보문출판사, 1995), 66~67.

전재규 장로의 교회에 대한 이러한 교리적 확신은 오늘날 비성경적인 교회관을 가진 회중에게 바른 교회관을 제시한 것으로 볼 수 있다. 그는 회중 가운데서 성도가 교제하는 것(communion)이 중요하기에 사도신경(The apostles' Creed)에서도 "성도가 서로 교제하는 것"(communion of saints)이라고 고백한다. 오늘날 교회의 많은 성도는 잘못된 교회관을 가지고 있음을 지적한다. 교회는 하나님과 성도의 교제와 성도 상호 간의 친교를 위한 모임이 되어야 하지만, 많은 교인이 목사님의 설교를 듣기 위해 예배당에 출석하는 잘못된 교회관을 가지고 있다고 지적한다. 전재규 장로는 교회의 친교(communion)를 강조하면서 하나님과 성도의 교제의 중요성을 강조했다. 하나님과 성도의 교제가 예배를 통해 실천되어야 한다는 것이다. 그는 예배에 대한 성경적이고 신학적인 의미를 분명히 이해하고 있다. 여기에는 그의 성경 이해와 신학적인 지성이 묻어있다. 그는 구약과 신약에서 표현하는 예배의 단어들을 이해하고 예배가 어떤 형태로 변천했으며, 오늘날은 어떤 의미로 예배해야 하는가를 설명한다.

구약에서 예배를 표현하는 히브리어는 "샤하아"(shachah)라는 단어로 '엎드려 부복하다, 경배하다'란 뜻으로 사용된다. 이런 의미에서 히브리인들은 하나님과 올바른 신앙 관계 회복을 위해 그리고 회복된 관계를 계속 유지하기 위해 크게 세 가지 형태의 예배를 드렸다. 구약에서의 예배의 형태는 제사로 드려졌다. 죄 용서와 회개를 위한 속죄의 제사, 감사의 번제, 영적 교제의 회복을 위한 화목제이다. 이와 같은 제사들은 인간이 고안한 것들이 아니고 하나님께서 직접 제공하신 것들이며, 속죄의 길도, 감사와 헌신의 길도, 화목과 영적 교제의 길도 모두 하나님께서 법으로 정해주신 것들이다. 따라서 구약에서 예배인 제사는 그 주도권이 하나님께 있었으며 하나님의 요구에 대한 응답으로 인간의 예배 행위가 수반되었다. 구약시대 예배의 장소로 구별된 성막은 면회의 장소(meeting place)로 불리었는데 이는 하나님께서 이 성막에 임재하시고 그의 백성과 만나는 장소였기 때문이다. 성막은 성소와 지성소로 구분되어 있는데, 그 사이에 휘장이 내려져 있으며, 지성소에는 법궤가 있는데 그곳은 거룩한 하나님의 임재를 상징하는 곳이었다.

신약시대의 공예배는 예수 그리스도의 죽음과 부활로 얻은 그리스도의 구속을 중심으로 한 예배가 되었다. 하나님은 구속의 은총을 받은 그의 백성이 예배하는 가운데 임재하시고, 그의 백성은 중보자 예수 그리스도에 의하여 하나님과 만나게 되며 예배를 통해 하나님의 은혜와 축복을 체험하게 된다. 신약에서 '예배하다'란 말은 '프로스큐네오'(προσκυνεο)로 '숭배하다, 섬기다, 존경하다, 모시다'란 뜻이다. 또 신약에서 영적 예배(spiritual worship)를 표현하는 단어는 '라트레이아'(λατρεια)이며(롬 9:4; 12:1), 봉사(service)의 뜻을 담고 있다. 따라서 영어에서는 예배를 '워십'(worship) 또는 '서비스'(service)로 번역하고 있다.

예배를 표현하는 '워십'(worship)은 가치를 뜻하는 'worth'와 신분을 표현하는 'ship'이 합성된 복합명사로서 이는 '가치 있음, 경의, 존경, 고귀함'을 표현한다. 따라서 하나님을 '예배하다'는 말은 하나님께 경의와 존경과 고귀함과 가치를 드린다는 것이다. 예배가 이러한 의미를 담고 있기에 성도의 신앙생활에는 예배가 우선되어야 한다. 예배 가운데 성령이 임재하시고, 가치 있는 말씀이 선포되고, 하나님을 경외하고 존경하는 마음으로 그분께 영광을 돌려드린다. 이것이 참된 예배이다. 그러므로 예배는 신앙의 중심에 두어야 하며, 예배를 구심점으로 모든 생활이 전개되어야 한다.[2] 전재규 장로는 예배를 이렇게 정의하고 있다.

> 예배는 인간과 하나님 사이에서 이루어지는 예식으로 크게 두 가지로 분류할 수 있다. 그 하나는 하나님께 속한 부분이요, 다른 하나는 사람에게 해당되는 부분이다. 하나님께 속한 부분, 즉 신적요소(神的要素)는 성경봉독, 설교예식(예전), 축도 등으로 하나님의 말씀이 인간에게 임하는 것이요, 사람에게 해당되는 부분은 기도, 찬송, 헌금 등으로 사람이 하나님께 믿음으로 응답하는 부

---

2 Ibid., 86~87.

분이다. 따라서 예배는 이 두 가지 요소를 통하여 예수 그리스도가 중보하심으로 하나님과 인간이 만나는 것이라고 정의할 수 있다. 그러므로 예배에 참여함으로써 하나님의 계시와 인간의 응답으로 이루어지는 쌍방의 인격적 역사(役事)를 이루게 되는 것이다.[3]

그는 이러한 성경적이고 신학적인 토대 위에서 기독교 예배의 중요성에 대하여 이렇게 설명한다.

교회는 하나님과 사람 사이의 인격적 교제인데 하나님께서 자신을 제공하시는데 대한 인간의 응답이다. 기독교 예배는 하나님과 그의 백성 간의 대화이며, 예수 그리스도를 중보로 하여 하나님과 사람, 곧 예배자와의 교제(communion)요, 만남(meeting)의 증표이다. 교회는 만남의 장소이며, 하나님과 만나서 성도들이 교제하는 장소라고 할 수 있다. 교회는 결코 연설이나 웅변을 들으러 오는 곳이 아니고, 위로는 하나님을 만나고 아래로는 성도들을 만나서 사랑의 교제를 나누는 곳이다. 현대 교회는 대형교회로 성장하여 성도의 교제는 전무하고 예배의 본분을 망각하고 한 시간 강연을 듣고 돌아가는 강당으로 전락하는 경향도 없지 않다. 사도의 신앙고백 중에 중요한 구절은 "성령을 믿사오며 거룩한 공회(公會)와 성도가 서로 교통하는(the communion of saints) 것과"라 하였다. 우리가 드리는 예배의식(禮拜儀式) 중에 성전에 모여든 성도의 모임인 공회(公會)에 속한 성도의 교통은 대단히 중요한 비중을 차지한다. 그러기 때문에 사도들이 성도의 교통을 신앙으로 고백하였고 오늘까지도 모든 성도가 이 신앙을 고백하고 있는 것이다.[4]

전재규 장로의 이러한 신학적 견해는 교회의 예배가 얼마나 중요한가를 시

---

3 Ibid., 95.
4 Ibid., 98~99.

사해 준다. 하나님의 형상을 따라 창조된 인간은 종적으로 하나님과 교통하고, 횡적으로는 이웃과 교통하며 삶을 영위한다. 그중에 예배는 하나님과 성도들 간에 영적으로 교통하는 가장 중요한 시간이라 할 수 있다. 인간은 동물과 달리 인격적인 존재로 창조되었기에 인격적인 만남과 교제가 필요하다. 교제란 인격과 인격 사이에서 형성되는 교통이라 할 수 있다. 특별히 성도가 모인 자리에 하나님께서 임재하셔서 성령으로 감화하시고 교통하심으로 성도는 기도와 영적 예배를 통하여 하나님과 교통하는 것은 무엇보다 중요하다.

교회에 대한 이러한 신앙 정신을 가졌기에 그는 바쁜 시간을 보내면서도 예배와 교회 봉사에 앞장서며, 성도들에게 모범을 보였다. 그는 성도에게 있어 삶과 예배가 분리될 수 없다고 생각한다. 그는 삶을 통한 예배, 언행이 일치되는 예배를 강조한다. 자기의 전 인격과 삶 전체가 예배와 연결되어야 한다. 세상에 나가서는 악한 생활, 경건치 못한 생활로 일관하다가 주일에만 와서 헌금하고 기도만 한다면 그것은 하나님께서 기뻐하시는 예배가 아니라고 말한다. 일주일의 삶 전체가 예배와 연결이 되고, 주일에 예배를 드릴 때 감사와 찬송과 '아멘'으로 화답하는 진실한 예배가 될 때 하나님께서 열납하시는 예배가 된다는 점을 강조한다. 위선자들처럼 예배에 참석하고, 설교를 듣기도 하고 구제도 하나 그 속에 진실성이 없으므로 그런 예배는 하나님이 기뻐하시지 않는다.

사도 바울이 "너희 몸을 하나님이 기뻐하시는 산 제사로 드리라"(롬 12:1)고 말한 것처럼 성도의 삶을 통한 예배, 언행이 일치되는 예배가 바로 산 제사(a living sacrifice)가 된다고 말한다. 따라서 언행이 일치되지 않고 신앙과 삶이 분리되는 예배는 죽은 제사가 된다는 뜻이기도 하다. 삶을 통한 산 제사는 성도가 마땅히 드릴 영적 예배이다. 산 제사로서의 예배는 외적이며, 유행을 따라 지나가는 세상을 본받지 않고 내적으로 죄악 된 본성이 변화되어 하나님의 선하시고, 기뻐하시고, 온전하신 뜻이 무엇인지를 분별하는 삶으로 나타나야 한다. 그러므로 영적 예배는 유창한 언어 표현이나 장엄한 종교적 의식에 있는 것이 아니라 매일의 삶 속에서 자신의 진실한 삶으로 하나님께 드리는 것이라고

확신하고 있다.[5]

　더 나아가 전재규 장로는 예배의 목적과 예배 가운데서 행해지는 요소가 무엇인가를 인지하고 있다. 그는 예배의 목적은 하나님의 영광을 드러내는 데 있다고 했다. 그렇다. 예배는 개인의 사사로운 욕망과 행복을 추구하기 위해 존재하는 것이 아니다. 특별히 주일에 드리는 예배는 안식을 기억하며 그날을 거룩하게 지키라고 하신 하나님의 명령을 따라 드리는 가장 중요한 공식 예배임을 강조한다. 주일의 공예배는 하나님의 영광을 위해 드리는 예배이며, 남녀노소 구별 없이 모두가 참석해야 할 의무가 부여된 공예배이다. 그러므로 성도들이 공예배에 임할 때 깨끗하고 정성스러운 마음으로 하나님께 영광이 되도록 해야 한다. 하나님께서는 이와같이 영과 진리로 예배하는 자들을 찾으시고, 그들의 예배를 받으시고, 영광을 받는 것이다. 그는 예배 요소들의 중요성을 이렇게 설명한다.

　첫째, 예배의 요소들 가운데 가장 중요하게 다루어져야 할 부분이 목회자들을 통하여 선포되는 설교이다. 말씀의 선포는 하나님의 말씀을 대언(代言)하는 것이니 두말할 필요도 없이 심혈을 기울여 준비해야 할 것이며, 말씀을 듣는 성도들은 하나님께서 주신 말씀으로 믿고 경청해야 할 것이라고 했다. 그는 이러한 예배자의 자세로 주일을 맞이했다. 토요일 저녁에 주일의 각종 행사와 책임 맡은 일들을 정리하고 준비한다. 주일 새벽 예배에 참석하기 위해 평일보다 조금 일찍(10시 30분경) 잠자리에 든다. 이렇게 하면 계절에 상관없이 약 6시간 정도는 수면을 취할 수 있다. 만일 수면 시간이 이보다 짧으면 기도회를 마치고 집으로 돌아와 다시 잠을 청해야 되므로 하루의 생활 리듬이 깨뜨려지고, 주일 예배에 지장을 줄 수 있기에 규칙적인 생활을 하려고 노력했다.[6] 그는 설교 시간이 되면 성경 본문 말씀으로 은혜를 받으려고 애쓴다. 본문의 의미를 바르게 깨닫고 의미를 이해하기 위해 항상 영한 성경과 사전을 들고 다니면서 설교할

---

5 Ibid., 90~91.
6 Ibid., 103.

본문을 반복하여 읽고 상고하면서 설교를 듣곤 했다. 그렇게 행동함이 설교에 전념할 수 있었기 때문이었다.[7]

둘째, 예배시에 성도들을 대표하는 기도는 혼자서 하는 기도가 아니다. 기도하는 자가 대표로 기도를 하면 모든 성도는 기도에 이끌려 한마음 한뜻으로 하나님께 화답하며, 영광을 돌리는 기도가 되어야 한다고 했다. 사실 대표 기도는 회중을 위해 기도를 인도하는(lead) 것이다. '인도'란 이끌어간다는 뜻이다. 따라서 한 사람이 대표로 기도를 이끌어 가면 모두가 함께 동참하게 되는 것이라고 했다. 그는 이러한 예를 요한계시록의 말씀을 근거로 설명한다. 계시록 4:10은 이렇게 기록하고 있다.

이십사 장로들이 보좌에 앉으신 이 앞에 엎드려 세세토록 살아계시는 이에게 경배하고 자기의 관을 보좌에 드리며 이르되 우리 주 하나님이여 영광과 존귀와 권능을 받으시는 것이 합당하오니 주께서 만물을 지으신지라 만물이 주의 뜻대로 있었고 또 지으심을 받았나이다.

계시록 5:13은 이렇게 기록하고 있다.

내가 또 들으니 하늘 위에와 땅 위에와 땅 아래와 바다 위에와 또 그 가운데 모든 피조물이 이르되 보좌에 앉으신 이와 어린 양에게 찬송과 존귀와 영광과 권능을 세세토록 돌릴지어다 하니 네 생물이 이르되 아멘하고 장로들은 엎드려 경배하더라.

이와 같이 성도를 대표해서 기도하는 자는 예배자들을 한마음 한뜻으로 인도하여 하나님께 존귀와 영광과 권능을 하나님께 돌려야 한다. 따라서 대표 기도자는 한 주간 동안 기도할 것을 마음으로 준비하여 온 성도가 한마음으로

---

7 Ibid., 105.

하나님께 영광을 돌릴 수 있도록 인도해야 한다고 했다.

　전재규 장로는 기도가 살아계신 하나님과 영적으로 교제하는 대화의 시간이기에 중요하게 생각한다. 주일에는 적어도 10분 전에 예배당에 도착하여 당회석에 앉아 예배 시작 때까지 기도로 준비한다. 예배를 준비하는 기도는 마음을 정돈하는 시간이기에 대단히 중요하다고 느낀다. 그래서 은혜 가운데 평안하게 예배할 수 있어 감사하고, 가족이 함께 예배할 수 있음에 감사하며, 예배 가운데 하늘 문이 열리는 예배가 되고, 불로 응답받는 엘리야의 제단처럼 되게 해달라고 기도한다. 그는 비록 가족이 떨어져 있을 때에도 같은 기도를 한다고 했다. 특별히 교회의 장로로 장립된 후 대표 기도할 차례가 되면 한 주간 동안 기도할 내용을 마음으로 준비하여 성도 모두가 한마음 한뜻이 되어 하나님께 영광을 돌리도록 기도를 준비한다. 그의 대표 기도의 시작은 이렇게 기도한다. "알파와 오메가가 되셔서 영원 전부터 영원 끝까지를 섭리하시며 오늘도 역사의 수레바퀴를 운전하시는 살아계신 우리 하나님께 감사와 찬송과 존귀와 영광, 영광, 영광을 돌립니다."[8]

　셋째, 찬양도 예배 순서 중의 중요한 부분이다. 찬양은 찬양대가 부르고 성도들은 감상하거나 구경하는 것이 아니라 예배자 모두가 찬양에 동참해야 한다. 그는 계시록 19:4의 말씀을 예로 들어 설명한다.

> 또 이십사 장로와 네 생물이 엎드려 보좌에 앉으신 하나님께 경배하여 이르되 아멘 할렐루야 하니 보좌에서 음성이 나서 이르시되 하나님의 종들 곧 그를 경외하는 너희들아 작은 자나 큰 자나 다 우리 하나님께 찬송하라.

　그는 이 말씀이 하나님을 세세토록 찬양하는 천국의 한 장면을 소개하고 있는 것으로 설명한다. 따라서 예배 중의 찬양은 찬양대를 중심으로 성도들의 모든 시선이 하나님께로 향하여 함께 드리는 찬양이 되어야 함을 강조했다. 특별

---

8 Ibid., 105.

히 찬양대원들은 경건하고 기도하는 마음으로 찬양을 준비해야 하며, 예배하는 성도들도 정성스럽게 준비된 찬양에 맞추어 감격스러운 마음으로 동참할 것이라고 말한다.

넷째, 전재규 장로는 예배의 요소 중에 헌금에 대해서도 그의 견해를 밝히고 있다. 성도들이 예배시에 헌금을 드릴 때도 마음과 몸을 단정히 하고 정성껏 드려야 한다고 말한다. 그는 하나님께 드릴 헌금은 예배일 전에 깨끗한 돈을 골라 미리 준비해 두는 것이 정성이 담긴 헌금이라고 했다. 하나님을 예배함에 있어 예배하는 자의 자세와 마음가짐이 중요함을 역설한다. 예배를 위하여 집을 나설 때부터 하나님 아버지를 만나러 가고 있음을 인식하고 가볍고 기쁜 마음으로 출발하여 영과 진리로 예배할 때 은혜를 받을 수 있다는 것이다. 예배자가 마음과 몸을 단정히 하고 예배에 참석하면 상쾌한 기분으로 은혜를 받게 될 것이며, 그러한 정성을 하나님께서도 기쁘게 받으실 것이라고 했다.[9]

---

9 Ibid., 97~97.

2. 교회 사랑과 교육 봉사

전재규 장로는 그가 하나님의 부르심과 은혜를 받고 신앙생활을 하면서 교회에서 성도들과 믿음의 가정에서 자라나는 후손들을 위한 교회교육의 필요성을 누구보다 강하게 느꼈다. 그는 교육은 지능과 정서와 의지를 개발하는 근본 요소로 개개인의 인격을 형성하게 하고, 성숙하게 하는 매개체라고 했다. 교육을 어떻게 받느냐에 따라 인격의 형성도 달라진다는 것이다. 그래서 국가도 국민의 교육이 국가 발전과 직결되므로 어느 나라이든 교육을 국민의 3대 의무 중 하나로 규정하고 있다. 인간을 교육하지 않든가 그릇되게 교육함으로 인간을 비인격적인 사람으로 만들 수 있다.

옛날 미국의 백인들이 흑인들을 노예로 삼았을 때 그들이 노예의 굴레를 벗어나지 못하도록 그들에게 글을 가르치지 않았다. 지나간 한민족의 역사를 보면 일본의 통치하에서 한국민들은 제대로 교육받지 못했고, 그릇된 탄압하에 지내다가 해방과 함께 한 맺힌 울분을 자녀 교육열로 발산했다. 부모들은 자신들이 굶주리면서도 자녀들을 교육받게 했다. 이러한 교육의 결과로 인재를 키워내고 그들이 국가의 발전과 성장에 기여했다. 이러한 한민족의 교육열과 경제성장의 이면에는 기독교적 교육이 깊이 뿌리내려 있음을 부인할 수 없다. 18세기 말부터 기독교 진리를 가르치기 위해 서방의 선교사들이 내한하여 곳곳마다 교회를 세우고, 종교학교(mission school)와 기독교 병원과 사회 교육기관을 설립하여 가르치고, 치료하고, 복음을 전하는 일을 함으로 문맹이 퇴치되

었으며, 서방의 진보적 학문이 유입되었고 서양의 의학이 정착되어 국가 발전의 초석이 되었다.[10]

　기독교 복음을 접하면서 전재규 장로는 교육의 힘이 위대하다는 사실을 깨닫게 되었다. 특별히 학생 시절 계성중·고등학교를 다닐 때 그 당시 받은 기독교 교육의 영향으로 상당수의 졸업생들이 신앙을 가진 교회의 목사, 장로, 집사 그리고 그리스도인이 되었고, 목회, 학문, 예술, 등 국내외에서 선구자적 활동을 하고 있다. 계성학교는 미국 북장로교 선교사인 아담스 선교사가 설립한 대구 최초의 기독교 학교이다. 그때의 종교교육이 신앙 인격 형성에 지대한 영향력을 주었다고 고백했다. 전재규 장로는 성경을 읽으면서 교육이 사람의 신앙 인격 형성에 중요하기 때문에 예수께서 설교하시고 가르치기를 계속하셨던 것을 깨닫게 된 것이다. 계성학교를 통해 "여호와를 경외하는 것이 지식의 근본"(잠 1:7)이며, "진리 안에서 자유하라"는 가르침을 받고 뇌리에 새겼다. 구약성경을 보면 이스라엘 백성은 자녀들을 위한 특별한 종교교육을 실천했다. 그것이 '쉐마'(들으라) 교육이었다. 그래서 성경이 명하는 대로 자녀에게 가르쳤다.

　　오늘 내가 네게 명하는 이 말씀을 너는 마음에 새기고 네 자녀에게 부지런히 가르치며 집에 앉았을 때에든지 길을 갈 때에든지 누워있을 때에든지 일어날 때에든지 이 말씀을 강론할 것이며 너는 또 그것을 네 손목에 매어 기호를 삼으며 네 미간에 붙여 표로 삼고 또 네 집 문설주와 바깥 문에 기록할지니라(신 6:6-9).

　이와 같이 하나님의 명령에 따라 자녀가 잠들 때에도 성경을 읽으며 잠들게 했고, 자라서 회당에 갈 나이가 되면 회당에서 철저한 교육을 받게 했다. 예수께서도 공생애 동안 선생의 신분으로 자기에게 몰려든 자들에게 교육하는 일을 멈추지 않았다. 산에서, 들판에서, 회당에서 무리를 가르쳤다. 그의 사역의 중심은 설교, 교육, 치유였다. 이러한 성경의 교육이 전재규 장로를 교회학교에

---

10 전재규, 『내 집이 평안할지어다』, 143.

서 학생들을 가르치는 교사로 활동하게 했으며, 환우들을 치료하는 의사의 꿈을 가지게 했다. 전재규 장로는 학생 시절부터 교회에서는 항상 앞장서서 일하는 학생이었다. 그는 교회에서 항상 리더로서 역할을 했다. 하나님께서 미래를 위해 그를 훈련하고 계셨던 것이다. 그는 고등학교 3학년 때부터 여름마다 개최하는 하기성경학교에서 봉사하느라 마음이 분주했다. 그는 성경을 자전거에 싣고, 예배당에 들어서면서부터 하나님께 기도하기 시작했다. 큰일을 앞두고 하나님께 기도하며, 주님의 도우심과 은혜를 힘입기 위해서였다. 이런 열심 때문에 친구들과 교회 성도들은 전재규가 장차 목사가 될 것이라고 말하기도 했다.

오늘날은 여름에 교회학교 학생들을 위하여 갖는 행사를 '하기수련회'라 말하지만, 전재규 장로가 교회에 출석할 때에는 '하계학교' 또는 '하기성경학교'라고 했다. 하기성경학교는 단순히 예배를 드리고, 성경과 찬송을 배우는 시간만은 아니었다. 성경, 한글, 산수, 음악, 수공, 동화 등 어린이와 청소년들에게 다양한 배움을 제공하는 특별한 기간이었다. 전재규 장로는 고등학교 3학년 때부터 군위, 동명, 상주, 대구, 반야월 등지의 크고 작은 교회에서 하기성경학교 이야기 선생님으로 활동했다. 그는 하기성경학교를 시작하기 전날 오후에 초대받은 교회에 도착한다. 요즈음같이 자가 승용차나 다른 교통수단이 열악한 때였기 때문에 주로 버스를 타고 이동했다. 미리 교회에 도착하면 성경학교를 준비하고 있던 몇몇 교사들과 아이들이 여기저기서 뛰어나와 금방 주변에 몰려들었다. 아이들은 떠나지 않고 선생님 주변을 졸졸 따라다니며, 질문하기도 하고 물을 떠다주기도 했다. 전재규 장로는 모여든 아이들과 함께 성경학교를 소개하고, 아이들을 모으기 위해 동네를 한 바퀴 돌았다. 당시만 해도 일손이 부족하여 아이들은 논밭에서 부모님을 돕거나 고추를 말리거나 꼭지를 따는 일을 거들거나 했기에 개울에서 물놀이하는 아이들을 찾아다니기도 했다.

하기성경학교를 준비하는 교사들은 정말 진지하고 열심히 준비한다. 준비를 마치고는 간단히 저녁을 먹고 함께 모여 기도하는 시간을 가진다. 많은 아이가 하기성경학교에 참석하도록, 참석하는 아이들의 마음에 복음의 씨앗이 뿌려지도록, 아이들을 통해 부모님이 예수를 믿도록 뜨겁게 기도하고는 숙소로 돌아간다. 하기성경학교는 보통 아침 9시부터 시작했다. 아침부터 아이들은 모여들었고, 시작할 시간이 되면 벌써 아이들이 예배당에 꽉 찬다. 어떤 예배당은 수용할 수 없을 정도로 아이들이 많아서 예배당 마당에서 진행하기도 했다. 예배가 끝나면 곧바로 성경 동화 시간이 시작된다. 전재규 장로는 성경 동화 담당 선생님이었다. 그래서 그를 이야기 선생님으로 불렀다. 성경 동화 시간이 되면 아이들은 진지하고 차분하게 들을 준비를 한다. 전재규 장로가 이야기를 또박또박 들려주면 아이들은 숨을 죽이며 집중해서 듣곤 했다. 가끔은 이야기에 흠뻑 취해 훌쩍훌쩍 우는 아이도 있고, '아멘' 하는 아이도 있었다.

　어느 시골교회에서 성경학교를 인도하던 날은 저녁이었다. 예배당에 모여든 아이들의 눈빛은 초롱초롱했다. 전재규 장로는 성경의 이야기를 동화처럼 풀어서 아이들에게 들려주곤 했다. 어린 양처럼 진지하게 이야기를 듣는 아이들을 보면서 전재규 장로 자신도 은혜로운 시간에 감동되어 눈물을 흘리곤 했다. 그 눈물을 본 선생님과 아이들이 하나둘씩 울기 시작하면서, 모두가 부둥켜안고 엉엉 소리 내어 울기도 했다. 그는 그때의 기억을 잊지 못하고 있다. 주님 앞에 벌거벗은 것처럼 드러난 자신이 아이들을 가르치며, 은혜를 함께 나누는 그 감동적인 순간을 경험했기에 지금도 그 시절의 순수함과 열정을 사모하고 있다.

　전재규 장로는 대학교 1학년 때부터 교회의 유·초등부 주일학교, 중·고등부 교사 그리고 청년부에까지 정말 바쁘게 봉사했다. 당시 총회에서 발간한 공과 책을 중심으로 자신이 열심히 공부하고, 확신을 가지고 학생들을 가르쳤다. 교회학교 교사 헌신 예배나 청년부 헌신 예배 때는 주제를 써서 예배당 벽면에 붙이고 특송을 준비하며 미리 불러보기도 했다. 당시에는 교회학교 학생회 활동이 왕성했던 시기였다. 마땅한 여가시설도 없었고 문화공간도 많지 않았던 시절이라 불신 가정의 학생들도 자발적으로나 친구의 권유로 교회 학생회 모임에 많이 참석했다. 당시에는 각 부서에 담당 교역자가 없어 부장들이 예배를 인도하고, 설교하면서 학생회를 이끌어갔다. 대학생이었던 청년 전재규는 교회에서 중·고등부 학생들을 가르치는 교사로 오랫동안 섬긴 것이 인정되어 주일학교 중등부 부장직을 맡아 봉사하기도 했다. 이렇게 바쁘게 활동하면서 주일을 보내곤 했다. 정말 본인의 고백처럼 정신없이 주일을 보내곤 했다. 이것이 교회를 사랑하고, 주님을 사랑하고, 지도하는 학생들을 사랑한 진실한 그리스도인의 마음이 아닌가!

전재규 장로는 의과대학 의예과 과정을 마치고(1956~1958년), 의과대학 본과에 진학했다(1958~1962년). 이 당시에 출석했던 교회에서 청년회 회장직을 맡아 열심히 봉사했고, 집사 직분이 그에게 주어졌다. 이것은 하나님께서 전재규 장로에게 주신 큰 은혜와 축복이었다. 따라서 총각 집사로서 직분에 부끄럽지 않게 최선을 다해 열심히 각 부서를 돌보며 봉사했다. 전재규 장로는 의과대학을 졸업한(1956년~1962년) 이후 군의학교에 입학하여 훈련을 마치고 군의관으로 병역의무를 마쳤다(1962.4.22~1965.8.31). 그는 군의관 복무를 마치고 나서 1966년 12월에 미국으로 건너가, 세인트 루이스 시립병원(St. louis City Hospital)에서 인턴십(Internship)과 레지던트(Residency) 과정을 거치고, 오하이오 주(Ohio) 클리블랜드 휴론로드 병원(Cleveland Huron Road Hospital)에서 마취과 레지던트 과정을 거쳐 에크론 아동병원(Akron Children Hospital)에서 정식 의사로 근무한 후 1972년 12월 31일에 귀국했다. 이때까지 전재규 장로는 한국에서 교회에서 봉사하는 기회를 갖지 못했다.

제**4**장

전재규 박사의
성경 사랑과
설교

1. 성경 사랑과 설교

전재규 장로의 신앙은 성경 사랑과 함께 성장하고 발전했다. 그는 누구보다도 성경을 사랑한다. 매일 성경을 읽고 묵상한다. 혼자 있거나 가족들이 함께 모이는 날에는 가정 예배에서 설교한다. 자녀들과 후손들에게 성경대로 살아갈 것을 교훈한다. 성경을 사랑하는 그의 실천적 행동은 성경 읽기와 성경 공부에서 나타난다. 그는 성경을 읽는 데만 만족하지 않고, 성경 본문의 단어에 담긴 의미를 이해하기 위해 원어와 관련된 주석들을 참고하며, 빽빽이 여백을 메꾸기까지 성경에 기록한다. 전재규 장로의 설교에는 그의 신앙과 삶이 고스란히 녹아있다. 설교의 내용 속에는 하나님의 말씀에 관한 깊이 있는 해석과 성경 원어와 어휘의 폭넓은 해석과 내용과 관련된 외국어를 사용하여 성경 단어의 의미를 정확하게 전달하려고 노력한 점이 나타나 있다. 노력과 지성을 사용하는 세심함은 의학 전문인으로서 환우의 질병을 정확하게 진단하고, 치료나 수술을 진행하는 의사에게 훈련된 그의 삶이 성경 연구와 설교에도 고스란히 담겨있다고 볼 수 있다.

전재규 장로의 설교는 단순한 설명만으로 청중을 이해시키려 하는 것이 아니라 그의 실천적이고 체험적인 삶을 통해 전달되는 말씀이기에 듣는 이들에게 공감과 감화로 이어진다. 그의 설교는 열정에 불타는 신앙심에서 나온 그의 신학이자 삶이었다. 성경을 이해하려는 그의 열망은 뜨거웠다. 성경을 읽어가면서 이해가 되지 않은 부분을 접하게 될 때 그는 성경을 깊이 묵상하는 시간을 가졌다. 성경을 읽을 때 이해되지 않는 말씀에 부딪힐 때 인간의 이성으로 이해할 수 있는 말씀은 받아들이고, 이해되지 않는 부분은 "이성이 믿음을 좇아와 닿을 때까지 믿음으로 받아들이면 된다"는 확신을 갖고 있었다.[1] 이런 그의 확신은 성경 히브리서의 말씀에 근거하고 있다.

> 하나님의 말씀은 살아있고(the word of God is living) 활력이 있어 좌우에 날선 어떤 검보다도 예리하여(shaper than any two-edged sword) 혼과 영과 및 관절과 골수를 찔러 쪼개기까지 하며 또 마음의 생각과 뜻을 판단하나니 지으신 것이 하나도 그 앞에 나타나지 않음이 없고 우리의 결산을 받으실 이의 눈앞에 만물이 벌거벗은 것 같이 드러나느니라(히 4:12-13).

바로 이 성경의 토대 위에 자신의 신앙을 세워가는 꾸밈이 없고, 가식이 없는 경건함에서 나온 그의 진실한 신앙고백이다. 그는 입으로 전하든 글로 전하든 설교는 신앙인들의 영적 생명과 직결된다고 믿었다. 설교가 하늘의 만나를 먹는 것처럼 생명의 근원이 되고, 풍요로운 신앙으로 이끄는 맑은 샘물의 근원이 된다. 성경이 그의 신앙의 토대요, 한평생 주님과 동행하게 만든 사랑의 끈이요, 삶의 원동력이었다. 그는 지금까지 살아온 자신의 삶을 성경 말씀에 비추면서 조명했을 때 하나님 앞에서 그의 실존은 만족과 즐거움이 풍성했고 부끄럽지 않았으며, 행복한 삶이었다고 고백했다.[2]

특별히 설교를 준비할 때 그는 목회자의 심정으로 말씀을 연구하고 설교를 준비했다. 성경의 의미를 이해하고 분석하려고 할 때 성경의 원문과 주석들을 참고하며 학자적인 통찰력을 발휘했다. 성경 진리의 의미를 바르게 밝히려고 신중하게 접근했다. 교회 성도들이 그 설교를 통해 하나님께서 가르치시려는 교훈을 어떻게 전달할 것인가를 고민했다. 설교에서 성경이 중심이 되어야 한

---

1 Ibid., 75.
2 Ibid., 69.

다는 확신으로 설교의 세세한 부분까지도 묵상하여 삶과 적용하려고 노력한 흔적들이 설교에 그대로 드러나 있다.

　이러한 전재규 장로의 성경 해석과 설교를 작성하는 신학적 구성은 그가 의사로 활동하면서도 대신대학교 야간 과정에서 신학을 공부했으며, 동산의료원에서 은퇴한 후로 유대인 졸라 신학교(Zola Seminary)에서 신학을 공부한 것이 큰 도움이 되었던 것으로 이해할 수 있다. 신학교에서의 설교학에 대한 가르침은 신학적인 배경과 교수의 가르침에 따라 약간씩 차이점은 있으나 본문의 내용과 문맥을 분석하고, 분문에서 교리적 부분이나 도덕적 원리를 유추하는 작업을 거쳐 이 원리들을 그리스도인의 삶에 어떻게 적용될 수 있는가를 제시하는 것이 설교자의 기본적인 작업이다. 그의 설교가 이런 형식의 토대 위에서 전개되었다고 볼 수 있다.

　특별히 전재규 장로의 설교를 분석하면 본문에서 얻은 신학적이고 윤리적인 교훈을 삶에 적용하는 부분이 탁월하다. 그것은 그만큼 본문과 삶을 연결하려는 깊은 묵상의 시간을 가졌다는 것을 느낄 수 있다. 아무리 설교자가 본문에서 신학적이고 윤리적인 교훈을 끌어낸다 할지라도 삶에 적용이 되지 않는다면 그것은 교리공부에 불과하다. 그의 설교를 통해 두드러지게 나타나는 부분이 성경의 가르침을 생활에 적용해야 한다는 점이다. 성경의 진리에서 하루하루 삶으로 이어지는 다리를 놓지 않는다면 그 가르침은 생명력을 잃을 수밖에 없다. 그러나 전재규 장로의 설교에는 적용이 두드러지게 나타나 있어 설교를 읽거나 듣는 자들은 마치 자신이 고민한 문제를 해결하고, 자신이 처한 이야기를 듣고 있는 것 같은 감동이 주어진다. 그의 설교를 들은 김영준 병원장(김영준치과 원장)은 이렇게 회고했다.

　　장로님은 의학자로서의 전문적인 지식은 물론이거니와 신학자로서 깊은 믿음, 다양한 지식과 통찰력, 그 열정들은 참으로 우리가 본받고 싶은 점들입니다. 나는 목회자의 말씀을 듣는 것도 좋지만, 평신도가 묵상하고, 체험한 것을 듣는 것을 좋아합니다. 목회자보다 우리의 처지에 가깝고, 다 잘 이해하리라 생각하기 때문이죠. 그런 점에서 전 장로님의 설교나 특강을 참 좋아하며, 또 주위의 사람들에게 강사로 자신 있게 추천하기도 합니다.[3]

계명대학교 의과대학 내과 교수로 재직했던 김현철도 전재규 장로가 기독교 정신으로 설립된 동산기독병원에 참으로 합당한 분이며, 많은 업적과 공헌을 남긴 분으로 회상하고 있다. 그는 전재규 장로의 설교를 통해 받은 감동을 이렇게 전하고 있다.

아침 채플 시마다 전해 주시는 설교 말씀은 얼마나 가슴에 와닿는지, 교회에서 그렇게도 많은 설교 말씀을 들어왔어도 잘 몰랐던 신앙적 문제를 해결과 감동까지 해주시니, 바쁜 일과 중에서도 이 시간만큼은 늘 기다려졌다. 한마디로 이 기관을 위해 헌신하셨음은 물론 학문과 신앙의 전도자적 사명을 다하신 분이시라 생각한다.[4]

신학자들과 설교자들은 이렇게 말한다. 설교의 꽃은 적용이다. 심오한 진리를 펼쳐보려는 것만큼이나 진리를 성도들의 마음에 적용하려고 노력하는 것도 필요하다. 따라서 설교자들은 진리의 요점을 파악하는 일이나 그 진리를 삶에 적용하는 이 두 면을 깊이 연구하고 다루어야 한다. 설교자는 진리의 적용과 실천을 무시함으로 성도들이 경건한 신앙생활과 하나님이 주시는 은혜에서 멀어지게 하는 일이 없도록 해야 한다. 적용의 목표는 설교를 통해 성도의 신앙 양심을 깨우치고, 행동을 바르게 하도록 지도하는 데 있다. 설교를 통해 성도의 성품과 행동을 거룩하게 개혁하는 데 있다. 전재규 장로는 그의 삶 속에서 하

---

3 전재규, 『동산에서 30년』, 68.
4 Ibid., 79.

나님의 말씀을 실천하며 살기도 했지만 많은 이들에게 잊지 못할 감동을 전하기도 했다. 동산의료원 선교복지회를 섬겼던 조성태 목사는 이렇게 말했다.

전재규 장로님이 예배를 인도하시는 날에는 성경학자와 같이 잘 가르치시는 성경교사이시다. 전인적으로 인간을 이해하며, 폭넓은 인간 이해가 바탕이 되어서 편협되지 않게 말씀을 전하시므로 말씀에 대한 신선함이 예배드리는 자들에게 새로움을 더하여준다. 아침 예배를 인도하시는 모습은 나에게 언제나 새로움을 준다. 주기도문 강해와 진정한 복이 무엇인지 등의 메시지를 전하실 때 실제로 역사적 배경이나 그 당시 성경적 배경의 환경을 실제적으로 묘사함으로써 갈릴리 해변으로 우리를 인도하여 우리가 그 현장에서 메시지를 듣는 경험을 같이하게 한다.[5]

경북대학교 명예교수인 전재호 박사는 전재규 장로의 설교를 읽고 이렇게 평가했다.

생(生)의 황금기(黃金期)에 이룬 찬란한 성취에도 놀라움이 있거니와 그때마다 닥친 시련의 극복이 사람의 가슴에 고동을 일으킨다. 약한 듯 강하고, 정(靜)한 듯 동(動)하니 더욱 힘차다. 일관(一貫)하여 '가장 고상한 지식'을 사모하였기에 그러하고 인내와 극복과 승리와 일장(溢壯)의 과정 그 자체가 고상한 지식이다.[6]

전재호 박사는 하나님의 계시로 기록된 가장 고상한 지식을 성경 기록의 목적에서 빛나감 없이 해석하려고 했으며, 독자들에게 약한 가운데 강함을 주고, 더욱 담대하게 믿음을 지키도록 고요한 심성에 활력을 불어넣는다고 했다. 그

---

5 Ibid., 100.
6 Ibid., 10.

런 설교가 믿음에 동력을 불어넣는다고 했다. 전재호 박사는 또 이렇게 말했다.

믿음은 그저 피동적으로 교회의 명설교와 밖의 부흥설교를 듣는 것만으로 이루어지는 것이 아니다. 그것도 필요하지만, 신의 영광을 위한 찬송과 기도와 성경 말씀의 읽기에다가, 전도와 봉사와 아울러 그 성경 말씀을 연찬 연구하고 그것을 기본원천으로 하여 발표, 설교하는 종합적 활동 과정을 실행했을 때 움직이지 않는 확고한 진리와 신에 대한 믿음이 이루어지게 된다. … 이같이 직접 연구 탁마하여 강의와 설교를 하는 식의 전도는 굳건한 믿음에 의한 활동이겠으나, 아울러 여러 신구(新舊) 기관과 조직에서 경제적 기여와 그 운영의 능력을 발휘한 것이 더욱 빛나는 믿음의 업적이 아닐 수 없다고 가까이에서 그 속을 들여다본다.[7]

이러한 평가를 받는 전재규 장로의 설교 내용이 기록의 산물로만 남아있지 않도록 많은 목회자와 평신도가 읽고 깊은 감동은 물론이거니와 그의 주님을 향한 헌신과 삶을 본받아야 할 것이다.

---

7 전재규, 『동산에서 30년』, 164.

2. 설교에 나타난 성경 본문의 이해와 적용

　전재규 장로는 신학자와 목회자가 아니다. 하지만 그의 성경 이해와 말씀을 풀어내는 설교는 목회자들을 부끄럽게 할 만큼 탁월하다. 설교 내용을 정리하면서 풀어내는 주된 본문(text)과 문맥(context)을 세밀하게 분석하고 현실의 삶에 적용하는 작업에 그의 지성이 고스란히 담겨있다. 전재규 장로가 성경 본문을 중심으로 다루어 나가는 설교의 유형을 분석하고 조명하고 적용해 봄으로써 본문을 설교하려는 이들에게 큰 유익을 주리라고 생각한다. 설교의 내용을 구약과 신약으로 분류하고, 서론적 도입과 본문의 핵심적 주제에 대한 어원적 의미 이해와 삶의 적용 순으로 평가해 본다.

1) 본문: 창세기 4:3-5(참조 히 11:4; 요 4:23-24), 제목: '승리의 제사'
서론적 도입

　창세기 4장에 나타난 말씀은 인류 역사상 최초로 드린 예배의 두 가지 모형을 제시한 것이다. 그 하나는 하나님께서 기쁨으로 받으신 승리의 제사였고, 다른 하나는 하나님께서 외면하신 실패의 제사였다. 인류 구원의 역사는 그 최초로 드린 승리의 제사를 이어받아 오늘날까지 계승되었다. 이렇게 상반된 아벨과 가인의 제사는 인류 역사가 시작된 이후로 오늘에 이르기까지 하나님이 받으시는 신본주의 종교와 하나님이 외면하시는 인간의 종교를 대별하였고, 그것은 세계 종교사의 이대(二大) 조류(潮流)를 형성해 놓은 것이다.

하나님이 받지 않으신 가인의 제사는 땅의 소산으로 드려진 인위적 종교의 대표였고, 그리스도의 구원과는 아무런 관계가 없는 조작된 인본주의 종교를 대변하는 것이었다. 따라서 하나님이 관심은 자연히 가인의 제단(the altar of Cain)에 있지 않고 아벨의 제단(the altar of Abel)에 있었던 것이다. 구약에서 하나님과 그의 백성의 신앙적 관계를 계속 유지하기 위해 하나님께는 세 가지 형태의 예배, 즉 회개의 속죄제, 감사의 번제, 영적 교제의 화목제를 드렸다. 이와 같은 예배의 형태들은 인간의 창작이 아니고 하나님께서 직접 제정하셨으며, 하나님의 은혜로 주어진 것이다.

본문의 핵심적 주제에 대한 어원적 의미

우리말의 '예배'(禮拜)는 '경례하고 절한다'는 뜻으로 표현되었고, 영어의 '예배'(worship)는 '가치 있음'을 뜻하는 형용사 'worth'와 '신분'을 뜻하는 'ship'의 복합명사로 되어있다. 따라서 이 예배(worship)란 말은 예배의 대상자에게 고귀함(dignity), 경의(homage), 존경(respect)으로 가치를 돌린다는 의미이다. 구약에서는 예배를 '샤하아'(shachah)로 번역했으며, 이는 '엎드려 부복하다', '경배하다'란 뜻을 담고 있다. 신약에서 일반적으로 '예배하다'는 단어를 '프로스큐네오'(προσκυνεο)로 사용하며, 이는 '존경하다, 섬기다, 숭배하다'는 뜻이다.

특별히 신약에서 '영적 예배'(spiritual worship)를 '봉사, 섬김'의 뜻인 '라트레이아'(λατρεια)로 표현된다. 따라서 영어에서는 예배를 '워십(worship)'과 '섬김'(service)이라는 두 용어로 사용하고 있다. 바울은 유대인의 제사를 '섬김'(λατρεια)으로 사용하기도 했다. 따라서 예배는 하나님과 그의 백성 간의 만남이며, 대화이다. 예배는 하나님이 그의 백성과 교제하는 가장 친밀한 시간이다. 신자들은 예배를 통해 하나님께 영광을 돌려드린다. 그러므로 예배는 모든 일상생활의 중심에 있어야 하며, 예배를 구심점으로 생활이 전개되어야 한다.

본문의 해석

하나님께서 아벨의 제사는 받으셨고, 가인의 제사는 받지 않으셨다. 그 차이가 무엇인가? 그것은 제물의 차이가 아니라 신앙의 차이 때문이다. 이런 관점에서 아벨은 신앙의 사람이었고, 가인은 불신앙의 사람이었다고 말할 수 있다. 아벨의 제사는 믿음으로 드린 제사였다. 히브리서 기자는 "믿음으로 아벨은 가인보다 더 나은 제사를 드렸고"(히 11:4)라고 기록하고 있다. 아벨은 하나님을 믿고 하나님의 말씀을 따라 속죄의 은총을 믿는 신앙의 제사를 드렸으나, 반대로 가인은 자기의 노력과 땀과 공로를 드린 것이다. 아벨의 제사는 희생의 제사요, 순교의 제사였다.

아벨은 양의 첫 새끼와 그 기름을 드렸다. 그것은 희생의 제물을 의미한다. 그는 자기가 죄인인 줄 알고 하나님이 지어 입히신 가죽옷이 아니면 죄 사함을 받을 길이 없다는 것을 알고 드린 제사였다. 아벨은 자신의 죄와 형제와 가족의 사죄를 위해 희생의 번제를 드렸던 것이다. 그가 드린 이 제사는 모세의 법으로 제정되어 구약시대의 합법적인 제사제도로 발전되었고, 후일에 예수 그리스도의 십자가로 말미암아 완성되었다. 아벨의 제사는 자신이 죄임임을 깨닫고 겸손한 마음으로 드린 제사였다. 그는 죄인에게 있어야 할 속죄의 제사를 드린 것이다. 죄의 값은 사망이요, 피흘림이 없이는 사함을 받을 수 없음을 아벨은 깨달은 것이다. 그는 아담이 지은 죄가 바로 자신의 죄요, 그것이 자기와 모든 인류의 멸망을 가져올 형벌의 원인임을 알았던 것이다.

그러나 가인은 자신의 죄를 생각하지 못하고 자신이 드린 제사가 열납되지 못하였음을 심히 분하게만 생각하였으며, 자기가 죄인임을 인식하지 못했던 것이다. 다윗은 "하나님이여 상하고 통회하는 심령을 주께서 멸시치 아니하시리라"(시 51:17)고 고백했다. 그렇다. 여호와께서는 마음이 상한 자를 가까이 하시고 중심에 통회하는 자를 구원하신다고 했다. "내가 높고 거룩한 곳에 거하며 또한 통회하며 마음이 겸손한 자와 함께 거하나니, 이는 겸손한 자의 영을 소성케 하며 통회하는 자의 마음을 소성케 하려 함이라"(시 34:18; 사 57:15)고 했다. 회개의 눈물이 없는 곳에는 축복의 응답도 없는 것이다. 가인은 동생을 쳐 죽이는 살인자가 되기까지 하면서도 자신의 죄를 생각하지 못했다. 따라서 가인의 제단은 교만한 자의 제단이 되었고 아벨의 제단은 자신의 죄를 아는 겸손의 제단이었다.

본문의 적용

오늘날 우리의 예배(제사)는 아벨의 제사로부터 기원된 그리스도의 제단에서 날마다 시행되고 있다. 양의 피를 흘려 드린 아벨의 제사는 바로 예수 그리스도 십자가의 희생을 예표한 것이었다. 아벨의 제사는 이 사실을 기억하고 드린 속죄의 제사였다. 그래서 믿음으로 양의 첫 새끼를 잡아 그것의 피를 내고 기름과 함께 하나님께 제사를 드린 것이다.

첫째, 예배의 목적은 하나님을 영화롭게 하는 데 있다.

하나님을 예배하는 곳은 하나님의 성령이 임재하시는 거룩한 곳이다. 하나님은 그의 백성이 모인 거룩한 장소에 그의 말씀과 함께 영으로 임재하신다. 그래서 그의 백성은 영과 진리 안에서 하나님을 예배해야 한다. 예배는 개인의 사사로운 만족과 요구와 기쁨과 행복을 위해 존재하는 것이 결코 아니다. 인간에게 쉼을 주시고, 안식을 통해 육체의 힘을 얻고, 생명과 노동을 통해 생존해 가도록 창조의 은혜를 베풀어주신 창조주를 기억하여 그날을 거룩하게 지켜야 하는 의무가 주어져 있다. 따라서 하나님을 경배하는 자는 "하나님이여 영광과 존귀와 능력을 받으시옵소서"라고 고백하며, "보좌에 앉으신 이와 어린 양에게 찬송과 존귀와 영광과 능력을 세세토록 돌릴지어다"(계 4:10; 5:13)라고 찬양해야 한다. 따라서 모든 신자는 한마음으로 하나님께 영광을 돌릴 수 있도록 마음으로 준비해야 한다.

둘째, 공적 예배의 진행에 참여하는 자는 정성스럽게 준비하고 참여해야 한다.

공예배 참석자는 몸가짐을 더욱 단정히 하고 겸손하고 깨끗한 마음으로 예배에 참여해야 한다. 공예배 때에 대표 기도자는 회중을 대표하여 기도를 인도하므로 기도할 내용을 준비하여 온 성도가 함께 감사하고, 고백하고, 간청하는 기도가 되도록 해야 한다. 예배 중의 중요한 부분인 찬양도 찬양대원만 부르는 것이 아니라 온 성도가 함께 부르는 찬양이 되도록 인도하고 선곡하는 것도 중요하다. 특별히 찬양대원은 경건하고 기도하는 마음으로 찬양을 준비하며, 예배 참여자들이 은혜를 받도록 하고 하나님께 영광이 되도록 해야 한다. 하나님께 드리는 헌금도 미리 준비해 두었다가 정성을 담아 하나님께 드려야 한다. 이러한 자세로 예배에 참석하면 더욱 상쾌한 기분으로 은혜를 받을 것이며, 하나님께서도 그 정성을 기쁘게 받으실 것이다.

셋째, 예배는 하나님과 그의 백성 사이의 인격적인 교제의 시간이다.

교제란 인격과 인격이 교통하는 것을 의미한다. 예배 안에서 인간은 종적으로 하나님과 교통하고, 횡적으로는 이웃과 교통하면서 교제의 시간을 갖는다. 예배 가운데 하나님의 말씀이 선포되고, 성령께서 감동하시고 감화를 주심으로 성도는 예배를 통하여 하나님과 교통하게 된다. 예배가 끝나면 같은 지역이나 그룹의 성도들뿐만 아니라 모든 성도와 교제의 시간을 가져야 한다. 이것이 성도의 인격적인 교제이다.

넷째, 성도는 하나님의 말씀과 축복의 은혜를 받을 때 아멘과 감사로 응답해야 한다.

성도가 말씀 선포에 '아멘' 하는 것은 하나님의 말씀이 진실로 그러하다는 것에 대한 응답의 표현이다. 그것은 또 하나님의 말씀에 순종한다는 의미이며, 감사의 마음을 담은 고백이다. 말씀을 받고서도 '아멘'이 없고, 찬양하여도 할렐루야로 기뻐하고 감사하는 반응이 없으면 이는 마비된 제사요, 산 제사가 될 수 없다. 성삼위 하나님의 이름으로 복을 비는 축도로 예배를 마칠 때까지 공예배의 시간이므로 끝까지 기쁘고 감사하는 마음으로 예배에 참여해야 한다.

2) 본문: 출애굽기 15:26, 제목: '성서적 치유는 과학인가 기적인가?'

서론적 도입

신구약 성경에는 인간의 건강 관리와 질병 치유에 관한 많은 기사가 수록되어 있다. 오늘날 발달된 과학기술 시대를 살아가는 젊은 세대들은 성경의 치유 사건에 대하여 많은 회의(懷疑)를 가지고 질문한다. 그들의 질문은 이렇다. '예수께서 앉은뱅이를 일으키고, 소경의 눈을 뜨게 하고, 귀머거리가 듣게 하는 이런 여러 난치병을 치유하셨다는 사실을 이해할 수 없으며, 현대 과학으로는 설명이 불가능한 신화 같은 느낌을 가진다는 것이다. 이런 질문을 받을 때 어떻게 대답해야 할 것인가? 전재규 장로는 이런 질문에 우선 이렇게 대답한다. "성경을 대할 때는 믿음의 눈으로 보십시오. 과학을 대할 때는 과학적인 사고방식으로 접근하되 서로를 비교하지 마십시오." 그러나 이런 질문들을 받으면 성경의 치유는 과학적인가 혹은 비과학적인가를 상고하게 되며, 성경의 기사와 이적 혹은 표적은 어떻게 이해하고 설명해야 하는가를 심사숙고하게 된다.

본문의 핵심적 주제에 대한 의미

과학(科學)이란 일정한 인식론적(認識論的) 목적(目的)과 합리적(合理的) 방법(方法)에 의해 세워진 체계적 지식이라 정의되어 있다. 인간의 인식으로 합리적 방법에 따라 현존하는 가능한 사실을 설명하려는 것이 과학이다. 그러기에 인간의 사고와 합리적 방법을 초월하여 이루어지는 기사와 이적이나 초자연 등의 용어를 사용하여 그 사실을 설명하기를 회피하는 것이다. 성경에 기록된 기사(wondrous thing)와 이적(miracle)과 표적(sign)은 사람의 힘이나 지혜나 생각으로 할 수 없는 오직 전능자에 의해 일어나는 신비의 사건이다. 이러한 현상을 통해 하나님만이 통치능력의 권세를 가지신 주권자이심을 계시하시는 것이다.

물론 인간의 합리적인 방법과 사고와 기술로 발전시키는 과학의 가능성도 있다. 그러나 인간의 과학기술과 합리적인 방법만으로 발전해가는 일에 한계는 없는가? 물론 하나님께서 인간에게 창조된 우주 속에서 번성하고 다스리고 정복하라고 하신 것은 인간의 무한한 가능성을 제시한 것으로 볼 수 있다. 그러나 인간의 사고와 합리적인 방법을 사용해도 과거에 합리적이었던 것들이 오늘에 비합리적인 것이 되고, 어제에 비합리적인 것들이 오늘에 합리적이 되는 사실들이 인간 사회 속에서 발생하고 있는 것은 사실이다. 이것은 어제에 비과학적이었던 사실이 현재에 와서 과학적인 된다는 말이다. 그것은 과학이란 단지 현존하는 인간의 인식을 중심으로 한 인간의 사고에 초점을 두었기 때문이다. 고도로 발달된 현대 과학기술이 원시시대에 존재했다고 가정하면 이는 이적 가운데 이적이요, 초자연 중에 초자연 현상이었을 것이다.

예를 들면, 2,000년 전에 갈릴레오는 지구가 움직이는 지동설을 주장했다. 당시 사람들은 그를 미친 자로 몰아 화형에 처하려 했다. 그러나 현재에는 누구나 지구가 공전과 자전을 하고 있음을 과학적 사실로 받아들인다. 이러한 사실에 기인할 때 인간의 지식과 합리적인 방법이 미치지 못하는 기사와 이적과 표적을 포함한 하나님의 창조적 사실을 비과학적이라 단언할 수 없다. 과학이란 어디까지나 현재에 사는 인간의 지각에 기준하고 있기 때문이다. 인간이 우주를 정복하는 과학적 추구의 한계도 무한하다고 한다면, 오늘에 이해되지 않고 비합리적인 것이라 해서 미래에도 비합리적이라고 단언할 수 없다. 성경의 기록처럼 지금은 거울로 보는 것 같이 희미하나 그때에는 얼굴과 얼굴을 대하여 볼 것이라(고전 13:12)는 말씀처럼 때가 이르면 하나님께서 창조하신 실체가 모두 과학적임이 밝혀질 것이다. 따라서 성경적 의료행위를 기적이라 부르는 대신 시대를 앞서가는 과학, 혹은 선행(先行)하는 과학이라 부르고, 신구약 성경에 나타난 과학적 기록들을 살펴보자.

본문의 해석과 적용

첫째, 마취와 수술(anesthesia and surgery)의 창시

"여호와 하나님이 아담을 깊이 잠들게 하시니 잠들매 그가 그 갈빗대 하나를 취하고 살로 대신 채우시고"(창 2:21)라고 했다. 이 기록은 하나님께서 인간에게 행하신 최초의 의료시술이었으며, 마취와 수술의 창시자가 된 것을 나타낸다. 하나님께서는 그의 합리적인 계획과 방법으로 마취와 시술을 하셨다. 인간은 신경계를 통하여 지각과 통각의 기능이 있을 때만 자신의 생체를 보존할 수 있다. 그러나 하나님은 필요치 않은 통증으로 괴로움을 당하지 않도록 아담의 갈비를 취하기 위해서 그를 깊이 잠들게 하셨다. 본문에 기록된 '깊은 잠'(deep sleep)은 히브리 원문에 의하면 사람이 밤에 수면을 취하는 생리적 잠이 아니고 제삼자에 의하여 조정되는 잠을 의미한다. 따라서 조정자가 깨우지 않으면 언제까지나 깨어날 수 없는 잠이다. 하나님께서는 아담이 고통당하지 않게 하기 위하여 생리적 수면이 아닌 의학적인 다른 방법으로 깊이 잠들게 하셨다. 원문이 말하는 '깊은 잠'은 바로 근대 의학에서 행하고 있는 마취과의 기본적 개념과 일치되는 것이다.

둘째, 예방의학(preventive medicine)의 창시

"너희가 너희 하나님 나 여호와의 말을 청종하고 나의 보기에 의를 행하며 내 계명에 귀를 기울이며 내 모든 규례를 지키면 내가 애굽 사람에게 내린 모든 질병의 하나도 너희에게 내리지 아니하리니 나는 너희를 치료하는 여호와임이라"(출 15:26). 이 구절에서 여호와는 질병을 예방하고 치료하시는 분이심을 밝히신다. 성경에 예방의학에 대한 구체적인 방법은 기록되지 않았으나 예방의학에 관한 기록은 많다. 식이요법, 위생, 격리, 할례, 청결예식, 음식 법 등의 많은 규례를 모세에게 성령의 영감을 통해 기록하게 하셨다. 여호와께서는 말씀을 청종하고 계명에 귀를 기울이고 규례를 지키면 이스라엘 백성에게 닥치는 질병과 온역을 물리치고 건강이 침해받지 않도록 하는 예방적 지침을 말씀하셨다.

이는 예방의학에 중점을 두는 근대 의학과 일치되는 점이다. 인간이 가진 육체는 부단히 도전해 오는 질병을 방어하는 예방 능력을 갖고 있기 때문에 건강을 유지하고 있다. 오늘 나에게 주신 건강은 하나님의 예방적 치유의 은혜임을 감격하고 감사해야 한다. 현재 내가 건강하다는 이 자체가 병들어 회복되는 것 이상의 기적임을 사람들은 깨닫지 못한다. 네 영혼이 잘됨같이 범사에 잘되고 강건하기를 원하는 하나님의 은혜와 축복이 함께해야 할 것이다.

셋째, 방사선 치료(radiation therapy)의 창시

"내 이름을 경외하는 너희에게는 의로운 해가 떠올라서 치료하는 광선을 발하리니 너희가 나가서 외양간에서 나온 송아지같이 뛰리라"(말 4:2). 본문은 하나님이 의의 태양임을 밝히고, 치료하는 광선을 발하신다는 좀더 구체적인 치료방법을 제시했다. 하나님께서 비추는 치료하는 광선을 받는 자는 힘차게 성장하는 송아지처럼 건강하고 풍성한 삶을 누린다는 의미의 말씀이다. 하나님은 영원히 끊임없이 치료하는 광선을 발하시는 의의 태양이기에 생명체들에게 필수불가결한 하늘의 해와 비교하여 설명했다. 창조의 시작에서부터(창 1:1; 14-18) 오늘날까지 끊임없이 생명체를 향하여 광선을 발하고 있다. 태양의 광선은 모든 생명체와 직결되어 있어서 이 광선이 멈추거나 중단되면 지구상의 모든 생명체도 존재할 수 없게 된다. 의의 태양이신 하나님께서 치료하는 광선을 발함으로써 인생에게 생명을 제공하는 것이다. 이 치료하는 광선을 받을 때에 외양간의 활기찬 송아지가 뛰쳐나오는 것같이 인생은 건강하고, 활동적이고, 기쁨에 찬 풍성한 삶을 누리게 된다.

'치료하는 광선'(healing light)이란 말은 대단히 매력적인 표현이다. 태양광선 중에서 자외선(ultraviolet rays)은 파장이 가장 짧은 광선으로서 물질대사의 촉진작용을 하고 살균작용이 있어서 병을 치료하는 데 많이 사용되고 있다. 그 밖에도 적외선, X선, 감마선, 방사선, 라디움 및 코발트 등 많은 종류의 광선을 이용하는 광선 치료법이 현대 의학의 첨단을 걷고 있다. 의의 태양은 어제나 오늘이나 부단히 치유의 빛을 발하며 인생을 적극적으로 치료하지만, 죄악의 세력은 스스로 이 광선을 피하여 질병을 자초하며 결국에는 사망에 이르게 된다.

넷째, 검역격리의학(isolation)의 창시

"나병 환자는 옷을 찢고 머리를 풀며 윗입술을 가리고 외치기를 부정하다 부정하다 할 것이요 병 있는 날 동안은 늘 부정할 것이라 그가 부정한즉 혼자 살되 진영 밖에서 살지니라"(레 13:45). 레위기 13장에 기록된 나병에 대한 율법은 위생법 중의 최초의 전형(典型)으로 간주될 수 있다. 인류 역사 가운데 수천 년 동안 나병으로 죽은 자들은 헤아릴 수 없이 많다. 중세시대에만도 유럽에서 나병으로 죽은 사람이 수백만 명에 달한다. 이 나병이 중세 사람들에게 해결할 수 없었던 최대의 재앙이었다. 중세 당시 나병의 만연에 대처하여 의사들은 속수무책으로 아무것도 하지 못했다. 어떤 의사는 더운 음식과 마늘과 후추와 병든 돼지고기를 먹기 때문에 이 병에 걸린다고 터무니없는 것을 가르쳤고, 어떤 의사들은 이성들의 나쁜 만남 때문에 생긴다고 말하기도 했다. 따라서 이들의 예방조치는 전적으로 무익했다.

특별히 14세기 중반(1340년대) 유럽과 중동과 아시아를 강타했던 '흑사병'(pestilence)으로 전 세계에서 5천만 명의 생명을 잃었다. 이 박테리아균은 이, 벼룩, 쥐에 의해 발생한다는 것이 프랑스 생물학자 '예르시나 페스티스'(Yersina Pestis)에 의해 발견되었다. 그래서 그 전염병의 이름도 그의 이름을 따서 '페스트'라고 불렀다. 이 흑사병은 인류 역사상 최대의 질병이었다. 당시에 의사들은 할 일이 없었으므로 지도적 역할을 교회가 담당했다. 교회는 구약성경에 구체화된 감염개념과 격리개념을 지도원리로 삼았다. 그 실천방법은 구약 레위기에서 명확히 지시하고 있다. 일단 나병의 증상이 나타나면 환자는 철저히 사회 공동체에서 옮겨져 격리되었다. 레위기 13:46은 "병 있는 날 동안은 늘 부정할 것이라 그가 부정한즉 혼자 살되 진영 밖에서 살지니라"고 말하고 있다. 이와 같은 검역격리 기간의 적용이 나병을 억제하는 것을 보고 당시 악마와 같이 느껴진 흑사병에 대해서도 같은 원리를 적용한 것이다. 이처럼 유럽의 역사는 하나님 말씀을 청종하여 실천한 까닭에 질병의 전염으로부터 큰 혜택을 입은 것이다.

다섯째, 위생의학(sanitation) 개념의 창시

"네 진영 밖에 변소를 마련하고 그리로 나가되 네 기구에 작은 삽을 더하여 밖에 나가서 대변을 볼 때에 그것으로 땅을 팔 것이요 몸을 돌려 그 배설물을 덮을지니"(신 23:12-13). 공동체 안에서 환자를 격리하라는 하나님의 말씀을 순종함으로써 그 무서운 전염병을 제어했으나 그 이후 다른 전염병들이 계속해서 인류를 무수히 죽였다. 콜레라, 이질, 장질부사와 같은 장성(腸性) 전염병들이 많은 사람의 목숨을 앗아갔다. 18세기 말엽에 이르기까지 위생에 관한 규정은 전혀 없었으며, 원시적이었다. 배설물을 포장하지 않고 길거리에 내다 버리는 것이 고작이었고 고약스러운 냄새가 마을과 도시마다 진동하였으며, 파리들이 오물에서 득실거렸다. 이때에도 모든 의학적 권고가 속수무책이었다. 그들은 하나님의 말씀 속에 장질부사, 이질, 콜레라 등의 전염병을 진압하는 방법이 있음을 깨닫지 못했다. 따라서 신명기 23:12-13에 언급된 위생법이 위생에 대한 초보적인 것이었으며, 위생 관념의 가장 기초적인 개념의 창시가 된 것임을 알수 있다.

"사람의 시체를 만지는 자는 이레 동안 부정하리니 그는 셋째 날과 일곱째 날에 잿물로 자신을 정결하게 할 것이라 그리하면 정하려니와 셋째 날과 일곱째 날에 자신을 정결하게 하지 아니하면 그냥 부정하니 누구든지 죽은 사람의 시체를 만지고 자신을 정결하게 하지 아니하는 자는 여호와의 성막을 더럽힘이라…"(민 19:11-13). 하나님께서는 시체나 감염된 환자를 만진 후에는 반드시 손을 씻으라는 안전한 방법을 모세에게 가르쳐주셨다. 여기서 가르치는 방법은 대야에 손을 씻을 뿐만 아니라 흐르는 물에 자주 씻을 것과 간간히 손을 햇빛에 말려서 씻겨나가지 않고 남은 균을 죽이도록 하였다. 또 빨래해서 말린 옷으로 갈아입고 대인관계를 가질 것을 요구했다.

이와 같이 하나님께서 모세에게 주신 규례는 현대 과학의 기초를 이루었으며 터전이 된 것이다. 인간은 민수기 19장에서 가르치는 상식적이며 합리적인 손 씻는 방법을 1960년대에 와서야 가르쳤다. 이 사실을 알기 전까지 의사들은 옷을 입은 채 수술실에 들어가서 선반에 놓인 칼을 꺼내어 수술하였고 많은 환자가 수술을 받은 후 감염으로 인해 사망하였다. 오늘날에는 수술실에 들어갈 때 반드시 소독된 옷을 갈아입고 5분 동안 손을 깨끗이 한 후에 수술실로 들어가는 것이 만국 통일의 기본상식이 된 것이다. 하나님께서 3,500년 전에 모세에게 영감으로 가르쳐준 과학적 사실들을 인간은 많은 세월을 보내고 많은 희생을 치른 후에야 비로소 그 과학적인 합리성을 깨닫게 된 것이다.

여섯째, 신약성경에 나타난 의학(전인치유)

공관복음서는 바로 예수께서 행하신 치유의 기록이라 해도 조금도 무리가 없을 것이다. 예수께서는 "건강한 자에게는 의사가 쓸데없고 병든 자에게라야 쓸데 있느니라"(마 9:12)하시면서 자신이 의사임을 밝히셨고 병든 자들에게 일일이 손을 얹으시고 병을 고치셨다(눅 4:40). 그의 치료방법은 단지 육신의 병에 국한되지 않았으며, 모든 성과 촌을 두루 다니시면서 회당에서는 가르치셨고 천국 복음을 전파하셨으며, 모든 병과 모든 악한 것을 고치셨다(마 9:35). 이처럼 예수님의 치유방법은 완전한 방법이었고 영혼과 육체를 함께 치유하시는 전인적(全人的, wholistic healing) 치유방법을 취하셨다. 그의 치유방법은 근원적인 치유방법으로 항상 죄를 사하셨고, 항상 믿음을 통하여 치유하셨으며, 결국에는 영혼과 육체를 치유하시는 한 인격 전체를 치유하셨다.

예수님의 치료는 구약에 나타난 예방과 격리와 위생적인 간접적 방법 대신 직접적이며 영구적이고 근원적이며 동시적인 즉효를 볼 수 있는 적극적인 치료 방법들이었다. 그것은 바로 예수님 자신이 치료의 근원이시고 인류를 죽음에서 구속하시려고 이 땅에 오신 주인공이신 대 의사이기 때문이다. 물론 예수님의 치료방법은 현대 의학의 치료방법과는 많은 차이가 있다. 전술한 바와 같이 그의 치유는 시대(時代)를 선행하는 완전한 과학이므로 지금은 거울로 보는 것 같이 희미하고 이해되지 않은 점도 많으나 그 날에는 얼굴과 얼굴로 대하여 보는 것같이 명백하여질 것이다.

예수님의 치유방법의 한 예를 마가복음 5:25-35에서 발견할 수 있다. 그 기록에 따르면 12년 동안 혈류병으로 고생한 여인이 있었다. 그녀는 혈류병으로 인해 많은 의원에서 괴로움을 받았고, 있는 것도 다 허비하였으되 아무런 효험을 보지 못한 채 병세는 점점 악화되었다고 기록하고 있다. 그녀가 가진 혈류병이란 근대의학이 말하는 병명은 아니며, 한방의학에서 말하는 병명이나 원어에 출혈, 피의 흐름이라고 한 것으로 보아 병의 한 증상만을 말하고 있다. 여러 가지로 추리해 보면 자궁암일 것이라 생각한다. 그녀는 자궁암의 난치병으로 가산도 탕진하고 몸도 극도로 쇠약해져서 더 이상 세상의 소망을 기대할 수 없는 한계점에 도달했을 때 예수의 소문을 듣게 되었다. 그녀는 마지막으로 기운을 내어 예수님을 호위한 군중을 뚫고 들어가서 예수의 옷자락에 손을 대었다. 그러자 즉시 그녀의 혈류 근원이 말라졌다. 바로 그때 예수께서 구체적인 능력이 그의 몸에서 나간 것을 아시고 뒤돌아보셨다.

성경은 분명히 혈류의 근원이 말라짐과 동시에 예수님의 능력의 일부가 전달되었음을 말하고 있다. 이 능력의 실체란 무엇이겠는가? 예수께로부터 구체적인 능력이 나가서 그녀에게 전달된 것은 분명한 사실이다. 그렇다면 예수님이 능력의 근원이시니 특수한 에너지를 보유하고 있음은 당연하다. 현대과학은 벌써 이와 같이 전달되는 에너지를 탐지하려고 노력하고 있다. 예수님과 그의 능력을 통해 나타난 모든 치유방법의 진상이 얼굴과 얼굴을 대하여 볼 그날이 오면 분명해 질 것이다.

3) 본문: 마태복음 11:7-9, 제목: '신앙하는 갈대'(The believing reed)

서론적 도입

예로부터 인간을 갈대로 비유하여 인간의 실존과 본성을 모사하려 하였다. 어떤 이는 인간의 연약성을 갈대에 비유했고, 또 어떤 이는 반대로 인간의 강인성을 갈대로 비유하는 등 갈대의 부정적인 면과 긍정적인 면을 인생을 관찰하는 견해에 따라 강조하여 설명했다. 헬라의 철학자 소크라테스(Socrates, B.C. 470-399)는 "너 자신을 알라"(Gnothis Seauton, Know thy self)는 유명한 말을 남겼다. 자기 자신을 알지 못하고 계획 없이 살아가는 인생은 일엽편주(一葉片舟)가 자신의 능력과 한계를 인식하지 못한 채 노도광풍(怒濤狂風)에 뛰어드는 무모한 항해와 비슷하다. 이 땅의 많은 사람이 태어나 살지만, 생각 없이 그냥 살아간다. 자기의 참모습을 발견하지 못한 채 고해의 인생 항로를 무작정으로 항해하면 광풍이나 암초에 직면하게 될 때 파선하고 말 것이다. 자신의 참모습을 발견하여 자신을 알면 인생의 의미를 깨닫게 되고 삶의 보람을 찾게 되며, 인생 항로의 목표와 방향을 설정할 수 있다.

본문의 핵심적 주제에 대한 어원적 의미

인생을 갈대에 비유하여 설명한 것도 인생을 단적으로 설명하기가 쉽지 않기 때문이다. 사람들이 표현하는 갈대에 대한 표현을 보면 인생은 연약한 갈대(an effeminate reed), 흔들리는 갈대(a shaking reed), 상한 갈대(a bruised reed), 긍정적 갈대(a positive reed), 생각하는 갈대(a thinking reed), 살아있는 갈대(a living reed), 영생하는 갈대(an eternal living reed), 측량하는 갈대(a measuring reed), 충성하는 갈대(a faithful reed), 신앙하는 갈대(a believing reed) 등으로 나열해 볼 수 있다. 이상의 비유를 대조하면 갈대의 부정적인 면과 긍정적인 면으로 구분할 수 있다. 여기서 '신앙하는 갈대'(a believing reed)란 표현은 필자가 지은 표현이다. 필자는 위의 모든 비유적 표현을 통전적 용어(integral term, wholistic term) 한마디로 통합할 수 있었으면 하는 생각에서 명명한 것이다.

갈대는 인생을 비유하여 설명하기 좋은 식물이다. 갈대는 형태가 다른 열다섯 종류가 있고, 그중 어떤 것은 20종류의 형태가 있다고 한다. 갈대는 헬라어로 '칼라모스'(καλαμοσ, kalamos)라 하는 다년생 초본(草本)이다. 뿌리는 줄기를 내어 거칠게 가로로 뻗으며 견고하고 줄기는 원주형으로 단단하다. 갈대는 습지나 늪지에서 잘 자라며, 많이 볼 수 있는 식물이다. 갈대는 곧게 자라는 것이 특징이며, 높이가 4m 가량이나 자라고 창 같은 무기도 만들고, 가정에서 쓰는 자(measure) 같은 것과 지팡이로도 사용되며, 파피루스 같은 종이로도 사용되었다.[8] 갈대는 약한 바람에도 쉽게 움직이고 갈대밭에는 고요한 밤에도 흡사 서로 이야기하는 것 같은 소리가 들린다고 한다.

본문의 해석

첫째, 인생은 연약한 갈대(an effeminate reed)이다.

갈대는 연약해 보이며, 광야에서 부는 미풍에도 쉽게 흔들린다. 광야 같은 세상에서 연약한 인생의 모습을 가장 잘 표현한 말이다. 그래서 연약한 갈대란 많은 문학가의 필설에 오르내리는 말이 되었다. 그중에서도 변하기 쉬운 인간의 마음을 바람에 흔들리는 갈대로 표현하기도 한다. 여자의 마음을 바람에 흔들리는 갈대에 비유한 이태리 민요(Italian folksong)는 많은 이의 귀에 익숙하다. 갈대와 같이 흔들리는 마음이 여자의 마음뿐이겠는가? 모든 인생은 조석으로 변하는 연약한 마음을 가졌기에 인생을 흔들리는 갈대에 비유한 것이다. 연약한 갈대는 광야에서 불어치는 바람에 흔들리고 부딪쳐 상처를 받으면 더욱 약해진다. 광야 같은 세상에서 살아가는 인생은 세파에 밀려 많은 상처를 받으며 살아간다. 이처럼 상처받은 인생을 '상한 갈대'(a bruised reed)라고 말한다(사 42:3). 이러한 인생을 연약한 갈대, 흔들리는 갈대, 상한 갈대로 비유한

---

8 '파피루스'란 말에서 헬라어로 '비블리온'(βιβλιον)이란 말이 발생했고, 이 단어에서 영어의 '바이블' (Bible)이란 말이 생겨났다.

것이다.

갈대는 근원적으로 약한 존재다. 갈대는 약한 바람에도 쉽게 흔들리는 나약성을 지니고 있다. 바람이 부는 방향에 따라 흔들리며 기울어지는 연약한 존재이다. 인생은 나면서부터 나약성을 가지고 태어났다. 우선 육체적으로 보아 나약하다. 인생은 조금만 과로하면 피로하고, 몇 시간 잠만 못 자도 온몸이 후들거리며, 온갖 질병으로 고생해야 하는 연약한 존재이다. 인생 일장춘몽이란 말처럼 세월이 흘러 조금만 나이 들면 사정없이 노쇠하여 인생의 폐물이 되는 숙명적인 연약성을 지닌 존재이다. 이런 인생을 초로요, 안개요, 아침이슬이요, 나그네요, 물거품이요, 뜬구름이요, 추풍낙엽이요, 갈대라 하였다.

사람은 육체뿐만 아니라 정신도 얼마나 나약한지 모른다. 얼핏 보면 의지가 굳고 정신력이 강한 사람도 있는 것같이 보이지만, 그것은 모두가 상대적일 뿐 절대적인 말이 결코 아니다. 인생은 주변의 사정에 따라 시시각각으로 변하는 믿을 수 없는 나약한 정신력을 가졌다. 세상의 퇴폐한 풍조와 타락된 윤리와 도덕의 탁류 속에 여지없이 휩쓸려 가는 연약한 정신 상태가 아니라고 누구도 장담할 수 없다. 인간 '작심삼일'이란 격언은 인간의 연약한 의지력을 잘 설명해 주고 있다.

인간의 영혼은 더더욱 나약하다. 주(主)님의 뜻대로 살겠다고 수없이 약속하면서도 여전히 죄악 생활에서 벗어나지 못하는 연약한 영적 존재이다. 하나님의 말씀대로 살기로 뜨겁게 기도하지만 뒤돌아보면 하나도 실천되는 것이 없다. 베드로와 같은 수제자도 그가 사랑하는 주님을 세 번이나 모른다고 부인하였으며, 사도 바울도 "내가 원하는 선은 하지 아니하고 도리어 원치 아니하는 악은 행하는도다"(롬 7:19), "이 사망의 몸에서 누가 나를 건져 내랴"(롬 7:24)고 통탄했다. 이와 같이 인생은 육체도, 정신도, 영혼도, 모두가 나약하다.

둘째, 인생은 긍정적 갈대(a positive reed)이다.

연약한 갈대는 부정적이며 낙망적인 면만을 갖는 것이 아니라 긍정적이며 희망적인 면도 가지고 있다. 갈대는 약하지만, 잡초가 아니며, 아무것도 아닌 (nothing) 것같이 보이나 무엇인가(something) 되는 존재이다. 갈대는 약한 바람에도 쉽게 흔들리나 곧게 자라는 것이 특징이다. 모진 바람으로 심히 움직이나 여전히 곧게 자라는 강인성을 지니고 있다. 그래서 화살, 지팡이, 자 등을 만들어 사용하기도 한다.

그리스도의 십자가와 갈대의 관계는 신기한 인연이 있는 듯 느껴진다. 갈대는 약하면서 강하고 부정적이면서 긍정적인 양면성을 가진 존재이다. 십자가의 도는 멸망하는 자들에게는 미련한 것이요 구원을 얻는 자들에게는 하나님의 능력이 되는 양면성을 가진 것과 유사하다. 빌라도의 법정에서 군병들이 예수를 희롱하며 가시면류관을 엮어 그 머리에 씌우고 '갈대'로 그의 머리를 쳤다 (마 27:30). 예수께서 십자가에 달려 6시간 동안 고통을 당하신 후에 오후 3시(유대 시간으로 제9시)경이 되었을 때 한 사람이 달려가서 스폰지를 가지고 신 포도주를 머금게 하여 '갈대'에 꿰어 마시게 하였다(마 27:48).

이 사건이 있은 후 곧 예수의 영혼이 떠나셨다. 하필이면 갈대로 예수의 머리를 치며 희롱하였고, 십자가 상에서 탈진한 최후 순간에 갈대로 예수께 신 포도주를 전달하여 고통을 덜게 하려는 희롱도 우연한 일이 아닌 것같이 생각된다. 분명히 십자가는 사형수가 달리는 형틀이었고, 예수님도 연약한 육신의 몸으로 십자가에 달리셨다. 그러나 그 이면의 위력은 전 인류를 구원하는 대속의 능력으로 나타났다. 갈대의 양면성, 십자가의 양면성, 예수 그리스도의 양면성 그리고 인간의 양면성 모두가 약한 듯 보이나 이면은 강하다. 예수께서는 항상 긍정적인 면만을 추구하셨다. "하나님의 아들 예수 그리스도는 예(yes)하고 아니라(no) 함이 되지 아니하였으니 저에게는 예만 되었느니라"(고후 1:19)고 했다. 그러므로 기독교는 긍정적인 예(yes)의 종교이므로 인생의 긍정적 면만을 추구하며 전진해야 할 것이다.

셋째, 인생은 생각하는 갈대(a thinking reed)이다.

파스칼(Pascal, 1923~62)은 사람을 가리켜 생각하는 갈대라 하였다. "나는 생각한다. 고로 나는 살아있다. 그러므로 사색이 없는 생명은 인간이 아니다"라고 하였다. 인간이 동물과 다른 점은 사고력에 있다 해도 과언은 아니다. 식물은 사고하지 않는다. 동물은 원시적이며 제한된 본능적 사고만 한다. 동물은 사고력의 제한과 결여 때문에 예나 지금이나 동일한 본능적 생활 범위 내에서만 활동한다. 그러나 사람의 사고력은 무한한 잠재력을 가지고 있어 끝없이 발전해갈 수 있다. 그래서 인간은 원시사회에서부터 수준 높은 근대 문명사회로 발달해 왔으며, 앞으로도 계속 발전해갈 것이다.

인간의 위대함은 사고력에 있다. 이 사고력을 상실한 사람을 식물인간이라 부른다. 식물인간은 지식도, 감정도, 의지도 없으므로 독자적으로 아무것도 할 수 없고 단지 피동적으로 생존한다. 인간의 인간다운 가치는 인격에 있다. 인간의 인격은 사람이 사물이나 사건이나 무엇이든 만날 때 사고(思考)에 의하여 얻어지는 지식과 가정과 의지의 연합으로 형성된 사람을 말한다. 그런고로 인격형성에는 만남과 사고가 중요한 역할을 한다. 그중 만남은 외부적이며 객관적이나 사고는 내부적이며, 개인적이며 주관적이기 때문에 객관적인 만남을 어떻게 주관적으로 사고하여 소화하느냐에 따라 각자의 사람됨이 달라진다. 그러므로 인간의 인격은 무한한 다양성을 가지며 무한한 잠재력을 가진다. 인간은 연약한 존재이지만 사고력과 인격을 가진 강한 존재이기도 하다.

넷째, 인간은 살아있는 갈대(a living reed)이다.

인간은 살아있는 동안 인격을 가진 존재로서 생각하고 연구하고 발전하고 발명하고 창조해가는 역동성(力動性)을 가지고 활동해간다. 그러나 일단 죽으면 인간으로서의 모든 가치는 끝나고 인체는 물질화되어 흙으로 돌아간다. 인간은 생각하는 갈대로서 위대함을 지니고 있으나 그 위대함도 살아있을 동안에만 가능하며 사망과 더불어 종식된다. 죽음을 의학적으로 '순환 및 호흡의 정지'로 정의한다. 호흡이 정지되면 잇달아 순환이 정지되고 순환이 먼저 정지되면 뒤이어 호흡이 정지된다. 순환과 호흡이 정지되면 산소 및 모든 영양물질의 공급이 중단되므로 곧이어 조직세포가 변성을 일으켜 영원히 되돌아올 수 없다. 이런 상태를 불가역적 사망(不可逆的 死亡, irreversible death) 혹은 생화학적 사망(biological death)이라 한다. 생화학적 사망이 되기 전까지의 순환 호흡의 정지를 임상적 사망(clinical death)이라 하며, 이 기간에는 의사들의 소생술로 다시 소생시킬 수도 있다. 일단 생화학적 사망에 이른 후에는 현대 의학적 기술로는 소생시킬 수 없다. 이때 의사는 환자의 사망을 선언한다.

최근 뇌사 판정(腦死判定)으로 죽음을 인정하는 윤리적, 법적 논란이 대두되고 있다. 뇌사 판정의 법적인 뒷받침이 없이는 장기이식의 활성화가 불가능하기 때문이다. 대부분의 선진국은 벌써 뇌사를 죽음으로 인정하는 법적 뒷받침이 만들어져 있다. 한국에도 현재 그 움직임이 활발하게 진행되고 있어 조만간 법제화될 것으로 보인다. 뇌가 완전히 사망하면 자의식으로 생명을 유지할 수 없으므로 뇌사를 죽음으로 인정하자는 것이다. 이때에 뇌는 죽었지만, 나머지 장기가 생화학적 사망에 이르기 전에 신장, 간, 심장, 폐 등의 중요 장기를 떼어 필요한 산 사람에게 이식하는 시술이 장기이식술이다. 뇌사를 죽음으로 인정하는 윤리적, 의학적 논란은 그만두기로 하고 의학적인 죽음을 다시 종합해보면 죽음은 순환 및 호흡의 정지로 오는 조직세포의 불가역적 변성을 말한다.

기독교의 생명과 죽음의 개념은 위에서 언급한 자연과학적 개념과 엄청난 차이가 있다. 기독교의 생명은 제한된 생명이 아니며 예수 그리스도를 믿음으로 영생하는 영원한 생명(eternal life)을 의미한다. 요한복음 3:16은 "하나님이 세상을 이처럼 사랑하사 독생자를 주셨으니 이는 그를 믿는 자마다 멸망하지 않고 영생을 얻게 하려 하심이라"고 기록하고 있다. 기독교의 생명은 영생을 의미하고 죽음은 잠자는 상태이며, 영생으로 가는 과정으로 설명한다. 살아있는 갈대를 성경적 입장에서 해석하면 인간의 생명은 영원과 결부되어 있으므로 '살아있는 갈대'를 '영생하는 갈대'(the eternal living reed)로 불러야 마땅할 것이다. 그러므로 인간의 존재는 더욱 긍정적이며 더욱 위대하다.

다섯째, 인생은 신앙하는 갈대(a believing reed)이다.

인간은 연약한 갈대이기도 하지만 생각하고 살아가기에 강한 갈대이기도 하다. 인간이 가지는 최고의 힘과 고상함은 신앙심에 있다. 신앙이란 절대자이신 하나님과의 관계를 말한다. 모든 인생은 신앙하는 갈대이기에 신앙심을 항상 가지고 있다. 인간은 나면서부터 신앙심을 가지고 태어난다. 사람들은 절대자에게 의지하여 액운을 피하고 복을 달라고 기원한다. 그래서 사람마다 자연숭배, 조상숭배, 미신과 주술을 중심으로 하는 샤머니즘(shamanism) 등 각양각색의 종교를 만들어 신들(gods)을 숭배하고 있다. 평소에는 신앙심이 전혀 없다는 사람도 위급한 일을 만나면 누구나 하나님을 찾게 된다. 인간은 사회적 동물이기에 하나님과의 관계 외에도 상호 간의 믿음이 없이는 살아갈 수 없고, 서로 믿지 못하는 사회는 잠시도 유지될 수 없다. 일상에서 의식적으로 믿는다고 고백하지 않지만, 무의식 속에는 믿음이 잠재되어 있기에 서로 신뢰하며 사는 것이다. 더 나아가서 믿음이 의지적이 될 때 신념으로 나타난다. 신념이 없는 인생은 추진력이 없고 신념이 강할수록 미래를 추구하는 힘이 강해진다.

이 믿음과 신념이 절대자이신 하나님과 밀접한 관계를 맺을 때 이를 신앙이라 한다. 신앙은 위대한 힘을 발휘하여 인생의 모든 연약성을 최대로 보강해주는 중요한 역할을 한다. 특별히 기독교의 신앙은 삼위일체 하나님과 나와의 밀접한 관계에서 이루어지며, 신앙의 과정은 성부 하나님께서 보내신 성자 하나님 예수 그리스도를 영접함으로 시작되며, 그 후 성령 하나님이 신자 마음 가운데 계셔 계속 역사하시는 것이다. 예수 그리스도는 믿음의 주인이시며 완성자이시다(히 12:2). 그러므로 예수 그리스도를 믿음으로 새 생명을 얻고 죄와 죽음에서 구원을 받는 것이다. 이 믿음은 무한한 능력이 있어서 겨자씨 하나만큼의 믿음만 있어도 이 산을 명하여 여기서 저리 옮기라 하면 옮길 것이며 또 못할 것이 없다고 하였고(마 17:20) "믿는 자에게는 능치 못할 일이 없느니라"(막 9:23)고 하였다.

이와 같이 믿음은 연약한 인생에게 모든 가능성을 제공해 주고 영생과 구원을 얻게 하는 능력을 가진다. 바울은 "십자가의 도가 멸망하는 자들에게는 미련한 것이요 구원을 얻는 우리에게는 하나님의 능력이라"(고전 1:18)고 했다. 죄의 대가를 지불하기 위해 십자가에 달려 돌아가신 예수 그리스도를 믿는 믿음은 갈대와 같이 약한 인생을 강하게 하는 무한한 잠재력을 제공한다. 믿음은 행위이며, 생활이다. 성경에 나타난 믿음의 선진들은 모든 한결같이 믿음으로 모든 일을 힘있게 추진시켜 왔다. 야고보 사도는 "행함이 없는 믿음은 죽은 것이라"(약 2:18)고 했다. 믿음은 행함이 있을 때 가능성을 제공하고 실천하지 않으면 죽어버린다. 그러므로 믿음은 말로만 기도하는 것이 아니고 매일의 생활 속에서 행함으로 실천되는 것이어야 한다.

본문의 적용

첫째, 믿음의 사람이 행동할 척도와 규범은 무엇인가?

사람의 사람다움은 사람답게 행함에 있다. 사회적으로 윤리와 도덕은 사람이 올바르게 행동하도록 하는 규범이다. 신자가 행함을 위하여 지켜야 하는 법칙과 규범은 성경이다. 따라서 하나님의 말씀인 성경의 법과 규범과 교훈을 떠나서는 믿음의 행위를 올바르게 할 수 없다. 종교가 가지는 많은 경전 중에서 성경은 하나님께서 자신을 계시하신 계시이며, 하나님의 계시로 인정된 66권만이 정경으로 인정되어 사용하고 있다. 정경(正經)이란 '카논'(κανων, canon)이라 말하며, 이는 갈대, 막대기, 측량 막대기, 자(杍)를 뜻하는 단어이다.

이는 성경 정경이 기독교 신앙의 법도와 행위의 규례, 교회의 법규, 규범, 규준이라는 뜻이다. 따라서 하나님의 말씀인 성경은 사람의 믿음과 행위를 '측량하는 갈대'(a measuring reed)이다. 계시록 21:15에는 "성과 문들과 성곽을 측량하려고 금 갈대를 가졌고"라고 했으며, 그것으로 성의 규격을 정확하게 측정하였다. 하나님의 나라를 하나님이 말씀인 그의 자(his reed)로 측량하였다는 것은 하나님 나라의 모든 행위와 규범은 그의 말씀에 있다는 의미를 포함하고 있다. 그러므로 신앙하는 갈대인 인생은 측량하는 갈대인 성경 말씀의 정확한 측정으로 믿음의 생활을 할 때 큰 위력을 나타낼 것이다.

둘째, 믿음의 생활은 하나님께서 주신 재능에 따라 최선을 다해야 함을 가르친다.

믿음의 행위는 최선을 요구한다. 자기에게 주신 재능을 따라 사명에 최선을 다할 때 능력이 나타난다. 최선을 다하는 믿음의 행위를 충성이라 한다. 충성을 영어로는 'faithfulness'라 표현한다. 이는 곧 믿음이 충만할 때 충성이라 한다. 큰일이든 작은 일이든 맡겨진 일에 신앙으로 성실하게 최선을 다하는 것이 충성이다. 이러한 예를 성경의 달란트 비유에서 잘 설명하고 있다. 마태복음 25:14-30에 따르면 주인이 종들에게 한 달란트, 두 달란트, 다섯 달란트를 맡겼다. 그중에 두 달란트와 다섯 달란트를 받은 종은 그것으로 최선을 다하여 배의 이익을 남겼고 주인으로부터 칭찬을 받았다. 그러나 한 달란트 받은 종은 그것을 땅에 묻어주었다가 무서운 책망을 받았다. 여기에서 주인은 두 달란트와 다섯 달란트 받은 종에게 "네가 잘하였도다 착하고 충성된 종아 네가 적은 일에 충성하였으매 내가 많은 것을 네게 맡기리니 네 주인의 즐거움에 참여할지어다"고 했다. 주인의 칭찬은 많은 것을 남긴 데 초점이 있지 않았고, 최선을 다했느냐에 초점을 두었다. 그러나 게으름으로 한 달란트를 땅에 묻어둔 자는 엄한 책망을 받았다. 그러므로 각자 받은 재능에 따라 최선을 다하는 삶이 주인으로부터 칭찬받는 삶이라는 것을 교훈한다.

셋째, 인간은 생각하는 갈대이며, 신앙하는 갈대로 살아야 한다.

인생 연약한 갈대가 세파에 시달리다 보면 상한 갈대가 된다. 이것을 뛰어넘는 힘이 어디에서 오는가? 인생과 만물의 절대자이시고, 전능자이신 하나님을 신앙할 때 강한 갈대가 되고 능력을 발휘하는 갈대가 된다. 신앙하는 갈대는 신앙과 삶과 윤리적인 법칙이요, 규범인 하나님의 말씀 안에서 최선을 다하는 충성된 갈대가 될 때 가능하다. 그 이유는 전능자 하나님이 그를 붙들고 인도하시기 때문이다.

4) 본문: 마태복음 16:16, 제목: '살아계신 하나님의 아들 그리스도'
서론적 도입

예수님은 공생애 말 어느 날 사랑하는 제자들과 함께 가이샤랴 빌립보에[9] 이르러 기도하시는 중 제자들에게 중대한 질문을 하시게 되었다(눅 9:18). 예수님께서 "사람들이 나를 누구라 하느냐?"고 했을 때 제자들은 "더러는 세례 요한, 더러는 엘리야, 어떤 이는 예레미야나 선지자 중의 하나라 하나이다"(16:14)고 대답했다. 이 대답에 실망하신 예수님께서 제자들에게 "너희는 나를 누구라 하느냐?"고 다시 질문했을 때 시몬 베드로가 "주는 그리스도시요 살아계신 하나님의 아들이시니이다"고 대답했다. 주님께서 베드로의 이 대답에 만족하시면서 "바요나 시몬아 네가 복이 있도다 이를 네게 알게 한 이는 혈육이 아니요 하늘에 계신 내 아버지시니라"고 하셨다. 그러면서 베드로를 향해 "너는 베드로라 이 반석 위에 내 교회를 세우리니 음부의 권세가 이기지 못하리라 내가 천국 열쇠를 네게 주리니 네가 땅에서 무엇이든지 매면 하늘에서도 매일 것이요 네가 땅에서 무엇이든지 풀면 하늘에서도 풀리리라"고 하셨다. 이 엄청난 축복의 말씀은 베드로의 신앙고백이 얼마나 중요한지를 단적으로 나타내주고 있다. 베드로의 신앙고백은 기독교의 초석이 되었으며, 이 신앙고백의 기초 위에 교회가 세워진 것이다. 그러므로 '주는 그리스도시오'라고 고백한 이 고백이야말로 이 땅에서 닥쳐오는 어떠한 환난과 풍파도 주님이 교회를 넘어뜨릴 수 없는 만세 반석의 터전이며, 음부의 권세가 감히 침범하지 못할 것임을 천명한 것이다.

---

9 '가이샤랴 빌립보'(Caesarea Philippi)는 이스라엘 북쪽 헤르몬산의 남단, 요단강의 수원 가까이에 있는 성읍으로, 해발 345m의 고지대로 기름진 요단 계곡을 바라보는 경치가 아름다운 곳이다. 헤롯 빌립 1세가 1세기 초에 이 지역을 확장했고, 빌립과 디베료 가이사의 이름을 따라 가이샤랴 빌립보라고 명명했다. 이는 지중해 연안의 가이사랴와 구별하기 위해 가이사랴 빌립보로 고쳐 부른 명칭이다.

본문의 핵심적 주제에 대한 어원적 의미

기독교(基督敎)는 그리스도교를 한자(漢字)로 표현하는 말이다. 그리스도교란 그리스도를 기초로 한 교회라는 뜻이다. 초대교회 그리스도인들은 예수 그리스도가 하나님의 아들이시고 그들의 죄를 위해 십자가에 돌아가셨으며, 무덤에서 부활하셨다는 사실과 세상을 심판하시기 위해서 다시 오실 것을 믿었다. 따라서 초대교회는 예수를 그리스도로 믿는 신앙고백 위에 세워졌다.

기독교(Christianity)란 말은 헬라어 '크리스티아니스모스'(χριστιανισμοσ)에서 파생된 말이다. 문자 그대로의 의미는 '기독교주의'(Christianism)를 뜻한다. 이 용어가 성경에는 기록되지 않았고, 처음엔 유대교(Judaism)란 용어와 대등하게 사용되었다. '그리스도인'(Christian, χριστιανοσ)이란 말은 신약성경에 세 번 나타난다(행 9:26; 행 26:28; 벧전 4:16). 당시 유대인들은 그리스도를 기름 부음을 받은 메시아로 인정하지 않으려 했고, 오히려 그리스도를 추종하는 자들을 나사렛 이단이라고 불렀다. 기독교란 용어를 성경 외에서 처음으로 사용한 사람은 안디옥의 이그나티우스(Ignatius)였다.[10] 그는 '기독교가 유대교를 믿는 것이 아니라 유대교가 기독교를 믿는다'고 말했고, 이 용어가 안디옥 지방에서 두루 쓰이게 되고 기독교 운동을 지칭하는 용어로 세계로 퍼져 나가게 되었다.

초기교부시대부터 후기교부시대까지 역사적으로 고찰해 볼 때 기독교란 용어는 예수 그리스도를 따르는 이들과 가시적인 교회와 관련 있는 모든 이를 총합한 단체를 가리키던 용어였다. 베드로가 신앙을 고백했을 때 주님께서는 "너는 베드로라 내가 이 반석 위에 교회를 세우리니"라고 하셨다. 여기 베드로(πετροσ)란 이름은 아람어 '게바'(kepha)에서 온 말로, 반석 또는 돌(Rock or stone)을 뜻하며, 반석은 그리스도 자신을 가리키는 말이다. 베드로가 고백한

---

10 '이그나티우스'(Ignatius, 117년경)는 속사도 교부로서 시리아 안디옥에서 사역하였으며, 많은 서신(에베소인, 마그네시아인, 트로인, 로마인, 빌라델비아인, 서머나인, 폴리캅에게)을 보냈다. 그의 서신들을 로마로 압송되어 가는 중에 기록했다고 전해진다. 처음으로 주교(bishop)와 장로(presbyter)를 구분했으며, 영지주의 이단을 반대했고, 트라얀(Trajan, 98-117) 황제 치하 때 순교했다고 전해지고 있다.

반석이신 그리스도 위에 교회를 세운다는 뜻이다. 그러므로 그리스도가 없이는 기독교가 성립될 수 없는 것이다.

본문의 해석

첫째, 예수 그리스도는 역사적 사람(historical Person)이다.

예수 그리스도는 가상적 인물이거나 신화적 인물이 아니라 역사적 인물이다. 오늘날 세계 인류가 사용하는 서력(西曆)은 예수 그리스도의 탄생을 기점으로 하여 시작된 역법(曆法)이며, 세계 공통력으로 사용되고 있다. 그리스도의 탄생 이전을 주전(主前, Before Christ)으로 계수하고, 탄생 이후를 주후(主後, Anno Domini)로 계수한다. 특히 주후(A.D.)는 주의 해(in the year of the Lord)란 뜻이다. 이와 같이 그리스도의 탄생을 전후로 하여 인류의 역사를 계수하고 있으므로 그리스도는 역사의 중심적 인물이 된 것이다. 따라서 예수 그리스도가 역사상에 생존하였던 실제적 인물임을 누구도 부인하지 않는다.

신구약 역시 이 역사적 사실을 예언하기도 했고, 잘 기록하고 있다. 주전 740년경에 미가 선지자는 "베들레헴 에브라다야 너는 유다 족속 중에 작을지라도 이스라엘을 다스릴 자가 네게서 내게로 나올 것이라"(미 5:2)고 예언했으며, 이사야 선지자도 "보라 처녀가 잉태하여 아들을 낳을 것이요 그의 이름을 임마누엘이라 하리라"(사 7:14)고 예언했다. 천사 가브리엘도 정혼한 처녀 마리아에게 나타나 "보라 네가 잉태하여 아들을 낳으리니 그 이름을 예수라 하라"고 예고했다. 따라서 예수 그리스도의 탄생이 명백한 역사적 사실임을 기록해 놓은 것이다. 그는 성경의 예언대로 이 세상에 구원자로, 하나님의 아들로 탄생하셨고, 30여 년간의 사생활을 보내셨고, 3년 동안 갈릴리와 예루살렘을 중심으로 열두 제자와 다른 사람을 제자로 삼아 복음을 전하셨고 많은 병자를 고치시며 이적과 기사를 행하심으로 그가 구약에서 예언된 메시아 그리스도임이 백일천하에 드러난 역사적 사실이다.

그는 이 세상에 오신 궁극적 목적을 이루시기 위해 유대인으로부터 고난을 받으시고, 마침내 자기 백성의 죗값을 지불하기 위해 십자가 위에서 처형되셨다. 그가 운명하실 때 정오부터 해가 빛을 잃고 온 땅에 어두움이 덮이면서 천재지변이 일어났고, 성전에서는 휘장이 한가운데로 찢어지는 일이 일어났으며, "다 이루었다"는 마지막 말을 남기시고 운명하셨다. 그러나 영원한 생명의 주인이며, 인류의 구원자 예수님은 죽음 후 장사한 지 3일 만에 부활하셨으며, 부활 후 40일 동안 세상에 계시면서 제자들에게 나타나셨고, 확실한 많은 증거를 남기시고 40일 되던 날 제자들이 보는 가운데 승천하셨다(행 1:10). 이와 같이 예수 그리스도께서 하나님의 아들로 역사상에 오신 것이 명백하게 전해지고 있음에도 사람들은 그의 인성은 인정하나 신성은 인정하지 않으려 한다. 인간은 그가 가진 제한된 사고로 이해되는 부분만 믿으려 하므로 그리스도를 잘못 보는 큰 오류를 범한다. 그리스도는 분명히 인류 역사 가운데 오신 인물이고 그에 관한 공생애 사건들이 기록으로 남겨져 있음에도 이것을 이성의 판단으로 맞지 않는다고 해서 부인하는 것은 이치에 맞지 않는 것이다. 이는 단지 그리스도가 살아계신 하나님의 아들로서 성육신하신 신성을 망각한 데서 오는 결과이다.

둘째, 예수 그리스도는 살아계신 하나님의 아들(Son of living God)이다.

베드로의 신앙고백은 그리스도가 살아계신 하나님의 아들(the living God)이심을 분명히 했다. 하나님을 살아계신 실존자로 믿는 사람과 이를 부인하는 하는 사람의 삶은 엄청난 차이가 있다. 하나님은 살아계셔서 우주를 섭리하시고 통치하시며, 인생을 간섭하시는 실존자임을 믿는 사람은 하나님 중심의 신본주의적 삶을 살고, 반대로 이를 부인하는 사람은 자기중심의 인본주의적 삶을 산다. 신(God) 중심이냐 아니면 인간 중심이냐에 따라 삶의 동기와 목적이 전혀 다르기 때문에 인생의 가치관과 삶의 방향과 사고방식도 달라서 엄청난 차이를 낳게 된다. 인본주의적 자기중심의 삶은 자신의 존재를 삶의 최상위에 두기 때문에 사물에 대한 모든 사고가 자기로부터 출발되고, 신본주의적 삶은 모든 일을 하나님의 뜻과 결부시켜 생각하고, 도움을 청하고, 그 기준에 따라 살려고 하기에 그 사고의 출발이 하나님으로부터 시작된다. 따라서 살아계신 하나님이 존재하느냐 하지 않느냐의 고백은 삶에 있어 대단히 중요하다. 그러므로 베드로의 신앙고백은 철저히 살아계신 하나님을 고백한 것이다.

현대 실존주의 사상의 초석이 된 덴마크 철학자 키에르케고르(Søren Kierkegarrd, 1813~1855)와 독일의 철학자 니체(Friedrich W. Nietzsche, 1844~1900)의 철학사상을 비교하면 살아계신 하나님을 수용하느냐, 하지 않느냐에 따른 두 부류의 인생을 쉽게 구분할 수 있다. 두 사상가는 동일한 실존주의 철학자이면서도 여러 면에서 대조적인 면을 볼 수 있다. 가장 근본적인 차이는 유신론과 무신론에 있다. 키에르케고르는 유신론적 실존주의자로서 신(神) 앞에 선 단독자, 즉 종교적 실존에서 실존의 깊이와 진의(眞意)를 찾으려고 한 반면에 니체는 신을 부정하고, 신은 죽었다는 슬로건을 앞세우고 초인의 이념을 내세움으로써 인간을 초극(超克)하려는 인생예찬(人生禮讚)의 실존을 주장하였다.

키에르케고르는 어떻게 하면 진실한 기독자가 될 수 있느냐 하는 문제를 위하여 생애를 바쳤고, 참된 기독자란 언제나 신과 대면해 있는 자로서 신의 아들인 그리스도와 같이 있는 자라고 하였다. 이와 같이 진실한 기독자가 되기 위한 그의 사색과 노력이 그의 유신론적 사상을 낳게 했다. 반면에 니체의 실존주의는 반기독자로 자처하면서 시작되었다. 니체는 쇼펜하워(Arthur Schopenhauer)의 철학사상에 영향을 받아 그의 범신론과 염세철학을 배격하고 디오니소스(Dionysos)적인 생의 철학을 찬미하였으며, 하나님은 죽었다고 외치면서 기독교적 윤리 사상을 약자의 노예도덕이라며 배척했다.[11] 자신의 삶을 생의 힘, 생의 충실, 생의 환희로 예찬하였고 인생에게는 살려는 강력한 의지가 있고 의지에는 힘이 있으므로 생은 살려는 강한 의지를 토대로 하는 부단의 창조 활동이라고 강조했다. 그리하여 "강자의 무기는 잔인이다. 싸워라. 생의 투쟁을 사랑하라"는 등의 강력한 투쟁을 표현했고, 생의 고통과 싸워 초극

---

11 '디오니소스'(Dionysos)는 제우스(Zeus)의 아들로 자연 생성을 촉진하는 위대한 신(神)이다.

하는 데서 인생의 승리자가 되고 초인이 되라고 했다. 이와 같이 니체의 실존은 철저히 신을 부정하는 실존이요, 인간을 초극하려는 실존이었으므로 신을 부정하는 니체의 실존 사상으로부터 무신론적 공산주의 사상이 싹트기 시작했다. 이와 같이 하나님의 실존을 수용하는 신앙고백은 인생의 위대한 결과를 낳는다. 오늘도 살아계셔서 모든 것을 주관하시고 간섭하시는 살아계신 하나님을 고백하는 확실한 신앙이야말로 인생을 긍정하는 풍성한 삶이요, 능력이요, 행복이다.

특별히 베드로가 예수 그리스도는 '하나님의 아들'이라고 고백한 것은 예수 그리스도가 사람으로 이 세상에 오셨지만, 그는 하나님의 아들이신 성자(聖者)의 신분으로 사람의 몸을 입고 오신 것을 강조한 것이다. 기독교는 예수 그리스도가 이성(二性)을 가진 자로 설명한다. 그리스도는 하나님의 아들(Son of God)로 표현되기도 하고, 인자(Son of Man)로 표현되기도 한다. 예수 그리스도는 참 하나님이심과 동시에 참 인간이시다. 예수 그리스도를 하나님의 아들로 고백하는 표현 속에는 몇 가지 중요한 의미가 담겨있다.

첫째로, 그리스도의 인간성은 그 기원을 하나님의 직접적인 활동, 특히 성령의 사역을 통하여 탄생했고, 하나님 자신이 계획한 구속 사역의 목적을 성취시키려는 섭리가 인간 역사에 개입하셨다는 것을 의미한다. 이 사실을 누가복음 1:35은 이렇게 말한다. "천사가 대답하여 이르되 성령이 네게 임하시고 지극히 높으신 이의 능력이 너를 덮으시리니 이러므로 나실 바 거룩한 이는 하나님의 아들이라 일컬어지리라" 그러므로 예수 그리스도의 성육신은 하나님의 계획 속에서 이루어진 초자연적인 역사적 사실임이 분명하다. 둘째로, 하나님의 아들이란 고백 속에는 메시아적인 직위의 의미를 내포하고 있다. 메시아는 때때로 하나님의 후사 또는 대표자로서의 하나님의 아들로 불리웠다(마 24:36; 막 13:32). 셋째로, 하나님의 아들이란 삼위일체적 의미를 가지고 있다. 이 명칭은 성부 하나님, 성자 하나님, 성령 하나님이신 삼위일체의 제2위가 되시는 그리스도를 지시하기 위해 사용되었다. 이 사실은 기독교의 진리 중 가장 심원한 의미를 지닌 것으로 예수님 자신도 이 명칭을 특별한 의미에서 사용하셨다(마 11:27; 14:28; 16:16; 21:33). 그러므로 그리스도가 하나님의 아들임을 고백하는 것은 기독교 신앙의 핵심이요 본질이다.

셋째, 예수는 그리스도(Jesus Christ)이시다.

그리스도는 신약에서 주로 사용되는 명칭으로 "기름 부음 받은 자"(the anointed one)란 뜻을 가지며, 구약의 메시아(Messiah)란 이름과 같은 말이다. 구약시대에 왕과 제사장과 선지자는 기름 부음을 받고 그 직임을 수행했다(출 29:7; 레 7:3; 사 9:8; 왕상 19:6; 시 105:15; 사 61:1). 그리스도는 예수님의 직위를 나타내주는 명칭으로서 기름 부음 받는 직위인 왕, 제사장, 선지자의 직분을 동시에 수행하기 위해 이 세상에 오신 것이다. 그러므로 그리스도를 고백하는 신앙 없이는 기독교인이 될 수 없다. 예수 그리스도의 세 직분은 다음과 같은 의미를 가지고 있다.

1) 그의 왕의 직분[王職]이다. 그리스도는 왕의 신분으로 오셨다. 하나님의 나라도 세상 나라와 유사하여 국가 형태로 되어있고 왕이 다스리는 왕정체제로 되어있다. 누가복음 1:33은 "하나님께서 조상 다윗의 위(位)를 저에게 주시리니 영원히 야곱의 집에서 왕노릇 하실 것이며 그 나라가 무궁하리라"고 했다. 하나님 나라는 그의 백성을 통치하는 왕이 계시고, 다스림을 받는 백성이 존재하며, 그가 다스리는 영역이 존재한다. 이것을 하나님의 나라(the kingdom of God)라고 부른다. 그리스도께서는 왕권을 가진 절대 주권자로서 우주 만물을 다스리시고 인간의 생사화복을 주관하시며, 영의 세계를 통치하신다. 그가 행하시는 왕권의 특징을 두 가지로 설명할 수 있다.

첫째로 그리스도께서 가진 왕권은 영적인 왕권으로 그의 백성과 교회를 다스리는 통치권을 의미한다. 이 왕권은 교회를 모으심과 통치하심과 보호하심과 완성케 하심에 있다. 바울은 하나님께서 그리스도를 그의 우편에 앉히시고 모든 정사와 권세와 능력과 주관하는 자와 이 세상 외에 오는 세상에 있을 모든 이름 위에 뛰어나게 하시고 만물을 그 발아래 복종하게 하시고 그를 교회의 머리로 세우셨다고 했다(엡 1:20). 둘째로 우주 만물에 대한 그리스도의 왕권이다. 그리스도는 인생과 우주 만물의 창조자이실 뿐만 아니라 그것들을 다스리는 권세를 가지셨다(마 28:18). 따라서 우주의 왕이신 그리스도는 영적인 왕권뿐만 아니라 그의 피조물인 만물을 다스리고 개인과 사회와 민족의 운명을 지도하시고 자기 피로 구속하신 백성의 영적 성장과 정신적 정화 최종적인 완전을 이루는 분이다. 그는 또한 자기 백성이 이 세상에서 겪는 위험에서 보호하시며, 그의 모든 원수를 굴복시키고 멸망시킴으로써 그의 의(義)를 나타내신다.

2) 그의 제사장(祭司長) 직분이다. 구약의 제사장은 하나님 백성의 종교적인 일을 위해 직무를 감당한 자였다. 특히 백성의 죄를 위하여 모든 제사 업무를 제사법에 따라 집행하는 자였다. 그러나 그리스도께서는 무죄하신 분으로서 자신을 위해서가 아니라 모든 인류를 위해 단번에 영원한 제물이 되셨고, 하나님과 그의 백성 사이에 중보자로서 하나님께 중보하고 간구하신다. 그리스도는 대제사장이시며, 영원한 제사장이시다. 지금도 승천하여 하나님 우편에 계시면서 그의 백성을 위하여 간구하시고 대제사장의 직무를 수행하신다.

3) 그의 선지자(先知者) 직분이다. 하나님께서는 그리스도를 선지자로 보내실 것을 예언하셨고(신 18:15), 그는 자신을 선지자로 말씀하셨다(눅 13:33). 선지자(Nabi)는 하나님께서 특별히 소명하여 하나님께서 그의 백성에게 계시하려는 모든 것을 현장에 가서 듣고, 보고 그것들을 백성에게 전달하는 예언자적 임무를 수행했다. 구약의 선지자들은 도덕적, 영적 의무와 책임 또는 특권을 강조하며, 현재와 미래에 나타날 사건들을 특별한 권위로 예언하며 백성을 지도했다.

넷째, 그리스도는 주(the Lord)이시며, 임마누엘(Christ, the Emmanuel)이시다.

그리스도가 주이심은 그의 피조물에 대한 소유와 통치에 대한 절대 주권자임과 영적인 구원자로서의 최고의 권위를 표현하는 말이다. 예수께서 탄생하실 때 천사가 "보라 처녀가 잉태하여 아들을 낳을 것이요 그의 이름은 임마누엘이라 하리라"(마 1:23)고 했다. 그리스도는 백성의 필요를 미리 아시고 때로는 잔잔한 물가로, 푸른 초장으로 인도하시는 목자가 되어 항상 그의 백성을 떠나지 않고 항상 동행하시는 분이시다. 그리스도는 그의 백성과 영원히 함께하시는 분이시다.

5) 본문: 마가복음 6:32, 제목: '고독을 이기는 세 단계'

서론적 도입

고독은 인구의 급증과 문화의 가속화로 말미암아 가중되는 심각한 사회문제라 할 수 있다. 고독은 무형의 존재이나 사람에게 침투해 들어와 인격 속에 깊이 내재되는 심각한 병적 성격을 지니고 있다. 고독이라는 말은 객관성이 결여된 주관적인 느낌을 주기 때문에 사람마다 그 의미를 다르게 이해하고 있다. 미국의 어떤 사람이 고독(loneliness)의 반대말을 알아보려고 도서관에서 책을 찾아보았으나 적합한 말을 발견하지 못하고 그 내용을 종합해 본즉 '동료와 함께'라고 말할 수밖에 없었다고 했다. 고독의 반대어가 '동료와 함께'라고 한다면 고독은 '동료가 없음'을 의미한다고 설명할 수 있다.

본문의 핵심적 주제에 대한 어원적 의미

우리말 사전에는 고독을 두 가지 의미로 정의하고 있다. 첫째는 '부모 없는 어린아이와 자식이 없는 늙은이'라고 했고, 둘째는 '외로움과 홀로 쓸쓸함' 등으로 설명하고 있다. 고독이란 한자의 의미도 외로울 고(孤)와 홀로 독(獨)의 복합단어이므로 혼자 있어서 외롭다는 뜻이다. 다시 말하면 혼자 있는 느낌, 소외되는 느낌, 격리되는 느낌을 말한다. 이상과 같이 고독의 의미를 살려볼 때 영어, 한자, 한글이 갖는 고독의 의미는 모두 같은 범주 내에 있음을 쉽게 알 수 있다.

그렇다고 해서 고독이 동료의 부재 혹은 홀로 있는 외로움만을 의미하는 것은 결코 아니다. 대중들 속에 있으면서도 심각한 고독을 느끼는 시대가 바로 현재 우리가 사는 문명시대의 병적인 현상이 아닌가 생각하게 한다.

본문의 해석

첫째, 고독은 신인(神人) 사이의 인격적 관계의 단절에서 온다.

하나님께서 인간을 창조하셨다는 근원적 관점에서 볼 때 고독은 인간과 하나님과의 관계가 단절됨으로 오는 자아의식적 거리감이라 할 수 있다. 즉 신과 인간 사이의 관계가 단절됨으로써 오는 고통스러운 자아의식(自我意識)이다. 바울은 "내 지체(몸) 속에서 한 다른 법이 내 마음의 법과 싸워 내 지체 속에 있는 죄의 법으로 나를 사로잡는 것을 보는도다 오호라 나는 곤고한 사람이로다 이 사망의 몸에서 누가 나를 건져내랴"(롬 7:23-24)고 탄식했다. 이러한 그의 탄식은 죄로부터 끊임없이 도전을 받는 한 인격적 실존이 하나님을 향하여 나아가고자 하는 고독한 몸부림이라 할 수 있다. 그의 고독은 죄로 인하여 그의 내면생활이 하나님과 단절되는 불가피한 순간을 느끼는 고통스러운 자의식(自意識)임에 틀림없다.

모든 인간은 하나님의 형상을 따라 창조되었다(창 1:26). 이렇게 창조된 인간은 하나님과 진정한 의미의 대화와 교제를 할 수 있는 특별한 존재이다. 그러나 사단의 유혹을 받아 하나님의 말씀에 불순종하여 범죄하게 되었고, 하나님과의 인격적인 교제가 단절되었다. 그러므로 인간으로서는 피할 수 없는 이 근원적인 고독은 바로 인간이 하나님과의 교제의 단절에서부터 시작된 것이다. 이와 같이 고독의 정체를 바르게 진단하고 나면 그 치료방법은 대체로 간단하다. 고독의 근본적인 치료는 예수 그리스도를 통해서만 가능함을 알게 된다. 예수 그리스도를 믿고, 그와 연합하여 교제하면 인생은 영원한 실존으로 격상된다. 그렇게 될 때 비로소 고독의 상태는 참 평안의 상태로 옮겨진다.

둘째, 고독은 인간 상호 간의 인격적 관계의 단절에서 온다.

인간은 누구나 하나님의 형상대로 창조되었기에 종적으로는 하나님과 교제하고, 횡적으로는 인간 상호 간의 교제가 필요하다. 흔히 인간은 사회적 동물이라 한다. 이는 상호 간의 인격적 관계 없이 만족할 수도 없고, 발전할 수도 없기 때문이다. 사람은 인간관계의 가장 기본이 되는 가정에서부터 시작하여 혈족이나 더 나아가 민족이나 국가라는 거대한 조직에 이르기까지 다양한 사회를 형성해 가면서 유기적인 인간관계를 가지고 살아간다. 그러나 근원적으로 인간은 하나님과의 관계가 단절되었기에 인간관계에서도 멀어지고 자기중심적인 육체의 욕망을 따라 이기적으로 살아간다(롬 2:28).

이렇게 인간이 하나님과 인간 상호 간 단절된 관계를 회복시키기 위해 하나님께서 인간에게 큰 계명 둘을 주셨다. 첫째는 "네 마음을 다하고 목숨을 다하고 뜻을 다하여 주 너희 하나님을 사랑하라"는 것이고, 둘째는 "네 이웃을 네 몸과 같이 사랑하라"(마 22:36)고 하신 것이다. 이렇게 하나님과 이웃을 사랑하는 자들이 모인 곳이 교회이다. 교회는 하나님께서 선택받은 자기 백성을 세상으로부터 불러내어 모이는 회중(congregation)이다. 이렇게 교회로 모인 회중이 하나님과 교제하고, 신자들과 교제하면서 서로 사랑하고, 서로를 위해 기도하고, 서로를 도우며 살아갈 때 고독을 물리치고 하나님과 신자들과 더 깊은 영적인 교제로 나아가게 된다.

셋째, 고독은 비인격적 관계의 단절에서 온다.

사회생활 가운데서 인격적인 관계를 이어가는 자들도 있지만, 비인격적 관계로 교제가 단절된 자들도 있다. 누구나 과거에 왕성하게 가졌던 활동이나 역할을 상실하면 이로 인해 고독을 느끼게 된다. 또 나이가 들어 힘이 약해지고, 기억력이 상실되면 심신이 약해지고 자신의 초라함을 보게 된다. 육체가 병약하고, 기억력이 쇠잔해지고, 능력이 감퇴되어 행동에 제한을 받게 될 때 고독을 느끼게 된다. 다른 사람과 비교하여 자신의 존재 가치에 대한 열등감이 스며들 때 고독을 느낀다. 이러한 고독의 현상들은 주변에 얼마든지 존재한다. 이러한 고독의 유형은 자존감의 상실로 인해 오는 열등의식에서 비롯된다고 볼 수 있다.

그러나 어떤 이는 외형적으로 비슷한 현상 속에서 살지만, 자신의 고귀한 존재적 가치를 인식하고 기뻐하며 만족한 삶을 산다. 이런 자는 분명한 인생 철학을 가지고 인간 생명의 귀중성을 가장 가치 있게 판단하는 차원의 삶을 살기 때문일 것이다. 따라서 동일한 삶의 현상이나 조건 가운데서도 어떤 이는 기뻐하고, 만족과 희망을 갖고 사는 반면 어떤 자는 슬퍼하고, 불평하고 낙망하며, 불안하게 산다. 성경에 소개된 인물 중에도 그런 상황에 직면한 자들이 많다. 여기서 다 소개할 수 없다. 그러나 하나님과 또는 이웃들과 어떤 관계를 갖고 사느냐에 따라 그의 인생 가치관과 자존감과 소망은 달라진다.

성경이 소개하는 바울의 일생은 절망적인 일들과 사건들의 연속이었다. 그럼에도 그가 주님의 손에 붙잡혀 살아갈 때 그의 삶은 고난을 뛰어넘고, 극복하며 소망을 가지고 더 힘찬 발걸음을 내딛었다. 그래서 그는 고린도교회에 보내는 서신에서 "우리가 낙심하지 아니하노니 겉사람은 낡아지나 우리의 속사람은 날로 새로워지도다"(고후 4:16)고 했으며, "누구든지 그리스도 안에 있으면 새로운 피조물이라 이전 것은 지나갔으니 보라 새것이 되었도다"(고후 5:17)고 외쳤다. 육체는 비록 쇠약하였으나 그의 내적 사람은 자신감에 넘치는 삶을 살았다. 따라서 인간은 신(God) 앞에 홀로 선 자각하는 실존이다. 따라서 고독과 공존해야 하며, 투쟁해야 하고, 때로는 고독을 창조해야 하고, 고독을 즐기는 삶을 살아야 하는 숙명적인 고독의 존재이다. 그러나 이 고독의 순간을 뛰어넘고, 헤쳐나가고, 이겨가는 자가 최고의 자존감을 가진 인생 승리자가 될 수 있다.

본문의 적용

첫째, 고독한 자아(自我)를 발견하는 삶으로 시작하라.

대다수 사람은 자아의 참모습을 발견하지 못한 채 그냥 살아간다. 모든 인간은 자기중심적으로 살기 때문에 자아를 발견하지 못할 뿐만 아니라 자기의 위치를 파악하지 못하므로 가치판단의 기본적 척도가 달라진다. 인생은 창조주 앞에서 자기가 누구인가를 발견해야 한다. 아담 이후의 인간을 보면 하나님께 범죄한 것 때문에 하나님의 낯을 피하려 하고, 하나님을 떠나 숨으려 하고, 도망치려 한다. 그렇게 하면 전능자 앞에서 자아를 발견하지 못한다. 하나님과 교제가 단절된 벌거벗은 자로 드러나게 된다. 이것이 모든 인간 안에 숨겨진 자아이다.

그래서 철학자 소크라테스(Socrates)는 '너 자신을 알라'고 한 대명제(大命題) 위에 그의 철학을 확립했다. 키에르케고르(Kierkegarrd)는 '너 자신을 알라'는 소크라테스의 철학의 모토(motto)를 자신의 것으로 삼아 그의 실존적 철학을 전개했다. 그는 인간의 실존을 미적 실존(美的 實存), 윤리적 실존(倫理的 實存), 종교적 실존(宗敎的 實存)으로 구분했다. 무엇보다 그의 철학적 사색의 대상은 자기 자신이었다. 인간은 개별적 주체이며, 남과 바꿀 수 없는 유일무이한 귀중한 존재임을 자각한 것이다. 이 세상에서 하나밖에 없고, 소중한 단독자이다. 이것이 그의 실존철학의 본질이었다. 그의 실존철학은 '신 앞에 홀로 선 단독자'가 참 실존의 모습이며, 주체적이며, 자각하는 존재라는 것이다. 그래서 인간은 신 앞에 선 단독자로서 자신을 성찰하는 일이 가장 중요한 일임을 강조한 것이다. 그렇다. 인간은 유신론적이며, 자각하는 실존이므로 신 앞에 주체자로 그리고 단독자로 고요히 설 때 하나님의 뜻을 깨닫게 되고, 인간이 해야 할 행동의 방향이 결정된다. 따라서 자신을 사색하는 장소와 시간이 필요하다. 그 때 하나님 앞에서 자신이 가장 가치 있는 존재라는 것을 발견하고 새로운 삶의 방향을 정하게 될 것이다.

둘째, 조용한 장소와 시간을 정하여 사색하고 기도하라.

인간은 자신이 고독한 실존임을 하나님 앞에서 발견되어야 한다. 여기서부터 고독을 극복하는 길을 알게 된다. 홀로 있으면서 고독한 가운데 고독을 이기는 방법을 발견하게 된다. 상당히 역설적인 표현이다. 인간은 홀로 있을 때 초월자를 만나게 된다. 세례 요한도 홀로 광야에 있을 때 하늘의 음성을 듣게 되었고, 예수님도 인류를 위한 큰 목적을 완수해야 할 때 홀로 광야에서 준비하며, 하나님께 기도하셨다. 하나님의 음성이나 하늘의 소리는 세상 군중들 속에서나 시끄러운 소리 속에서는 들리지 않는다. 구약의 엘리야 선지자도 경험한 바이다. 하나님의 음성은 광풍 속에서도 나타나지 않았고, 불 가운데서도 나타나지 않았으나 그 후 고요한 가운데 세미한 음성으로 들려왔다(왕상 19:12). 오랜 시간 자신에 대하여 명상하고, 기도하는 가운데 자신을 발견하게 되고, 자신 위에 뛰어난 초월자를 만나게 되며, 그의 세미한 음성을 듣게 된다. 그때 그리스도의 말씀 안에서 고독을 느끼는 자신을 발견하게 될 것이고, 고독을 초월하게 만드는 전능자를 발견하며, 이전의 삶과 다른 풍성한 영적인 삶을 살게 될 것이다.

셋째, 기쁨으로 감사하는 생활을 습관화함으로 고독을 물리쳐라.

고독하다고 생각하는 사람에게는 기쁨과 감사가 없고, 원망과 불평과 짜증과 염려로 가득한 삶을 산다. 그러나 명상하고 기도함으로 하나님을 발견한 자는 어떤 형편에서든지 자족하며, 감사하는 삶을 산다. 그 이유는 감사의 대상이 있고, 감사의 조건이 있고, 감사할 내용이 있기 때문이다. 그 사람은 세상 만물의 주인이고 소유자이신 하나님을 발견했기 때문이며, 그 하나님 안에 거할 때 그 모든 것이 자기의 소유가 된다는 것을 믿기 때문이다. 그래서 성경은 "아무것도 염려하지 말고 오직 모든 일에 기도와 간구로 너희 구할 것을 감사함으로 하나님께 아뢰라"(빌 4:6) 했고, "또 무엇을 하든지 말에나 일에나 다 주 예수의 이름으로 하고 그를 힘입어 하나님 아버지께 감사하라"(골 3:17)고 했다.

이처럼 감사가 없으면, 재물이나 세상의 것을 많이 소유했다 할지라도 자기중심적인 삶이 된다. 인간은 홀로 살 수 없으며, 홀로 이 우주를 관리할 수 없다. 인생과 만물의 주인이 누구인지 발견하고, 그분의 섭리와 보호와 축복 속에 살 때 비로소 감사하는 삶을 살게 된다. 인간이나 자연이나 가족이나 이웃이나 모든 일에 감사하는 자가 된다. 감사의 적은 교만이요, 불평이요, 자기중심의 이기적인 삶이다. 성경은 진리를 거스르며 감사를 모르는 인생을 향하여 "하나님을 알되 하나님으로 영화롭게도 아니하며 감사치도 아니하고 오히려 그 생각이 허망하여지며 미련한 마음이 어두워졌으니 스스로 지혜 있다 하나 우둔하게 된다"(롬 1:21)고 했다. 그러므로 나의 존재, 나의 가정, 나의 삶, 나의 이웃, 나의 교회, 나의 신앙에 대한 항상 감사하는 생활 태도를 가져야 한다.

넷째, 긍정적이고 적극적이며 경건한 생활 태도를 배워라.

우리 그리스도인은 일상에서 사고의 전환이 필요함을 느낀다. 매사에 긍정적 사고와 삶의 태도를 가진 자들이 있는 반면에 부정직인 사고로 사물을 보거나 평가하는 사람도 있다. 우리의 사고가 긍정적이고 적극적일 때 "내게 능력 주시는 자 안에서 내가 모든 것을 할 수 있느니라"(빌 4:11)는 말씀을 확신하며, 그 말씀이 실제가 됨을 경험하게 된다. 바울은 "어떠한 형편에서든지 자족하기를 배웠으니 비천에 처할 줄도 알고 풍부에 처할 줄도 알아 모든 일에 배부르며 배고픔과 풍부와 궁핍에도 일체의 비결을 배웠노라"(빌 4:11)고 실토했다. 경건한 삶은 신앙인의 올바른 태도와 인격적으로 올바르게 성장해 감을 말한다. 경건은 하나님께 대한 인간의 신앙 태도를 말한다. 그리스도인의 경건은 예수 그리스도를 통하여 구원을 얻은 자들이 성령 안에서 성화되어 가는 매일의 삶을 지칭한다. 그래서 디모데는 "경건에 이르도록 네 자신을 연단하라"(딤전 4:7)고 가르쳤다.

다섯째, 고독을 창조적 사고로 돌파하며, 사랑할 줄 아는 생활을 영위하라.

인생의 여정은 고독의 연속이라 해도 과언이 아니다. 인생의 모든 삶이 항해와 같기 때문이다. 단순한 고독의 수용보다는 극복할 수 있는 창조적 아이디어로 그 고독을 돌파하여 뛰어넘는 지혜가 필요하다. 세상에서 내가 당면한 고독을 수용하려 하지 말고 세상에 끌려갈 것이 아니라 오히려 세상에서 가치를 드러내는 자세로 살아가야 한다. 야고보 사도는 "누구든지 세상과 벗이 되고자 하는 자는 스스로 하나님과 원수가 되는 것이니라"(약 4:4)고 했다. 세상을 친구 삼으면 그 속에서 온갖 욕심, 추악, 탐욕, 정욕, 허영으로 인하여 창조성을 상실하게 된다. 그러나 그리스도 안에서 하나님과 함께 걸어가고 사고할 때 고독을 극복하고 경건으로 승화된 고귀한 창조적 삶을 살게 된다.

하나님 안에서 자신의 실존을 발견하고 나면 홀로 있음도 고독이 될 수 없다. 가시적이지 않지만, 분명히 인격자로 살아계신 하나님과 동행하는 삶을 누리기 때문에 고독하지 않다. 오히려 그리스도인은 하나님과 만나는 교제의 시간을 위해 고독을 사랑하고 즐길 줄 알아야 한다. 고독함 속에 홀로 기도하고, 홀로 연구하고, 홀로 묵상하고, 홀로 사색함으로 내적으로 힘과 지혜와 능력을 얻게 된다. 이것이 기독교가 가르치는 역설적인 진리이다.

6) 본문: 마가복음 14:35-36, 제목: '이 잔을 내게서 옮기시옵소서'
서론적 도입

예수께서 공생애 마지막 유월절을 맞이하셨다. 유월절은 이스라엘 백성의 출애굽을 기념하며, 하나님의 언약 백성의 속죄를 위해 드리는 희생 제사와 밀접한 관계가 있다. 유월절에 드려지는 어린 양은 언약 백성의 죄를 대속하는 속죄의 제물로 드려져야 하기 때문이다. 예수님은 무교절이 시작되는 첫날 유월절에 제자들과 예루살렘 성(城)안의 한 다락방에서 마지막 만찬을 드셨다. 이것이 최후의 만찬(the Last Supper)이었다. 그 만찬에서 먹는 떡과 마시는 포도주는 예수님의 찢기심과 피 흘리심을 상징한다. 이 만찬을 드시고 공생애 마지막으로 성부 하나님께 기도하셨다. 그 기도가 겟세마네 동산의 기도이다. 예수님은 자기 백성의 구속을 위해 희생의 제물이 되어야 한다는 것을 아셨지만 육체를 가지신 인간으로서 마주칠 고통스러운 죽음을 생각하면서 심히 슬퍼하며, 죽을 만큼 고통스러워 하셨다(막 14:33-34). 그래서 이때를 피하고 싶어 성부 하나님께 기도하셨던 것이다. 그는 "아빠 아버지여 아버지께는 모든 것이 가능하오니 이 잔을 내게서 옮기시옵소서 그러나 나의 원대로 마시옵고 아버지의 원대로 하옵소서"(막 14:36)라고 기도하셨다.[12] 특별히 이 본문에서 언급된 유월절과 예수께서 지나가기를 원하셨던 '이 잔'(this cup)은 어떤 의미를 내포하고 있는가?

본문의 핵심적 주제에 대한 어원적 의미

유월절(Passover)은 하나님께서 친히 제정하시고 이스라엘 백성에게 대대로 지키도록 명령하신 영원한 규례이다. 하나님께서는 "너희는 이 날을 기념하여 여호와의 절기를 삼아 영원한 규례로 대대로 지킬지니라"(출 12:14, 17)고 명령하셨다. 이 유월절과 무교절은 8일 동안 이어지는 절기로서 이스라엘 백성이 애굽을 탈출하는 출애굽을 기념하며 지키는 절기이다. 유월절은 유대력으로 1월인 니산월 14일에 지킨다. 이것은 하나님께서 이스라엘 백성을 애굽에서 탈출시키려고 하셨던 그날 밤 죽음의 천사가 애굽의 모든 장자를 칠 때 양을 잡고 그 피를 문설주에 바른 이스라엘 백성의 집을 넘어가 죽음의 재앙이 미치지 못하게 하신 것을 기념하는 것이다(출 12:13). 무교절(the Feast of Unleavened Bread)은 니산월 15일부터 21일까지 7일간 지키며 그 기간에는 누룩을 넣지 않은 빵을 먹기 때문에 이렇게 불린다. 니산월 14일 오전 중에 온 집에서 누룩을 찾아 제거하고 오후에 어린양을 잡는다. 그리고 다음 날(15일) 아침까지 유월절 식사를 한다. 따라서 이 절기는 하나님께서 그의 백성을 사랑하시고, 보호하시고, 인도하신 강한 의지가 내포된 절기로서 그의 백성을 약속의 땅으로 인도하시려는 목적이 강하게 나타난 이스라엘 민족사의 표상이라 할 수 있다.

본문의 해석

유월절 절기를 지키며 유월절 식사를 진행하는 순서는 다음과 같다.

---

12 예수께서 성부 하나님을 "아빠 아버지"라고 불렀다. '아빠'(abba)는 아람어로 아버지란 뜻이고, 헬라어로 아버지를 '파테르'(πατηρ)로 불렀다. 성부 하나님을 아버지로 표현하는 것은 아버지와 자녀 간의 가장 친근하고 정다운 부성애적 표현이다. 하나님을 '아빠'라고 부른 곳은 이곳뿐이다.

1) 유월절 식사는 일반 식사와 구별하여 가장인 아버지가 사회자가 되어 첫 번째 잔을 들고 유월절을 거룩하게 수행할 것을 다짐하고 먼저 마신 잔을 돌린다. 이 잔은 시작의 잔, 숙명의 잔, 사명의 잔, 성별의 잔을 의미하며 역사의 주인공이신 하나님께서 우리 개인에게 주실 사명을 부여하시려고 이 잔을 돌리는 것이니 피할 수 없는 하나님의 뜻이 담긴 잔이다.

2) 첫번째로 손을 씻는다. 거룩한 날을 축하하는 자리에서 식사를 하는 자들은 일정한 방법에 따라 양손을 세 번 씻는다. 그 후 파슬리(parsley) 또는 양상추(Lettuce) 한 조각을 취하여 소금물에 담갔다가 먹는다. 이것은 일종의 식사의 전채(appetizer)였다. 파슬리는 문설주에 피를 바르는데 사용하는 히솝(hissop)을 표시하며, 소금물은 애굽에서의 눈물과 이스라엘 민족이 안전하게 건너 구원받은 홍해의 바닷물을 상징한다.

3) 이후 무교병을 먹는다. 식탁 위에는 세 군데 무교병이 놓여있다. 이 떡을 뗄 때는 두 가지 찬송이 사용되었다. "찬송하리로다 오 주여 우리의 하나님, 우주의 왕, 당신은 땅으로부터 만물을 나게 하시는 분이시로다." 또 "찬송하리로다 하늘에 계신 우리 하나님, 당신은 오늘날 우리에게 필요한 양식을 주시는 분이로소이다." 이렇게 찬송하고 중앙에 있는 무교병을 취하여 뗀다. 여기서는 조금만 먹는다. 그것은 유대인의 조상들이 애굽에서 먹었던 고생의 떡을 상기시키려는 것이다. 이스라엘은 노예로서 결코 온전한 덩어리로 떡을 먹을 수 없었고, 단지 빵 조각만 먹었던 것을 상기시킨다. 떡을 뗀 후에 가장은 이렇게 말한다. "이것은 우리의 선조들이 애굽 땅에서 먹던 고생의 떡이다. 굶주린 자가 있으면 와서 먹게 하라. 곤궁한 자가 있으면 와서 우리와 같이 유월절을 지키게 하라." 타국에서 지키는 현대의 유월절 절기에는 유명한 기도가 첨가되어 있다. "금년에는 여기에서 유월절을 지키고 있사오나, 내년에는 이스라엘 땅에서 지키게 하소서. 금년에는 노예로서 유월절을 지키고 있사오나, 내년에는 자유인이 되어 유월절을 지키게 하소서."

4) 가장은 가족들에게 해방의 이야기를 들려준다. 이때 가족 중 가장 젊은

사람이 이날이 다른 날과 무엇이 다른지, 어찌하여 이런 일을 행하는지를 물어보아야 한다. 그때에 가장은 유월절 절기가 담고 있는 출애굽에서부터 가나안에 이르기까지 이스라엘의 전 역사를 이야기해야 한다. 이처럼 유대인에게 유월절은 단순한 의식에 그치는 일이 아니라 언제나 하나님의 능력과 긍휼과 자비를 기념하는 날이다.

5) 가족은 함께 할렐(Hallel)을 부른다. 할렐은 하나님의 찬송이라는 의미의 할렐이다. 유대인의 소년은 어릴 때부터 할렐을 모두 암기하지 않으며 안된다. "할렐루야, 여호와의 종들아 찬양하라, 여호와의 이름을 찬양하라, 이제부터 영원까지 여호와의 이름을 찬송할지로다. 해 돋는 데서부터 해 지는 데까지 여호와의 이름이 찬양을 받으시리로다"(시 113). "이스라엘이 애굽에서 나오며 야곱의 집안이 언어가 다른 민족에게서 나올 때에, 유다는 여호와의 성소가 되고 이스라엘은 그의 영토가 되었도다"(시 114:1)를 함께 합창한다.

6) 두 번째 잔(cup)인 '하가다'(Haggadah)는 '설명의 잔' 혹은 '선언의 잔'이라는 의미를 가진 '괴로움의 잔'이다. 이 잔을 마신 후 모든 사람은 식사할 준비를 위해 손을 씻는다. 식사하기 전에 다음과 같은 감사의 말을 한다. "찬송하리로다 오! 주 우리 하나님이며, 당신은 땅으로부터 열매를 나게 하셨도다. 찬송하리로다 오! 하나님이여, 당신은 당신의 계명에 따라 우리를 성별하시고 누룩 없는 빵을 먹도록 명하셨도다." 그런 다음 누룩 없는 떡의 작은 조각이 나누어진다. 쓴 나물을 두 개의 무교병 사이에 끼워서 '하로세스'(charosheth)에 적셔서 먹는다. 그것은 애굽에서의 노예 생활과 강제적으로 만들게 한 벽돌을 상기하도록 하는 것이다.

7) 정식 식사가 시작된다. 어린 양은 모두 먹어 치워야 하며, 남은 부분은 없애버리고 보통의 식사에 사용하면 안 된다. 다시 손을 깨끗이 씻고, 남은 무교병을 먹는다. 그리고 감사의 기도를 드리고, 세 번째 잔을 마신다. 잔에 대하여 "찬송하리로다 오! 주 우리 하나님, 우리의 왕 당신은 포도 열매를 맺게 하시는 분이시로다"라고 찬송한다. 이는 감사의 잔, 승리의 잔이기도 하다.

8) 이어서 할렐(Hallel)의 제2부인 시편 117편과 118편을 노래한다. "너희 모든 나라들아 여호와를 찬양하며 너희 모든 백성들아 그를 찬송할지어다 우리에게 향하신 여호와의 인자하심이 크시고 진실함이 영원함이로다 할렐루야(시 117:1-2). "여호와께 감사하라 그는 선하시며 그의 인자하심이 영원함이로다"(시 118:1) 이와 같이 장문의 시편을 함께 찬송한다.

9) 영광의 네 번째 잔을 마시고 기쁨과 영광으로 충만해진다. 시편 136편의 위대한 할렐루야 시편을 노래한다. "여호와께 감사하라 그는 선하시며 그 인자하심이 영원함이로다 모든 신에 뛰어나신 하나님께 감사하라 그 인자하심이 영원함이로다 … 하늘의 하나님께 감사하라 그 인자하심이 영원함이로다." 이렇게 감사와 영광의 찬송을 부른다. 예수께서도 이 할렐의 후반을 부르시면서 기드론 시내를 거쳐 감람산으로 가신 것을 회상한다.

10) 마지막으로 짧은 기도를 드린다. "오! 주 우리의 하나님이여, 당신의 모든 활동은 찬양을 받을 것입니다. 오! 주 우리 하나님이여, 살아있는 모든 생물이 당신의 이름을 찬양할 것입니다. 오! 주 우리 하나님이여, 모든 생물의 혼이 당신의 기념을 쉬지 않고 찬양하며 높일 것입니다. 영원 전부터 영원 후까지 당신은 하나님이시며, 당신 이외에는 우리의 왕, 우리의 속죄 주, 우리의 구세주는 없나이다." 이와 같이 하여 유월절 식사는 끝이 난다.

본문의 적용

첫째, 잔(cup)의 종류이다.

성경에는 여러 곳에서 잔에 대하여 말한다.

1) '축복의 잔'에 대하여 말한다. 바울은 "우리가 축복하는 바 축복의 잔은 그리스도의 피에 참여함"(고전 10:16)이라고 했다. 그리스도인인 우리가 함께 마시는 잔은 그리스도의 피 흘리심을 상징한다. 그의 피 흘리심은 죄의 값을 지불하기 위해 그의 생명인 피를 흘린 것을 기념하는 것이다. 그러기에 이 잔에 참여하는 그리스도인에게는 이 잔이 축복의 잔이 되는 것이다. 그러므로 그리

스도의 피 흘리심에 동참하는 잔은 축복의 잔이며, 보혈의 공로로 죄 씻음을 받고 구원에 이르는 가장 복된 은혜의 잔이 된다.

2) '구원의 잔'에 대하여 말한다. 구원의 잔은 여호와로 말미암아 받은 구원을 감사하며 마시는 감사와 기쁨의 표현일 것이다. 시인은 "내가 구원의 잔을 들고 여호와의 이름을 부른다"(시 116:13)고 했다. 이는 여호와의 은혜로 구원받은 것을 감사하는 기도이다. "하나님은 나의 구원이시라 내가 의뢰하고 두려움이 없으리니 주 여호와는 나의 힘이시며 나의 미래시며 나의 구원이심이라"(사 12:2). 시인은 여호와께서 그를 구원해 주신 것을 이렇게 표현한다. "여호와께서는 순진한 자를 지키시나니 내가 어려울 때에 나를 구원하셨도다 … 주께서 내 영혼을 사망에서, 내 눈을 눈물에서, 내 발을 넘어짐에서 건지셨나이다"(시 116:6, 8)라고 했다.

3) 고난의 잔에 대하여 말한다. 예수님은 겟세마네 동산에서 성부 하나님께 드리는 기도에서 "내가 마시는 잔을 너희가 마실 수 있으며 내가 받는 세례를 너희가 받을 수 있느냐?"(막 10:38)고 물으셨다. 여기 예수님이 말씀하신 잔은 십자가의 고통과 죽음을 의미한다. 예수께서 "누구든지 자기 십자가를 지고 나를 따르지 않는 자도 능히 내 제자가 되지 못하리라"(눅 14:27)고 하셨다. 그리스도를 믿고 따르는 자는 누구나 그에게 지워진 십자가를 져야 한다는 뜻이다. 그 십자가의 의미는 고통과 아픔과 눈물과 죽음일 것이다. 따라서 그리스도의 제자는 각자에게 부여된 고난의 잔을 피해갈 수 없다. 기꺼이 참고 인내하며 성부 하나님이 원하시는 그 길을 가야 한다.

4) 형벌의 잔에 대하여 말한다. 시인은 "여호와의 손에 잔이 있어 술 거품이 일어나는도다 속에 섞은 것이 가득한 그 잔을 하나님이 쏟아내시나니 실로 그 찌꺼기까지도 땅의 모든 악인이 기울여 마시리로다"(시 75:8)고 했다. 여기에 언급된 잔은 악인에게 임하시는 여호와의 진노를 담은 잔을 뜻한다. 하나님께서 악인에게 진노하시고 형벌을 내리신다. 구약의 시인은 여호와께서 "악인에게 그물을 내려치시니 불과 유황과 태우는 바람이 저희 잔의 소득이 되리로다"(시

11:6)고 했다. 바울은 "음란과 부정과 사욕과 악한 정욕과 탐심이니 탐심은 우상숭배니라 이것들로 말미암아 하나님의 진노가 임하느니라"(골 3:5-6)고 했다. 하나님의 진노는 불순종의 아들들에게 임한다(엡 5:6). 따라서 형벌의 잔은 세상 불순종의 사람들에게 임하는 하나님의 공의로운 심판의 의미를 담고 있다. 그러나 하나님을 믿는 백성은 그를 경외함으로 이 진노의 잔을 피할 수 있다.

5) 마귀의 잔에 대하여 말한다. 바울은 "너희가 주의 잔과 귀신의 잔을 겸하여 마시지 못하고 주의 식탁과 귀신의 식탁에 겸하여 참여하지 못하리라"(고전 10:21)고 했다. 세상에는 귀신의 영광을 위하여 붓거나 마시는 잔도 있다. 우상에게 숭배하는 자들은 귀신의 잔에 참여하는 것이다. 그러나 성도가 마시거나 참여하는 잔은 그리스도의 희생을 통하여 성도에게 주어진 축복의 잔, 구원의 잔, 감사의 잔, 영광의 잔이다.

둘째, 본문에서 말하는 잔(cup)의 의미이다.

예수님은 겟세마네 동산의 기도에서 자신의 소원을 아버지께 말했다. 그 소원이 무엇인가? "이 잔을 지나가게 하옵소서"였다. '이 잔'은 어떤 의미의 잔인가? 이 잔은 옛날 죄인이 마셔야 하는 사약과 같다. 사형 집행을 기다리는 자에게는 천장에 매달린 목줄과 같다. 예수님이 마셔야 하는 잔은 세상에 그 누구도 대신 마실 수 없는 잔이다. 그 잔은 예수님이 당하는 육체적 고통과 죽음만이 아니라 온 인류의 죄에 대한 형벌인 하나님의 진노를 담은 잔이다. 축배의 잔이 아니라 고통의 잔이요, 죽음의 잔이요, 우리 대신 받으실 진노의 잔임을 말하는 것이다. 예수님은 제자들과 가진 마지막 만찬에서 이 죽음과 진노의 잔을 미리 맛보셨다. 그의 피 흘리심을 상징하는 붉은 포도주를 맛보셨다. 그래서 이 잔을 피해가고 싶었던 것이었다. 그러나 그의 기도는 자기의 고통을 피해가도록 요구한 기도가 아니라 아버지의 뜻에 맡기는 기도를 드림으로 이 땅에 오신 구속의 역사(役事)를 이루셨다.

7) 본문: 마가복음 16:9-11, 제목: '마리아의 체험적 신앙'

서론적 도입

기독교는 수양의 종교가 아니다. 고행과 참선과 열반의 종교도 아니다. 기독교는 체험의 종교라 할 수 있다. 기독교 신앙이란 예수 그리스도의 탄생, 죽음, 부활, 재림에 관한 역사적이고 객관적인 사실이 그리스도인 개인과 밀접한 관계를 맺고 체질화(體質化)된 확신을 말한다. 따라서 체험적 신앙이란 이성과 육체의 감각기관을 통해 얻은 예수 그리스도에 관한 정보가 인격화된 확신을 말한다. 그리스도를 통하여 전 인류에게 주어진 가장 놀랄 만한 사건은 그의 죽음과 부활이다.

그 가운데 그리스도의 부활은 인류 역사 속에 나타난 가장 큰 사건이요, 사망에 처한 인생에게 가장 큰 기쁨의 소식이다. 그런데 예수께서 부활하신 후 가장 먼저 막달라 마리아에게 나타나셨다. 마가는 이렇게 전한다. "예수께서 안식 후 첫날 이른 아침에 살아나신 후 전에 일곱 귀신을 쫓아내어 주신 막달라 마리아에게 먼저 보이시니"(막 16:9). 이 엄청난 부활의 기쁨을 왜 일곱 귀신이 들렸던 마리아에게 먼저 보이셨는가? 그럴 만한 이유를 찾아보고, 그녀가 먼저 체험한 부활 신앙이 어떤 영향을 끼치고 있는가를 살펴보도록 하자.

본문의 핵심적 주제에 대한 어원적 의미

체험적 신앙은 개인의 노력만으로 체득(體得)되는 것은 아니다. 그리스도와의 인격적 만남과 그의 능력에 대한 체험적 신앙의 표상으로 나타난다. 또 그리스도에 관한 기록을 알게 하시고, 믿게 하여 체득하게 하시는 일은 성령 하나님께서 하시는 사역이다. 믿음을 주시고(엡 2:8), 그리스도를 하나님의 아들로 고백하게 하시는 것은 하늘에 계신 아버지이시다(마 16:16). 따라서 체험적 신앙이란 주는 그리스도시며 하나님의 아들이란 진솔한 고백과 함께 개인의 이성과 마음과 양심과 지성에 인격화된 신앙으로 정의할 수 있다.

예수님은 "내 안에 거하라 나도 너희 안에 거하리라 가지가 포도나무에 붙어 있지 아니하면 스스로 열매를 맺을 수 없음같이 너희도 내 안에 있지 아니하면 그러하리라"(요 15:4)고 하셨다. 나무의 가지가 뿌리와 연결되어 있을 때만 영양과 수분을 공급받는 동질화된 상태를 말하는 것이다. 나무뿌리에서 흡수된 영양분이 줄기를 통해 가지와 잎사귀에 이르기까지 동질의 영양분이 순환하는 동안 나무는 꽃이 피고, 열매를 맺고, 성장하게 된다. 따라서 신앙이 체험화되었다는 것은 신앙과 개체가 별개로 존재하는 것이 아니고 믿음이 개인의 인격 속으로 들어와 공동의 인격을 형성하는 것을 말한다. 이와 같은 과정을 인격화라 할 수 있고, 성화(sanctification)라고도 할 수 있다. 신앙생활도 개인의 인격 형성에 따라 지적, 정적, 의지적 신앙으로 치우치는 다양한 양상이 나타난다. 이처럼 신앙이 체질화되고 인격화되는 상태를 체험적 신앙이라 할 수 있다.

본문의 해석

마리아의 체험적 신앙은 무엇이라 설명할 수 있는가?

첫째, 마리아는 은혜의 체험적 신앙을 가진 자였다. 성경은 막달라 마리아를 "일곱 귀신을 쫓아내어 주신 막달라 마리아"(막 16:9) 그리고 "곧 일곱 귀신이 나간 자 막달라 마리아"(눅 8:2)라고 소개하고 있다. 이런 기록으로 보아 마리아는 전에 귀신에게 끌려다녔던 자로서 아마 정신이상자였거나 사물에 대한 이성적 판단이 불가능한 상태의 여자였을 것으로 추측할 수 있다. 어떤 불치의 병자일 수도 있다. 그녀의 병이 어떤 병이었든지 간에 마리아는 예수 그리스도를 통하여 중병에서 고침을 받아 새사람이 되고, 은혜로 축복의 삶을 살게 되었다. 마리아는 이 은혜에 빚진 자 되어 예수의 복음 사역에 수종 드는 큰일을 수행하게 된다. 마리아는 큰 은혜를 받은 자였고, 그 은혜를 체득한 자였다. 이 체험적 신앙으로 인하여 그리스도에게서 배우며, 그의 사역을 위해 수종 들며, 죽은 후에라도 끝까지 돌아보려는 마음과 행동을 보인 것이라고 할 수 있다.

둘째, 마리아는 골고다의 고통을 직접 보고 마음에 실제로 체험하였다. 예수께서 십자가를 지고 골고다로 올라가신 길을 '비아 돌로로사'(Via Dolorosa)라고 한다. 이것은 슬픔의 길, 고난이 길이란 뜻이다. 예수께서 이 고난의 길을 가시면서 발길을 멈추셨던 14곳에 기념 교회가 세워져 있다. 그중에 다섯 번째 장소가 구레네 시몬이 십자가를 대신 진 곳이라 한다. 그때에 백성과 가슴을 치며 슬피우는 여자의 큰 무리가 따라왔는데(눅 23:26), 막달라 마리아도 통곡하는 여성들의 대열에 끼어 주님의 뒤를 따라 이 고난의 길을 함께 걸었다.

예수님은 무리에 둘러싸여 마침내 해골(skull)이라 하는 곳에 도착했다. 거기서 예수는 십자가에 못 박혔고, 두 죄수도 십자가에 달렸다(눅 23:33). 제3시(오전 9시)부터 제9시(오후 3시)까지 십자가 위에서 인간이 당하는 최대의 고통을 당하시면서 일곱 번의 말씀을 남기셨다. 이를 '가상칠언'(架上七言)이라 한다. 이 때 마리아는 많은 여성과 함께 전율을 느끼면서 십자가의 모든 광경을 지켜보았다. "멀리서 바라보는 여자들도 있는데 그중에 막달라 마리아도 있더라"(막 15:40)고 했다. 그녀 역시 십자가는 지지 않았지만 동일한 심적 고통을 체험했을 것이다.

셋째, 마리아의 체험적 신앙은 여기서 멈추지 않았다. 예수께서 6시간 동안 십자가에 달려있는 동안 성소의 휘장이 위로부터 아래까지 찢어지고, 땅이 진동하고 바위가 터지고 무덤들이 열리는 놀라운 기적들이 일어났다. 마리아는 이 일을 통해 하나님의 나라는 말에 있지 않고 능력에 있다는 것을 체험했을 것이다. 후에 바울은 이렇게 전한다. "십자가의 도는 멸망하는 자들에게는 미련한 것이요 구원을 우리들에게는 하나님의 능력이라"(고전 1:18). 예수님께서 영혼이 떠나시고 운명하신 것이 확인된 후 안식일 전에 서둘러 무덤에 안치되고 돌로 무덤 입구를 막았다. 이때 막달라 마리아와 요셉의 어머니 마리아가 "예수의 둔 곳을 보았다"(막 15:47). 마리아는 예수님의 시신이 안치된 무덤을 눈으로 확인하고는 떠났다.

예수님의 장례를 마치고 돌아온 마리아는 마음에 예수님을 지울 수가 없었다. 마리아는 안식일 지나고 첫날 새벽 미명에 다른 여자들과 함께 예수님의 무덤을 찾아갔다. 그때에 큰 지진이 일어나더니 천사가 하늘로부터 내려와 무덤의 돌을 옮겼다. 무덤을 지키던 군인들을 혼비백산 달아나버렸고(마 28:2), 마리아는 무덤 입구에서 울면서 무덤 속을 들여다보았을 때 무덤 안에는 예수께서 입었던 수의와 머리를 쌌던 수건은 따로 개어져 놓여있었고, 시신은 없는 빈 무덤이었다. 그 무덤 안에는 두 천사가 서 있었다. 그때 마리아는 천사에게 내 주를 어디에 두었느냐고 말하고 뒤를 돌아보았을 때 부활하신 예수께서 마리아에게 나타나 누구를 찾느냐고 물으셨다. 마리아는 그가 동산지기인줄 알고 "주여 당신이 옮겼거든 어디 두었는지 내게 이르소서 그리하면 내가 가져가리이다"(요 20:15)고 말했다. 이때 예수님께서 "마리아야"라고 부르셨다. 마리아는 그가 주님이신 것을 알고, 히브리 말로 '라보니'(선생님) 하면서 부활의 주님을 만나고 기뻐했다. 그러므로 마리아는 부활의 주님을 가장 가까이서 만난 부활의 체험적 신앙을 가진 역사적 인물이 되었다.

본문의 적용

확실한 증거가 없으면 증인의 자격이 없고, 체험적 신앙이 없으면 복음의 사역자로서의 자격이 없다. 마리아는 예수님에게서 큰 은혜를 받았고, 그의 십자가의 고통, 해가 빛을 잃은 기적, 성소의 휘장이 찢어지고 땅이 흔들리는 기적, 빈 무덤과 예수님의 부활을 몸소 체험한 산 증인이었다. 예수님에 관한 사건을 몸으로 체험한 마리아는 예수님 공생애 기간에 무명의 많은 여성과 함께 자신들의 소유로 예수님을 섬겼다. 그들의 봉사는 예수님을 사랑하여 행동으로 옮겨진 그들의 땀과 정성으로 이루어진 숨은 봉사였다. 예수 그리스도에 관한 복음이 우리에게 전파되기까지 그 배후에 수많은 수종자의 희생과 헌신과 봉사가 있었음을 기억해야 한다. 이것은 모든 그리스도인이 실천해야 할 모범적 봉사의 실례이다.

기독교가 말하는 체험적 신앙이란 예수 그리스도를 체험하는 믿음을 말한다. 기독교의 체험 신앙은 육체적인 감각기관에서 느끼는 것이 아니라 영적 감각을 통해 느끼는 것이다. 기독교 체험 신앙은 영적이기 때문에 육체적 감각에 맞도록 아무리 많은 진실을 제공해도 영이 깨달아 수용하지 않는 한 체험될 수 없다. 영으로 수용하려면 어떻게 할 것인가? 첫째, 하나님의 영(The Spirit of God)으로 체험이 가능하다. 인간은 하나님의 형상을 따라 영적이고 인격적인 존재로 창조되었다. 그러나 모든 인간은 살아있으나 죄로 말미암아 영적인 감각이 어두워졌고 죽은 상태에 놓여있다. 그러나 성령을 받고 성령의 지배를 받을 때 하나님의 성령과 교통하는 체험적 신앙에 이를 수 있다. 둘째, 하나님의 말씀을 순전하게 받아들임으로 영적인 사람이 되어 하나님과 영적으로 교통할 수 있다. 기독교 체험 신앙은 성경을 하나님의 말씀으로 받아들이면서 시작된다. 성경을 부인하면 믿음도 갖지 못할 뿐만 아니라 체험적 신앙도 갖지 못한다. 성경은 그 중심에 하나님이신 예수 그리스도를 증언하는 하늘의 신비한 비밀들로 가득 차 있다. 그 신비적 기록들을 받아들임으로 그 역사적 사건이 나에게도 주어진다. 그러나 말씀을 통한 체험도 개인의 생각과 뜻대로 되는 것이 아니다. 성령의 임재를 체험하고, 성령의 조명에 따라 성령의 도우심으로 인식할 때 체험적 신앙은 가능하다(1985.1.6).

8) 본문: 누가복음 1:31-33, 제목: '천국 시민의 의무'

서론적 도입

구약의 다윗은 성군으로서 이스라엘을 통치한 왕이었으며, 그의 혈통은 역사에 길이 빛나는 영광스러운 혈통이었다. 예수 그리스도는 다윗의 혈통에서 나셨다(롬 1:3). 그는 다윗의 왕위를 계승받아 이스라엘 국가의 원조인 야곱의 집에서 영원토록 왕노릇 하실 분이며, 그의 나라가 영원무궁할 것이다. 이 말씀의 참뜻은 예수 그리스도께서 영적인 이스라엘 백성의 왕으로서 하나님의 나라를 영원히 통치하실 것을 예고하신 것이다. 많은 자가 신앙생활을 하면서도 천국에 대한 확신이 없으며, 천국 시민으로서 의무가 무엇인 잘 파악하지 못하고 있다. 이것은 한국인이 한국을 잘 알지 못하는 것과 같으며, 국민의 사회적이고 국가적인 의무를 잘 모름과도 같다. 천국을 인식하는 일에도 천국의 바른 의미를 깨닫고, 천국 시민의 생활을 실천할 때 천국의 참맛을 알게 된다.

본문의 핵심적 주제에 대한 어원적 의미

천국은 '하나님의 나라'(The Kingdom of God)와 '하늘나라'(The kingdom of heaven)란 말로 표현한다. 두 용어는 동의어로 사용되고 있다. 마가, 누가, 요한은 '하나님의 나라'라는 말을 많이 사용하고 있지만, 마태는 '하늘나라'[天國]이란 표현을 더 많이 사용하고 있다. 마태가 하나님의 나라 대신에 천국이란 용어를 많이 사용한 것은 하나님의 이름을 함부로 사용하기를 꺼려하는 유대인의 경건성에서 비롯된 것이다. 이 하나님의 나라를 광의적으로 보면 하나님이 통치하시고 다스리는 주권을 행사하는 영역을 의미한다. 하나의 국한된 영토만 가리키지 않고 하늘이나 땅이나 하나님이 통치하는 모든 영역이 하나님의 나라이다. 이 나라는 하나님의 의지와 주권이 행사되는 곳이다. 하나님의 나라는 이 세상에서는 완전히 실현되지 않지만, 하나님의 구원받은 백성만을 다스리는 그 나라가 도래하기 전까지는 하나님의 통치에서 벗어나지 않기 위해서 신앙으로 살아야 하는 것이다. 이 세상에서 끝나는 삶이 종말이 아니며, 하나님의 궁극적인 목적이 성취되는 영원한 하나님의 나라가 있다. 따라서 믿는 자의 나라는 이 땅에 있지 않고 하늘에 있다.

하늘(heaven)은 하나님이 창조하신 곳이다(창 1:1). 하늘이란 표현은 구약에서 '샤마임'(shamayim)으로 사용되며, 문자적으로 '높은 곳'이란 뜻이며, 신약에서는 '우라노스'(ouranos)로 사용되고 있고, '올라간'이란 뜻이다. 그렇다면 하늘은 위에 있는 것이란 뜻이고 복수로 사용되는 것으로 보아 하늘은 하나 이상임을 의미한다. 성경에는 이 하늘에 대하여 세 가지로 구분해서 표현한다. 첫째는 구름이 있는 대기권의 하늘이 있고(왕상 18:45), 둘째는 대기권 밖의 궁창의 하늘이 있으니(창 1:20) 거기에는 일월성신이 자리잡고 있는 곳이다. 셋째는 그보다 더 높은 하늘이 있으니(시 11:4; 신 26:15; 왕상 8:30) 하나님이 거주하시는 곳으로 자신의 임재를 나타내는 곳이다(눅 19:38). 누가복음 19:38에 따르면 천사들도 이 하늘에 거주하는 곳으로 본다.

하나님이 구원받은 백성을 영원히 통치하는 그 나라가 오면 그 도성은 황금과 보석들로 꾸며진 곳이고, 과수나무가 무성한 거리 사이로 강물이 흐르는 도성이며, 그곳에는 하나님의 영광이 비치고 어린양이 등불이 되심으로 해와 달이 쓸데없는 곳이 될 것이다. 따라서 하나님의 나라는 지역적인 장소에만 국한되는 개념이 아니라 그의 통치 능력이 미치는 모든 곳을 지칭한다고 볼 수 있다. 그의 통치권은 그가 창조한 우주 전체에 미치므로 지구를 포함한 하늘 전체가 바로 하나님이 다스리는 영토이다.

본문의 해석

한 국가란 민족 공동체를 형성하는 공동체의 가장 기본적인 단위가 가정이며, 가정이 성장하여 더 큰 공동체인 사회를 형성하게 되고 더 나아가 백성의 생존권을 보호하는 가장 강력한 조직체인 국가로 발전하게 되는 것이다. 이 국가는 세 가지 요소, 영토, 국민, 통치권으로 구성된다. 하나님의 나라도 영토와 백성과 통치권의 세 요소로 구성되어있다고 말할 수 있다.

첫째는 영토이다.

영토는 통치자의 통치권이 미치는 영역이고, 백성이 생활하는 공간이다. 영토가 없다면 국가도 없고, 국민도 없고, 통치자도 있을 수 없다. 현세적으로 영토의 개념은 좀 더 넓다. 영토는 땅만이 아니라 영해와 공해도 국가의 영토에 해당한다. 영해는 통치권을 행사할 수 있는 해안을 말하고, 영공은 국가의 통치권이 미치는 영토와 영해 위에 있는 하늘을 말한다. 하나님의 나라도 동일하다. 천국의 영토는 하나님의 통치권이 미치는 모든 곳이며, 그의 백성이 존재하는 (하늘에서도 땅에서도) 모든 곳이다. 그 영토 안에 하나님의 백성이 살고 존재한다. 하나님의 통치권이 우주 만물에 모두 미침으로 하나님께서 창조하신 우주 전체가 곧 하나님이 다스리는 영토이다. 비록 하나님의 백성이 전 지구촌에 흩어져 살지만, 하나님의 통치권이 그의 백성에게 전달됨으로 그들이 사는 곳이 하나님의 통치권이 미치는 영토이다.

둘째는 백성이다.

영토인 땅과 공간이 있어도 거주하는 사람이 없으면 국가는 성립될 수 없다. 국가의 형성은 반드시 백성이 있어야 하며, 많은 백성을 필요로 한다. 한 영토 안에 사는 백성은 통치권자의 통치 아래 살아간다. 그러나 통치권의 영향을 받지 않는 사람, 즉 관광객, 방문객, 불법 입국자는 그 나라 안에 머물고 있다 해도 그 나라의 백성이 되는 것은 아니다. 단 그 나라의 시민권을 소유할 때만이 국민이 되는 것이다. 시민권을 가진 자라면 타지역을 여행해도 소속된 본국이 있으며, 어디로 가더라도 본국의 보호를 받게 된다.

마찬가지로 하나님 나라에도 백성이 있어야 하며, 많은 백성을 필요로 한다. 사람은 모두가 하나님의 백성이 될 수 있도록 하나님의 형상을 따라 창조되었다. 그러나 인간이 통치자 하나님께 불순종함으로 타락하여 그 나라 백성의 자격을 상실했다. 그러나 하나님 나라의 시민으로 회복하기 위해서는 통치자를 믿고, 통치자의 법도와 율례를 지키고, 통치자의 명령에 따라 살 때 회복이 가능하다. 성경은 그 회복의 가능성은 그리스도 안에서 새로운 피조물이 되어야 한다고 가르친다(고후 5:17). 예수 그리스도를 영원한 통치자로 영접한 자는 다시 태어난 새로운 피조물이며, 성령의 인치심을 받아 시민권을 받은 천국 백성이 된다. 그러므로 신자의 시민권은 하늘에 속한 것이다(빌 3:20). 이처럼 사람이 천국 백성이 된 것은 오직 하나님의 사랑이요, 그의 크신 은혜로 선택된 것일 뿐이다(계 9:4; 빌 3:20). 하나님께서 죄와 죽음에 처한 백성이었던 우리를 불러내어 구원의 은총으로 하나님 나라의 백성이 되게 하신 것이다(벧전 2:9-10). 그러므로 "나는 저희 하나님이 되고 저희는 나의 백성이 되리라"(고후 6:16)는 말씀처럼 하나님의 통치 아래 있는 그의 백성임을 확신해야 한다.

셋째는 통치권이다.

통치권자의 나라(영역) 안에 사는 백성은 통치권자의 통치에 순종해야 한다. 지상에서도 통치권자의 통치가 없으면 백성은 자기 소견에 옳은 대로 행하고, 무질서하고, 폭력이 난무하고, 힘센 사람이 휘두르는 무법천지가 되고, 체계화된 국가가 세워질 수 없다. 국가란 백성의 삶을 조직화하고 일관성 있게 일정한 방향으로 지도하는 정부가 있고 통치권자가 있어야만 국가 형태가 된다. 세상에는 국가를 다스리는 통치의 형태에 따라 몇 가지로 분류할 수 있다. 국가의 주권이 전적으로 국민에게 있고, 국민의 뜻을 모아 나라를 다스리는 국가를 민주주의 국가(democratic country)라 하고, 국가의 모든 재산을 공동소유, 공동생산, 공동분배한다는 원칙으로 다스리는 나라를 공산주의(communist country)라 한다. 또 국가를 다스리는 최고의 통치권자인 왕 혹은 군주가 절대적인 권한을 가지고 국가를 다스리는 국가 형태를 군주국가 혹은 독재주의 국가라 한다. 물론 오늘날은 국가의 통치적 틀은 공산주의 이념 위에 세우고 국민에게 개인의 자유를 보장하는 나라가 있다. 이런 나라를 사회민주주의 국가(social-democratic country)라 한다.

성경에 나타난 하나님의 나라는 선한 군주가 통치하고 백성은 절대복종을 요구하는 절대군주가 통치하는 왕정체제의 나라이다. 하나님 나라는 보좌를 중심으로 하는 만왕의 왕이신 그리스도께서 통치하는 왕국이다. 그의 절대적인 왕권으로 죽었던 백성을 복음으로 살려내어 왕정체제를 확립하고, 그의 통치를 따르도록 구원과 영원한 생명과 나라를 보장하고 있기 때문이다. 성경은 "그가 큰 자가 되고 지극히 높으신 이의 아들이라 일컬어질 것이요 주 하나님께서 그 조상 다윗의 왕위(the throne)를 그에게 주시리니 영원히 야곱의 집을 왕으로 다스릴 것이며 그 나라가 무궁하리라"(눅 1:32-33)고 했다. 그러므로 그리스도인이 속한 나라는 만왕의 왕이신 주님이 통치하는 나라요, 영원히 계속되는 나라이다.

본문의 적용

하나님의 통치를 받는 천국 시민은 두 가지 의무가 주어져 있다. 우선권을 어디에 먼저 두어야 하는 점은 있지만, 이 두 가지 의무를 소홀히 할 수 없다.

1. 천국 백성으로서 가진 의무이다.

그리스도인이 하나님 나라에 예속되어 있다면 절대자의 통치를 따르는 백성의 의무와 책임과 역할이 중요함을 알아야 한다. 하나님 나라는 하나님이 절대통치자이시다. 그의 보위를 이어받아 실권을 지닌 왕으로 오셔서 그의 백성을 위해 대신 죽고 살아나심으로 그의 왕국에 속한 백성은 영원토록 통치하실 것이다. 따라서 천국 백성이 된 성도는 하나님 나라의 백성이라는 긍지를 가지고 하나님의 뜻을 따르고, 법도와 질서 혹은 규범을 따라 살아야 한다. 어느 나라에 살든 천국 백성의 시민권을 가진 자로 왕이신 예수의 명령에 따라 하나님 나라를 건설하고, 확장하는 일을 위해 백성의 의무와 역할을 해야 한다. 그래서 천국 백성이 가는 곳마다 왕의 복음을 통해 천국이 임하도록 해야 하며, 그의 나라가 확장되도록 해야 한다. 세상을 뒤덮고 있는 불의, 부정, 악함을 몰아내고 정의, 공의와 선함이 가득한 나라로 만들어가야 한다. 이것이 하나님의 뜻을 이루는 일이며, 하나님의 나라가 임하는 것이다.

2. 세상 한 국가의 국민으로서 의무와 사회적 책임을 다해야 한다.

한 국민이 국가에 속해있다면 그 국가는 백성을 보호하고 생존의 기본권을 책임져야 한다. 첫째, 국가는 국민을 위한 교육의 의무를 가진다. 국가의 의무교육은 똑똑하고 성실한 국민을 만들기 위한 국가의 정책이다. 교육은 그 나라의 운명을 좌우하는 중요한 자원이다. 우리나라는 국가가 세워질 때 기초를 놓은 기독교 정신의 자유민주주의 이념과 자본주의 자유시장경제 체제와 법치주의 체제를 기본으로 백성의 교육을 위한 의무를 다해야 한다. 국민은 국가에 충성하며, 국민의 의무를 다해야 한다. 국민은 어디에 있든지 국가가 정해놓은 법과 행정 질서를 준수하고 국가 정부는 국민에게 자유와 안정을 보장하고, 국민의 안락한 삶을 위하여 봉사해야 한다. 둘째, 국가는 국방의 의무를 지닌다. 국가를 유지하려면 국방력을 강화해서 적이 침략하지 못하도록 해야 한다. 국민은 국가를 지키고 방어해야 할 의무가 있다. 셋째, 납세의 의무가 있다. 국가를 건설하고 확장하며 모든 면에서 발전해가려면 경제력이 뒷받침되어야 한다. 국민의 교육, 국방, 복지, 의학, 기술의 발달과 발전을 이루기 위해서는 경제력을 높여야 한다. 이 일을 하기 위해 온 국민은 기업이든 개인이든 국가가 부여하는 납세의 의무를 성실히 감당해야 한다. 또 국가는 방만한 경영으로 국민이 납세한 세금을 함부로 사용하지 말고, 국가 건설에 이바지하는 방향으로 세금을 활용해야 한다(1985.7.7).

9) 본문: 누가복음 8:30, 제목: '네 이름이 무엇이냐?'

서론적 도입

예수께서 하루는 제자들과 함께 갈릴리 호수 동남편에 있는 거라사 지방으로 가셨다. 이곳에서 귀신들려 무덤 사이에서 생활하는 자를 고쳐주신 이야기가 기록되어 있다(눅 8:26-39). 거라사(Gerasenes) 지방은 돼지를 길러서 파는 곳이었다. 유대인은 모세의 계명에 지적한 것처럼 돼지를 부정한 동물로 간주하고, 먹지 못하도록 금했기 때문에 이곳은 유대인들로부터 소외당하는 곳이었다. 이 귀신들린 자가 예수님을 보자 소리를 지르며 그 앞에 엎드려서 큰 소리로 "지극히 높으신 하나님의 아들 예수여 당신이 나와 무슨 상관이 있나이까 당신께 구하노니 나를 괴롭게 마옵소서"(8:28)라고 했다.

이 사람은 귀신에 사로잡혀 난폭하게 행동하였기에 쇠사슬과 쇠고랑에 매여 감금된 상태로 살았다. 때때로 그는 쇠고랑을 끊고 귀신에게 몰려 뛰쳐나가 무덤 사이에서 살곤 했다. 예수께서 이 귀신들린 자를 발견하고 그에게 "네 이름이 무엇이냐?"고 물으셨다. 그러자 그가 '군대'라고 대답했다. 그는 많은 귀신이

들려있는 상태였다. 예수께서 귀신들의 요청에 따라 그곳 산에서 먹고 있는 돼지 떼에게 들어가라 명하시니 돼지들이 산비탈로 내려가 호수에 들어가 몰사했고, 그 귀신들린 자는 온전히 회복되어 구원을 받고, 예수의 발치에 앉았다는 사건이 기록되어 있다.

본문의 핵심적 주제에 대한 어원적 의미

예수님은 귀신들린 자에게 이름을 물었고 그는 자신의 이름을 '군대'라고 대답했다. 이름을 물으신 것은 그의 신분과 성품과 인격에 관하여 물으신 것이다. 이름은 인격을 대표하는 한 사람의 정체성이다. 귀신들린 자는 자기의 이름을 '군대'(λεγιων, 레기온)라고 대답했다. 그가 말한 '군대'는 예수님 당시 로마 군대의 한 조직으로 약 6천 명의 군인으로 구성된 일개 군단이었다. 당시 로마 군대는 천하를 호령할 듯한 강력한 힘을 가지고 있었다. 이 귀신들린 자는 자주 많은 숫자의 로마 군인들이 당당하게 행진하는 모습을 보았거나 자신도 그 조직에 들어가면 강한 힘을 과시할 수 있다는 생각에 사로잡혀 있었던 것 같다. 그래서 자기의 이름을 군대라고 말한 것 같다. 로마 '레기온'의 군사들만큼이나 많은 귀신이 그를 지배하고 있다는 것을 예수님은 아셨다. 그는 스스로 이 귀신들에게서 자유할 수 없으며, 악한 영들에 사로잡혀 본래의 정체성을 잃은 채 살아야 하는 불쌍한 인생이었다는 것을 아신 것이다. 그래서 그를 지배하고 있는 귀신에게 명하여 귀신들을 나가게 하고 그를 온전한 사람으로 회복시켜 살게 했다.

본문의 해석

1) 인생은 누구의 지배를 받아야 하는가?

이 세상에 존재하는 영은 크게 두 종류의 영이다. 하나는 거룩하고 유일한 하나님의 본성이신 성령이 존재하신다. 다른 한 영은 하나님에게서 쫓겨난 사탄 또는 마귀이다. 이 사탄은 그가 부리는 악한 영들을 거느린다. 그 영을 표현할 때 악한 영(evil spirits), 미혹하는 영(deceitful spirits), 귀신의 영(demonic spirits) 그리고 귀신들(demons)로 표현한다. 모두 복수로 사용하고 있다. 악한 영의 숫자가 많고, 활동 영역이 넓다는 뜻이기도 하다. 귀신들린 자처럼 악한 영인 귀신의 지배를 받으면 자기 본래의 정체성을 잃어버리고 귀신이 이끌거나 귀신들이 행하는 악한 행동에 사로잡혀 귀신의 종노릇하며 살아가야 한다. 참으로 불쌍하고, 소망도 없고, 자기 정체성도 없고, 인격과 바른 성품과 가치관을 상실한 무익한 존재가 되고 만다.

사탄의 통치하에 있는 이 악한 영들은 오늘도 이 세상을 지배하려 하고, 세상에서 군림하려 한다. 이 악한 귀신에 사로잡히면 정체성을 잃고 더러운 인생, 쇠사슬에 매이는 인생으로 살아야 한다. 자유의지를 상실하고 모든 인생의 가치와 존엄성을 상실한 채로 살아갈 수밖에 없음을 알려준다. 악한 영에게 인격이 유린당하여 더럽고 무질서하고 악한 욕심으로 가득 차고, 파괴된 인격을 가지고 살아가게 된다. 따라서 하나님의 형상을 따라 지음을 받은 인간은 원 주인의 본성인 성령의 지배와 인도와 도우심을 받으며 살아야 한다. 그래야 온전한 인격을 소유하고, 바른 가치관과 성품을 가지고 온전한 교제로 살게 된다. 성령은 하나님의 영이다. 거룩하고, 성결하고, 청결한 영이다. 그 영의 지배를 받는다는 것은 온전한 사람으로 하나님의 인격 안에서 성령의 지배를 받으며, 하나님과 교제하며 사는 사람을 뜻한다. 그러므로 인생은 창조주 하나님을 만나고 그분의 인격을 닮고, 성령의 통치를 받으며 살 때 온전한 사람으로, 행복한 사람으로, 참 인생의 가치와 존재를 바로 깨달은 사람으로 살아갈 수 있다.

2) 참된 인격의 회복은 누구를 통해서 가능한가?

영과 육체로 구성된 인간이 완전한 인격자로 기능하고 활동하는 것은 인간만 누리는 축복이다. 인간의 영혼과 육체는 하나님의 성령이든지 아니면 세상의 영인 사탄의 영이든지 어느 하나의 지배하에 놓여있다고 할 수 있다. 신심(身心)의 연약함이나 인간의 악한 생각이나 감정의 유약함으로 더럽고 악한 귀신에 사로잡혀 산다면 참으로 불쌍하고 불행한 인간이 된다. 군대 귀신들린 자도 처음부터 귀신들린 자로 태어나지는 않았을 것이다. 밝히지 못하는 이유가 있었을 것이다. 귀신은 인간의 힘을 능가하는 지배력을 갖고 있다. '레기온'처럼 강한 조직력과 힘을 가지고 있다. 그러기에 쇠사슬과 쇠고랑에 채워두었으나 그것을 끊고 광야로 달아난 것이다. 그 힘과 조직력을 가진 마귀의 뜻에 따라 이끌려다니기 때문에 아무도 그를 제어할 수 없었다. 그러나 어떤 형태의 삶을 살아가든 인생이 구원자 그리스도를 만나면 영육의 완전한 회복이 가능해진다는 것이다. 귀신들린 난폭한 사람도 예수 그리스도를 만나게 되자 그 앞에 엎드려 "지극히 높으신 하나님의 아들 예수여 나를 괴롭게 하지 마옵소서"라고 용서를 구하며 항복을 선언했던 것이다.

그렇다. 마귀를 대적하는 것은 인간의 힘만으로는 불가능하다. 능력의 원천인 예수 그리스도를 통해서만 가능하다. 그는 능력의 주시요, 천상천하에 있는 영적 군대를 호령하는 대장이시다. 마귀를 대적하여 쫓아내고 그의 성령을 주시는 이가 예수 그리스도이다. 그는 그리스도인이 신앙생활에서 마귀를 대적하며, 악한 영의 지배에서 벗어나 승리의 삶을 살도록 성령을 부어주시고, 성령으로 인도하신다. 그의 성령께서 모든 것을 가르치시고, 모든 것을 생각나게 하신다고 했다(요 14:26). 예수 그리스도를 통해서만 죄와 죽음에서 벗어나는 진정한 영육의 구원을 얻게 된다(행 4:12). 그러므로 인간의 바른 인격의 회복은 예수 그리스도를 통해서만 가능하다.

본문의 적용

1) 참된 인격으로 회복된 자는 예수님을 따르며, 예수님 앞에 온전한 자로 앉게 된다.

사람이 병들거나 귀신이 들리면 스스로 몸과 마음을 다스리고 제어할 수 없게 되고, 생활의 리듬을 잃게 된다. 병든 몸이 회복되면 자기의 몸가짐을 단정히 하고, 정상적인 생활로 되돌아온다. 정신이 귀신에 사로잡히거나 병든 가운데서 회복의 은혜를 경험하면 마음의 자세와 태도가 달라진다. 귀신들린 사람이 예수 그리스도를 만나 회복의 은혜를 경험하면 태풍이 지나고 나면 고요함이 찾아오듯 그와 같은 변화의 상황을 맞게 된다. 여기 귀신들린 자가 예수를 만나 회복된 후 그는 벌거벗은 상태에서 이곳저곳을 배회하며, 무덤 사이에 거주하던 옛 생활과 활동에서 벗어나 깨끗한 옷으로 단장하고, 정신이 온전하여 예수님의 발치에 앉아 그를 주목하고, 그의 말을 경청하고 있었다는 것이다(8:35).

그가 귀신들려 난폭하게 행동했던 것에서 완전히 벗어나고 변화되었고, 마음의 상태가 유순하게 되었으며, 정신이 온전하여 주님의 말씀을 경청하며 대화하게 되었고, 가정과 마을에서 정상적인 삶을 살게 되었으니 이 얼마나 놀라운 변화인가! 그의 영육이 병듦으로 그의 인격도 온전하지 못했다. 그러나 예수를 만나 회복의 은총을 받아 변화된 삶을 살게 된 것이다. 귀신들린 자뿐만 아니라 모든 인생은 예수 그리스도를 만날 때 그의 인격 전체가 변화를 받는다. 새로운 사람으로 변화되고, 육체이든, 정신이든 비정상적인 것들이 회복된다. 이것이 변화된 사람이 누리는 은혜의 축복이다.

2) 참된 인격으로 회복된 자는 예수 그리스도의 증인의 삶을 산다.

한 사람의 인격이 온전하게 변화되었을 때 많은 사람을 놀라게 하고, 예수 그리스도를 온 지역에 전하게 된다. 거라사 지방의 사람들이 귀신들렸던 자가 온전히 회복된 것을 보고서는 많은 자가 마을로 들어가 이 사실을 알렸고, 예수께서 행하신 소문을 듣고 두려워했다(8:34-35). 귀신들렸던 자도 그가 영과 육이 온전하도록 구원받은 사실을 보았다(8:36). 귀신들렸던 자가 온전하여져서 예수님을 따르기를 간청했을 때 예수님은 그를 돌려보내시면서 "집으로 돌아가 하나님이 네게 어떻게 행하셨는지를 말하라"고 하셨다. 많은 사람은 그의 과거를 알고 있다. 그가 어떤 사람이었는가를 알고 있다. 그러나 지금 그는 과거의 사람이 아니다. 회복되었을 뿐만 아니라 변화된 사람이 되었다. 이것은 놀라운 사실이다. 이것은 위대한 일이다. 이것은 예수만이 할 수 있는 사건이다. 이것은 기적이다. 이것이 하나님의 능력이다. 이 실제적 사실을 사람들에게 전하라는 것이다.

그리스도를 통해서 새롭게 변화된 자는 먼저 가정을 중심으로 자기가 변화된 사실을 말과 행동으로 보여주고, 말로써 가족들에게 증거해야 한다. 구원의 큰 은혜를 받고서도 삶의 변화가 없고 체험의 증인이 되지 못한다면 이는 참다운 인격의 회복자라 할 수 없다. 그리스도 안에서 참된 인격자로 변화된 사람은 가정을 넘어 이웃에게도 그가 체험한 사실을 증거해야 한다. 그는 예수의 명령에 따라 마을에 들어가서 예수께서 자기에게 행하신 위대한 일을 증거했다(8:39). 마가의 기록에 따르면 귀신들렸던 자가 회복되어 거라사 지방 '데가볼리'에서 예수가 행한 큰일을 전파했다고 기록했다. '데가볼리'는 열 개의 마을 또는 도시라는 말이다. 당시 거라사 인근에 산재해 있었던 고을이 아마 열 고을이었던 듯하다(막 5:20).

그는 가정에서부터 시작하여 가까운 고을을 찾아다니면서 자기가 어떻게 새사람이 되었으며, 예수께서 자기에게 어떻게 행하셨는지를 전파하는 증인이 되었다. 이러한 명령은 모든 그리스도인에게 동일하다. 예수를 만나 새사람이 된 그리스도인은 거듭나고 변화된 자이다. 인격이 변화되었고, 생각과 행동이 변화되었으며, 언어의 표현도 달라진다. 그의 변화된 삶 전체를 가족에게 보여주어야 하며, 이웃들에게도 보여주고 증언하는 자의 삶을 살아야 한다. 이것이 그리스도 안에서 거듭나고, 회복되고, 참 인격자로 변화된 자의 삶이다(1991.3.1).

10) 본문: 누가복음 10:5-6, 제목: '이 집이 평안할지어다'
서론적 도입

이 땅의 모든 사람은 평화를 갈망하고 염원한다. 그러나 우리의 가정과 사회와 국가 안에서는 끊임없이 발생하는 사건들이 평안을 파괴하고 있다. 외적으로는 환난과 분쟁과 전쟁이 일어나면서 평화를 파괴하고 있고, 내적으로는 마음 속에서 일어나는 분노, 갈등, 좌절, 실망이 마음의 평화를 깨뜨리고 있다. 원천적으로 사람의 영혼은 죄의 대가로 고통에서 벗어날 수 없으며, 결국, 사망에 이르게 된다. 따라서 항상 평안을 염원하면서도 갈등과 불안 속에서 살아간다. 그래서 바울은 "오호라 나는 곤고한 사람이로다 이 사망의 몸에서 누가 나를 건져내랴"(롬 7:24)고 절규했다. 이처럼 외부로부터 찾아오는 갖가지 평화의 파괴요소와 내면적으로 일어나는 갈등, 시기, 질투, 분노로 인하여 평화는 깨어지고 사람들은 항상 고통을 당하고 괴로워하기에 평안이 절실히 요구되는 것이다.

본문의 핵심적 주제에 대한 어원적 의미

신약성경에서 평화는 '에이레네'(ειρηνη)로 표현하고, 우리말은 문맥에 따라 평안, 안녕, 평강, 평화로 표현되어 있다. 구약성경에는 평화를 '샬롬'으로 표현한다. 이 두 단어는 평화란 같은 의미를 나타내며, 유대민족이 가장 흔히 사용하는 인사말이다. 이 평화는 하나님에게서 기원되고 그 평화는 예수 그리스도께 위탁되었다. 하나님은 평화의 하나님이시다(눅 2:14; 빌 4:7). 그래서 이 평화는 하늘에서 내려오고, 평화의 주이신 그리스도를 믿는 자는 그분이 주시는 평화를 얻게 되는 것이다. 그래서 예수님은 "나의 평안을 너희에게 주노라 내가 너희에게 주는 것은 세상이 주는 것과 같지 아니하니라 너희는 마음에 근심하지도 말고 두려워하지도 말라"(요 14:27)고 하셨다. 따라서 바울은 그가 서신을 보내는 교회마다 "평강이 있을지어다"(고후 1:2; 13:11)라는 말로 끝맺고 있다.

본문의 해석

첫째, 평화의 기원과 응답이다. 평화는 하늘로부터 내려온다. 그래서 "평화 평화로다 하늘 위에서 내려오네"라고 찬송한다. 참된 평화는 하늘로부터 내려오고, 예수 그리스도를 통하여 믿는 자에게 전달된다. 평안은 천국의 본질이요 평화의 왕으로 오신 주님의 주권에 속한 것이기에 우리는 평안을 기원해야 한다. 이 평안을 기원할 때 평안이 그 사람에게 머물게 되고, 평안을 누리게 된다. 놀라운 것은 주님께서 주시는 평안은 세상에서 얻을 수 없는 평안이다. 이는 하늘의 평안일 뿐만 아니라 영원히 지속되는 평안이다. 그리고 남에게 전달되고, 누리게 되는 평안이다. 그러므로 주님이 주신 평안을 소유한 자는 남에게도 평안을 전달한다. 그래서 예수님은 "화평케 하는 자는 복이 있나니 그들이 하나님의 아들이라 일컬음을 받을 것이요"(마 5:9)라고 하셨다.

둘째, 인사말이 주는 교훈과 축복이다. 인사(人事)란 사람들 사이에 지켜야 할 예의, 혹은 남에게 공경하는 뜻으로 하는 예의라고 정의한다. 각 나라의 인사말을 보면 사람들의 공통적인 내적 요구를 담아 표현하는 말이 인사말이 된 듯하다. 이스라엘 사람은 거의 모든 경우에 '샬롬'으로 인사한다. 이 표현이 그들의 삶에 가장 적절하고 필요한 인사말이었음을 역사가 증명하고 있다. 그들은 조상 아브라함 때부터 사방을 유랑하며 갖은 고난을 겪었으며, 항상 강대국들 사이에서 전쟁과 공포, 학살과 기근이 연속되는 가운데 생존한 국민이다. 사실 유대인들은 이스라엘과 유대의 멸망 이후부터 약 3천 년간 나라 없는 백성으로 세계를 떠돌아다니며 살아간 민족이라 할 수 있다. 어느 민족보다 평화의 소중함을 절감했다. 그래서 그들은 평화를 말하며 평화를 서로 나누면서 경의와 예의를 표하며 살아간다.

본문의 적용

1988년 9월 17일 아름답고 화창하고 조용한 아침의 나라인 한국에서 지구촌의 거대한 축제인 제24회 서울 올림픽이 열렸다. 50억 인류의 화합을 위한 장으로 기록될 올림픽 대회를 대한민국이 개최했다는 보람과 자랑스러움, 그 영광과 기쁨과 행복감은 설명하기 어려울 만큼 벅찼다. 서울 올림픽 대회야말로 이념과 국경을 초월해서 진정한 세계인의 화합을 이끌어내는 올림픽이었다. 전 세계 160개국의 선수와 임원 13,600여 명과 23,000여 명의 귀빈 및 올림픽 관계자들이 모인 사상 유례없는 성대한 올림픽이었다. 그리스 헤라 신전에서 채화된 평화의 횃불인 성화가 먼 여행의 길을 거쳐 동방의 고요한 아침의 나라 서울 올림픽 경기장에 도착했고 우레와 같은 참석자와 국민의 함성 속에서 점화되었다. 곧이어 자유와 평화를 상징하는 비둘기 7,000마리가 푸른 창공으로 날아올랐다. 이 순간에는 평화를 염원했던 50억 인류 모두에게 시기도 질투도 분노도 괴로움도 고통도 사라지고 동서 간에 얽히고설킨 마음의 장벽도 허물어졌으며, 오직 화합과 평화만이 온 누리에 가득했다. 전 세계가 그토록 염원하던 화합과 평화가 한국 땅 서울에서 성취된 것이다. 올림픽 기간에 일어난 놀라운 일은 160개국에서 온 서로 다른 언어를 가진 사람이 공통적인 언어를 사용했다는 것이다. 그 언어가 '안녕하세요' 또는 '안녕'이었다는 것이다. '안녕'이 올림픽 기간에 세계 공통어가 되었다는 것이다. 이것이 한국 땅에서 일어난 축복이었다.

예수께서 평화의 도시 예루살렘에서 "너도 오늘날 평화에 관한 일을 알았더라면 좋을 뻔하였다"고 안타깝게 말씀하셨다. 그렇게 평화를 염원하셨던 그 안타까워하셨던 그 말씀이 바로 한국 땅에서 잠시나마 이루어졌다는 것이다. 지구촌 사람들은 만나는 대로 '안녕, 안녕, 안녕하세요, 안녕하세요'라고 인사를 주고받았다. 이는 분명 하나님께서 하늘로부터 내리신 영적 축복의 현장이었다. 그러므로 우리는 모두 함께 하늘에서 내릴 참 평화를 염원하며 평화, '샬롬'을 외치고, 전하고, 뿌리내리게 하는 일에 앞장서야 한다(1987.10.4).

11) 본문: 누가복음 12:1, 제목: '바리새인들의 누룩을 조심하라'

서론적 도입

예수께서 공생애 중 어느 날 바리새인과 율법교사들에 대하여 말씀을 전하셨다. 그 이후에 예수께서 제자들에게 당부하신 말씀이 본문이다. 이때 수만 명의 군중이 빽빽히 운집했다. 그 군중 속에는 바리새인과 사두개인과 율법교사도 함께 있었다. 예수께서 그렇게 많이 모인 군중 앞에서 먼저 제자들을 향해 교훈의 말씀을 전하셨다. 그 말씀의 핵심이 "바리새인의 누룩 곧 외식을 주의

하라"는 말씀이었다. 누가복음 11:37 이하의 말씀에 따르면 예수께서 바리새인과 율법교사들의 외식적인 신앙에 대하여 엄하게 책망하신 내용을 발견한다. 그들의 위선적인 신앙 행위에 대하여 "화 있을진저"(ουαι)라는 말을 여섯 번이나 반복하여 사용하셨다(눅 11:42, 43, 44, 46, 47, 52). 이 말은 속이 상할 정도의 화가 미치리라는 말씀이 아니라 탄핵적 비난의 경고이다.

예수께서는 그의 공생애 동안 바리새인과 율법교사(서기관)를 엄히 책망하셨고, 그들을 향하여 독사의 자식들이라고 표현하기까지 하셨다. 이것은 그들의 종교적 외식이 얼마나 극에 달했으며, 주님의 의로운 분노가 강했던가를 알 수 있다. 정통파 유대인 그룹인 바리새인의 처음 출발은 경건하며, 철저히 하나님의 말씀을 지키는 자들로 구성되었다. 그러나 세월이 지나면서 헬라와 로마의 정치적 권력과 세속 문화의 영향으로 신앙이 타락하고 형식화되고 외식주의로 변해갔다. 이러한 그들의 형식주의가 유대 사회 내면에 깊이 뿌리박고 있었으므로 예수께서 지도자 그룹인 그들을 강하게 책망하셨던 것이다. 이와 같은 신앙의 풍조는 자신들도 파멸에 이르게 하지만 유대 종교 전체를 타락하게 만드는 극한 병폐였기에 그들의 누룩, 곧 외식적인 신앙에 대하여 책망하셨던 것이다. 이런 경고가 오늘의 한국 기독교 지도자들의 위선적인 행동과 권위주의와 세속주의에 대한 질책이며, 경고일 수 있다. 그 당시 바리새인들보다 더 타락했다.

본문의 핵심적 주제에 대한 어원적 의미

예수께서 말씀하신 외식을 뜻하는 '휘포크리시스'(ύποκρισις, hyupokrisis)란 본래 헬라시대의 연극에서 사용되었던 말이다. 단순히 배역(配役)을 뜻하며 이 배역을 맡은 사람을 우리는 배우(俳優)라고 말한다. 그런데 무대 위에서 행하는 배우의 행동은 자신의 인격 성품과는 전혀 무관하게 무대 위에서 필요한 장면의 연출과 말을 대본에 따라 행동한다. 그러기에 외식이란 실제가 아닌 것을 가장하는 행위이며 자신의 참모습은 가면 뒤에 숨기고 표면에는 거짓으로 꾸민 모습만 나타나게 된다. 배우들이 무대에 등장할 때는 성군으로, 왕비로, 왕자로, 영웅의 모습으로 나타나서 보는 이로 하여금 존경의 마음을 가지게 만든다. 그러나 그들의 가면을 벗어버리면 후면에 가려진 그들 본래의 모습이 드러나고 때로는 사회적으로도 그들의 도덕적으로 타락한 행동과 비인격적 행위에 대한 추문들이 보도되어 비난을 받기도 한다. 따라서 예수께서 바리새인들의 누룩을 조심하라고 경고하신 것이다.

본문의 해석

예수님은 본문에서 바리새인과 율법교사의 누룩이 외식이라고 엄하게 경고하는 말씀을 하셨다. 그 외식하는 행동에 대하여 "화 있을진저"라고 하셨다. 이 말씀이 본문과 연결되어 있다. 그렇다면 이 외식의 행동이 무엇인가? 여섯 번이나 "화 있을진저"라는 말씀을 반복하여 사용하신 것은 큰 의미를 부여하고 있다.

첫째, 누가복음 11:42에서 "화 있을진저 너희 바리새인이여 너희가 박하와 운향과 채소의 십일조는 드리되 공의와 하나님께 대한 사랑은 버리는도다 그러나 이것도 행하고 저것도 버리지 말아야 할지니라" 했다. 물론 구약에서 박하와 운향과 채소의 십일조에 대한 명확한 규정은 없다. 아마 종교지도자들이 이런 유형의 것들도 십일조로 받은 것 같다. 하여튼 예수께서 십일조를 드리는 종교적 행위를 반대하신 것은 아니라고 본다. 더 중요한 것은 종교지도자들이 공의와 사랑은 버렸다고 말한다. 이 내용의 말씀을 마태는 "의와 인과 신"(justice, mercy, faith)이라고 했다. 종교적 신앙을 가진 지도자들이 사회나 사람에게 실천하는 정의와 사랑을 실천하지 못한 것을 동일하게 지적한 것이다. 따라서 종교적 규례뿐만 아니라 사람과 사회를 향하여도 정의와 사랑을 실천하지 못한 자들에게 엄한 징계가 주어진다는 것이다.

둘째, 누가복음 11:43은 "화 있을진저 너희 바리새인이여 너희가 회당의 높은 자리와 시장에서 문안받는 것을 기뻐하는도다"고 했다. 종교지도자들이 시간이 지나고 어떤 위치에 오면 교권적 힘을 과시하려고 회당의 높은 자리에 앉기를 바라거나 그 자리를 탐내는 자들이 있다. 종교적 헌신과 사랑과 섬김의 자리를 권위와 권력을 행사하는 것처럼 생각한다. 이것이 타락한 종교지도자들의 모습이다. '시장에서 문안받는 것'은 많은 사람으로부터 인사를 받거나 주목을 받으려는 세속적 영광을 추구하는 것을 뜻한다. 예수님은 높아지거나 으뜸이 되려고 하는 자들은 남을 섬기는 자들이 되어야 한다고 가르쳤다(막 10:43-44). 그러나 종교지도자들은 정반대의 행동을 보인다. 이것이 외식이고 화를 자초하는 행동이다. 이러한 행동을 멀리할 것을 요구하는 말씀이다.

셋째, 누가복음 11:44은 "화 있을진저 너희여 너희는 평토장한 무덤 같아서 그 위를 밟는 사람이 알지 못하느니라"고 했다. 마태복음 23:27-28에는 "회칠한 무덤 같다"고 엄하게 책망했다. 율법에 따르면 "누구든지 들에서 칼에 죽은 자나 시체나 사람의 뼈나 무덤을 만졌으면 이레 동안 부정하니라"고 했다(민 19:16). 무덤에 닿으면 7일간 부정한 것이다. 그래서 무덤에 접근을 막기 위해서 회칠하여 무덤을 표시하였다. 그러나 무덤이 오래되면 표시가 없고 평토장이 되므로 사람들이 알지 못하고 그 위를 밟는 경우가 있다. 이처럼 바리새인의 부패는 너무 오래되어 자타가 깨닫지 못하는 상태에 와있다는 것이다.

넷째, 누가복음 11:46은 "화 있을진저 또 너희 율법교사여 지기 어려운 짐을 사람에게 지우고 너희는 한 손가락도 이 짐에 대지 않는도다"고 했다. 율법교사들은 자기들은 지키지 않으면서 무거운 짐을 남에게는 지도록 요구했다. 그들은 모세의 율법 외에도 613조(적극적 248, 소극적 365)에 달하는 구전을 만들어 백성들에게 강요하였으나 자신들은 지키지 않았다.

다섯째, 누가복음 11:47은 "화 있을진저 너희는 선지자들의 무덤을 만드는도다 그들을 죽인 자도 너희 조상들이로다"고 했다. 바리새인들의 조상들은 선지자들을 죽였다. 그들의 자손은 선지자들의 무덤을 쌓는다. 그것은 이중적 죄악이었다. 하나님의 선지자들을 죽인 죄와 그 죄를 회개하지 않고 오히려 미화한 죄이다. 마지막 선지자 세례 요한도 죽였다.

여섯째, 누가복음 11:52은 "화 있을진저 너희 율법교사여 너희가 지식의 열쇠를 가져가서 너희도 들어가지 않고 또 들어가고자 하는 자도 막았느니라"고 했다. 여기 '지식의 열쇠'는 지식의 문을 여는 열쇠란 뜻이다. 열쇠란 율법교사의 직무를 상징하는 표현이다. 그들이 말씀을 바르게 해석하여 천국에 들어가도록 문을 열어주는 책무를 감당해야 하지만, 오히려 권리를 독점하고 그릇 사용함으로 결국 천국 문을 닫고 자신도 들어가지 않고 들어가려 하는 사람도 못 들어가게 한 것이다. 이 얼마나 모순되고 악하고 외식적인 행동인가. 이렇게 예수께서 바리새인과 율법교사를 향하여 그들의 외식을 조목조목 폭로하자 그들이 거세게 항의하고 따져 물었다.

당시 유대 사회의 종교지도자들은 이렇게 부패했다. 예수님께서 종교지도자들의 내면생활이 썩어져 가는 당시 부패상을 보시면서 눈물을 흘리셨고, 예루살렘의 처참한 멸망을 예고하셨다(마 24:2). 국가의 지도자들 역시 백성에게 과중한 세금을 부과했고 사적으로 착취했다. 그래서 당시 세리들은 백성에게 미움의 대상이었고, 사람 취급을 받지 못했다. 그런 와중에 종교계는 각 분파로 나누어졌고, 권위주의를 앞세워 많은 규례를 만들고 백성에게 무거운 짐을 지웠다. 종교 교권자들은 권력과 결탁하여 치부하였고, 심지어는 예루살렘 성전 내에서까지 장사하게 허락하였으며, 제물로 드릴 짐승들을 많은 값으로 매매하며, 백성에게 여러 가지 부담을 증가시켰다. 그들의 삶은 실상은 거짓과 불의와 악독으로 가득 차 있었으며, 권력을 남용하여 백성들을 괴롭혔다. 이러한 부패하고 어두운 사회에서 백성은 정권교체를 원했고, 평화의 왕 메시아를 더욱 고대하게 했다. 이스라엘 유대 사회에서 발생했던 당시 부패한 사회상이 오늘의 한국 사회의 상황과 흡사하다.

본문의 적용

한국 개신교회 안에서도 유대 종교지도자들이 책망을 받았던 그 유사한 부패와 타락의 모습이 곳곳에서 드러나고 있다. 1970년 이후 약 30여 년간 한국교회는 급성장하여 교인 수와 교회는 많이 늘어났다. 그러나 개신교 안의 내부적인 분열로 교단은 기하급수적으로 늘어났고, 성직자들은 정상적인 과정을 거치지 않고서도 성직 임명을 받고, 정상적인 학업 과정을 거치지 않고서도 가짜 박사학위를 돈으로 얻는 부패하고 가식적인 성직자들이 늘어만 갔다. 가장 정직해야 하고, 법과 규칙을 바르게 지켜야 할 성직자들이 왜 이렇게 위선에 매몰되고, 교권에 눈이 멀고, 가짜 학위를 가지려는 명예심으로 가득 차게 되었는가! 이런 생각과 행동은 세속의 영향력도 있지만, 성직을 성직으로 보지 않고 직업으로 생각하여 치부하려는 허영심과 물질세계의 가치관을 수용했기 때문이라고 말할 수 있다.

첫째, 어떻게 종교적 위선의 가면을 벗을 것인가?

분명히 감추인 것은 드러나게 된다(눅 12:2). 하나님은 드러나게 하신다. 하나님의 방법으로 교회와 종교지도자들을 정화시키고, 성직자 본연의 소명을 따라 주어진 사명을 감당하게 하신다. 그 이유는 그의 백성을 세속적 타락과 범죄로부터 지키시고, 보호하시고 생명의 나라로 인도하시기 때문이다. 어떤 수단과 방법을 통해서라고 정직하고, 겸손하고, 바른 성직자의 의식을 가지고, 성경의 말씀을 따라 살려고 발버둥치는 자들을 다시 세워 그의 나라를 통치해 나가실 것이다. 비록 세상에서 감추어져 있다 해도 하나님의 심판 날에 벌거벗은 것처럼 드러나게 될 것이다. 그러므로 살아계신 하나님 앞에서 자신의 죄와 더러운 욕심을 털어내고 진술하고, 정직하고, 겸손한 성직자들로 다시 일어서야 한다. 이것이 종교적 외식을 버리는 것이다.

둘째, 하나님 앞에서 정직한 삶을 살아야 한다.

물론 죄의 성품을 가진 죄인들이 함께 사는 세상에서 진실되고 정직한 삶을 살아가기란 매우 힘든 일이다. 세상은 생존경쟁의 무대이고, 서로 기만하고, 중상모략하며, 속여 취하고, 상대방을 공격하여 죽이기까지 하는 악이 판치는 세상이 되어가고 있다. 신자 스스로의 힘으로 이 거대한 세속 문화와 물질세계의 거대한 물결을 거스를 용기와 힘이 없다. 전능자의 도움을 받아야 한다. 믿는 성도라면 그 능력을 힘입기를 기도해야 한다. 몸은 죽여도 영혼을 죽이지 못하는 세상을 두려워 말고 몸과 영혼을 함께 지옥에 멸하시는 하나님을 두려워해야 한다(마 10:28). 그 전능자만을 의지하며 살아갈 때 능히 진실하고 정직한 성도의 삶을 지켜갈 수 있다.

셋째, 신자들은 성령 하나님의 지속적인 도움을 받아야 한다.

성령은 신자가 받아야 할 은혜 중의 은혜이다. 성령을 받음은 하나님께서 성령을 보내서서 그의 백성을 다스려주심을 말한다. 예수님도 성부께서 보내시는 성령이 그의 제자들과 영원토록 함께할 것이라고 말씀하셨다(요 14:16). 사도 요한은 하나님께서 보내실 그 성령을 '보혜사'(parakletos)라고 하셨다. '보혜사'는 '신자를 보호해 돕는 자', 또는 '옆에 서서 변호해 주는 자'라는 뜻을 담고 있다. 그래서 보혜사를 상담자, 돕는 자, 변호자로 번역한다. 신자도 성령 하나님의 도우심과 인도가 없이는 하나님의 뜻을 바로 깨달을 수 없고, 세상에서 믿음의 승리자가 될 수 없다. 항상 함께하시는 성령의 다스림과 충만을 경험하며 살아야 한다. 그래야 신앙의 승리자로 살아갈 수 있다.

12) 본문: 누가복음 13:6-9, 제목: '무화과나무의 열매'
서론적 도입

본문은 열매 맺지 못하는 무화과나무에 대한 비유의 말씀이다. '비유'란 하나의 실제적 사건을 설명하기 위해 상징적인 사건이나 인물을 곁에 나란히 세워 설명하는 것을 말한다. 이 비유는 한 사람이 포도원에 한 그루의 무화과를 심고 과원지기로 하여금 그 포도원을 관리하도록 했다. 주인은 이 한 그루의 무화과나무를 특별히 사랑하여 관리하게 하고 좋은 열매 맺기를 기다렸다. 주인은 삼 년이나 이 무화과나무에서 열매를 기다렸으나 기대했던 열매는 맺히지 않았다. 그래서 주인이 포도원지기에게 무화과나무가 열매도 맺지 못하므로 땅만 버린다고 찍어버리라고 했다. 이 말에 과원지기가 주인에게 1년만 기다려 주면 땅을 두루 파고 거름을 주고 잘 가꾼 후에도 열매가 맺히지 않는다면 찍어버리라고 한 내용의 말씀이 기록되어 있다. 이 말씀의 내용은 무엇을 비유하는 말씀인가? 이 말씀에 나타난 주인은 하나님을 비유하고, 포도원은 이스라엘 국가를 비유하고, 무화과는 선택받은 이스라엘 민족을 비유하며, 과원지기는 중보자 예수 그리스도를 비유하고, 열매는 하나님께 영광을 돌려드리는 모든 선행의 결과들을 비유하는 말씀이다.

본문의 핵심적 주제에 대한 어원적 의미

이 비유에서 말하는 '열매'(καρπος)는 땅과 초목에서 나는 열매, 사람을 포함한 동물의 새끼, 사람이 활동한 결과 등을 의미하는 말로 사용된다. 이 비유는 삶 속에서 열매를 맺지 못한 이스라엘 민족의 회개를 촉구하며, 동시에 멸망을 예고한 말씀이다. 하나님께서는 이스라엘을 선택하셨다. 그들을 돌보시고, 먹이시며, 애정을 쏟아부으셨다. 하나님을 향한 그들의 신앙과 삶에 충성하고도 아름다운 열매가 맺히기를 기다렸으나 그들 가운데 날이 갈수록 우상 숭배자가 늘어가고, 율례와 법도를 잊어가며, 세상에서 공의와 정의를 행하는 자들이 줄어들었다. 계속되는 선지자들의 경고에도 불구하고 그들은 부패하고 타락했으며, 회개하고 여호와께로 돌아오지 않았다. 결국, 때가 되어 "찍어버리라"는 최후의 심판을 받게 되어 이스라엘은 주후 70년에 로마에 의해 완전한 패망의 종말을 맞게 되었다.

이 말씀은 민족적 이스라엘뿐만 아니라 영적 이스라엘 백성이 된 그리스도인에게도 똑같이 적용되는 중요한 말씀이다. 신자는 한 그루의 나무처럼 선택을 받아 하나님의 나라에 심어진 무화과나무와 같다. 주인의 선택 안에서 애지중지 가꾸고 보살핌을 받아 열매를 맺어 주인을 기쁘게 하고, 자신들은 열매로 기쁨을 누려야 하는 자들이다. 특별 관리와 사랑을 받은 만큼 열매를 기다리는 주인의 관심과 기대는 크다. 그러나 기다려도, 기다려도 열매를 맺지 못한다면 더 이상 쓸모없는 나무가 되며, 땅만 버리게 된다. 그 나무는 버려지고, 없어져야 더 효과적이다. 하나님의 포도원에 심겨진 성도 역시 하나님의 특별한 관심과 보호와 사랑과 은혜를 받고 사는 무화과 같은 백성이다. 우리를 향한 주인의 애처로운 기다림에 열매로 보답할 신앙의 삶을 살고 있는가? 성도의 신분과 직임의 의무를 다하고 있는가? 세상에서 빛이요 소금의 역할을 하고 있는가? 열매로 하나님과 사람에게 유익을 주는 자로 살고 있는가? 그렇다면 지금도 늦지 않았다. 중보자 그리스도는 포도원 주인이신 하나님께 좀더 기다려 달라고 간청한다. 다시 신앙을 점검해야 한다. 다시 땅을 개간하고, 거름을 주고, 수고의 땀을 흘리며, 풍성한 열매를 기다리며 새로운 각오와 의지로 일을 해야 한다. 그때 모두가 기뻐하는 풍성한 열매를 맺게 될 것이며, 주인을 기쁘시게 할 것이다.

본문의 해석

본문은 무화과나무에서 열매를 구하여도 얻지 못한 주인의 최종적인 결심을 보여주는 경고의 말씀이다. 이 주인의 경고에 대하여 과원지기인 중보자 그리스도께서 선택받은 자들을 대신하여 하나님께 간청하는 중보의 기도이다. 소돔을 향한 아브라함의 기도처럼(창 18:22-32) 하나님의 백성을 향하여 그리스도께서 중보의 기도로 간청한다. 한 해만 더 기다려 달라는 기도이다. 그리스도께서는 기도에만 머물러있지 않고 백성들의 완고한 마음에 깊이 새겨질 은혜의 영양분을 주시겠다는 노력을 보이신다. 주님께서는 하나님이 정하신 때까지 그의 백성이 회개하고 돌이키며, 열매 맺는 신앙으로 돌아오기를 기다리고 계신다. 이러한 은혜의 때와 회개의 때를 주시고 오래 참아 기다리시지만, 기어코 회개하고 돌아오지 않는다면 하나님은 정한 때에 그의 심판을 집행하신다는 것이다. 그래서 "이후에 열매가 열면 좋거니와 그렇지 않으면 찍어버리소서"라고 했던 것이다.

주님께서는 마태복음 3:10에서 "이미 도끼가 나무뿌리에 놓였으니 좋은 열매를 맺지 아니하는 나무마다 찍혀 불에 던져지리라"고 경고하신 바가 있다. 지금은 주님께서 열어놓으신 은혜받을 만한 때요, 구원의 날이다(고후 6:2). 이때가 지나면 심판의 때가 분명히 온다. 찍어 넘어뜨릴 심판의 도끼가 언제 나무뿌리에 놓일지 모른다. 심판의 도끼가 나무뿌리에 놓이기 전에 열매 맺는 신앙의 삶으로 회복해야 한다. 하나님의 심판이 시작되고 구원의 문이 닫힌다면 그 후에 아무리 문을 두드리며 열어달라고 애원해도 한 번 닫혀진 문을 열려지지 않는다. 주인은 너희가 어디서 왔는지 알지 못한다고 말할 것이다(눅 13:25). 노아의 때에도 한 번 방주의 문이 닫힌 후에는 아무도 열 자가 없었다. 방주에 들어가지 못한 자들은 홍수의 심판을 받고 종말을 맞이했다. 정말 지금은 복음은 널리 전파되고 있으며, 하나님의 풍성한 은혜를 받을 구원의 문이 열려있다. 주님께서도 하나님 우편에서 그의 백성들을 위해 중보의 기도를 드리신다. 그가 베푸시는 구원과 은혜의 때에 그의 백성은 긍휼과 자비와 용서 가운데서 살아간다. 예수님의 중보 기도 속에는 기한도 없이 무제한 용서하시고 기다리시겠다는 암시가 없다. 회개하고 돌아서는 신앙의 열매가 없을 때 찍어버리겠다는 최후의 심판을 예고하고 있다.

하나님의 말씀은 허풍이 아니라 진실이 담긴 말씀이다. 이스라엘 백성들은 선지자들을 통하여 회개하고 돌아오지 않는 자에게 심판이 임할 것을 예고한 대로 북이스라엘과 남유다는 앗수르와 바벨론의 침략을 받아 이스라엘이라는 국가의 정체성을 사라졌고, 명맥을 이어오던 유대인들도 로마 군대의 침략으로 인해 완전히 국가적 기능을 상실했다. 로마는 A.D. 66년부터 이스라엘을 침략하였고, 67년부터 예루살렘 성을 포위하고 공격한 디도(Titus) 장군이 이끄는 군사들에 의해 서쪽 벽을 제외하고는 예루살렘성과 그 요새가 완전히 파괴되었다(A.D. 70년 8월 6일). 열매 맺지 못한 무화과나무가 찍혀버리는 참담한 멸망을 초래했다.

그렇다. 회개하지 아니하는 나라, 백성은 이와 같이 멸망할 것이라는 심판의 때가 있음을 경고로 주신 말씀이다. 그리스도께서 오신 이후로 하나님의 심판은 이미 시작되었다. 복음으로 회개를 촉구하고 은혜의 때를 선포하며, 구원의 길을 열어두었다. 그 풍성한 은혜 안에 살면서도 열매 없는 신앙으로 일관한다면 언젠가 하나님의 심판이 개인이나 국가에 미치게 될 것임을 경고하신 말씀이다. 이 비유는 회개와 돌이킴과 열매 없는 신앙에 대한 엄중한 경고이다. 항상 열매를 맺으며, 종말론적 신앙으로 깨어있는 신앙으로 살아가야 한다.

본문의 적용

첫째, 그리스도인의 신앙생활에는 열매가 맺혀야 한다.

그리스도를 믿음으로 사는 자는 하나님의 자녀라는 신분으로 바뀌었고, 그리스도인 또는 성도라는 새 이름을 얻게 되었다. 이것이 우리의 정체성이다. 땅에 씨를 뿌리면 잎이 나고, 꽃이 피며, 열매를 맺게 되는 것은 대자연의 정한 이치이다. 태양이 내리쬐는 무더운 여름철 동안 농부들이 들에서 땀 흘리며 일하는 것은 풍성한 결실을 거두려는 희망이 있기 때문이다. 그래서 성경은 "농부가 땅에서 나는 귀한 열매를 바라고 길이 참아 이른 비와 늦은 비를 기다린다"(약 5:7)고 했으며, "눈물을 흘리며 씨를 뿌리는 자는 기쁨으로 그 단을 가지고 돌아오리라"(시 126:5-6)고 했다. 씨를 뿌리고 열매를 거두는 자연의 이치는 신앙에도 적용되는 이치이기도 하다. 믿음에는 열매가 있어야 한다. 그 결실을 통하여 땅의 주인이신 하나님께 기쁨이 되고, 영광이 되어야 한다. 그리스도인의 열매 맺는 삶을 통해 하나님이 영광을 받으신다(요 15:8).

둘째, 그리스도인이라는 이름값의 의무를 다해야 한다.

우리 말에 '유명무실'(有名無實)이란 격언이 있다. 이는 이름만 있고 결실이 없다는 뜻이다. 신자이건 불신자이건 많은 한국인이 이름 내세우기를 좋아한다. 그래서 가짜 박사가 쏟아져 나오고, 소규모 가게 주인도 사장이라 부르면 좋아한다. 특별히 기독교 지도자들이 갖고 다니는 명함을 보면 어느 교회 어느 부서에 부장했다는 것도 명함에 넣어 다닌다. 이는 이름으로 한몫을 보자는 생각이지만 그 이름값에 대한 의무와 책임을 다하고 있는지 질문해 보아야 한다. 왜냐하면, 이름만 내세우고 타인이나 사회에 유익을 주지 못했다면 그는 가면을 덮어쓴 외식자요, 유명무실한 자가 되는 것이다. 따라서 그 사람이 가진 이름과 직책에는 그만한 의무와 책임이 따르는 법이다. 이름과 직책이 주어진 그 이름값을 해야 하는 유명유실의 책임감이 따른다는 것을 명심해야 한다. 야고보 사도가 선생 된 우리가 더 큰 심판을 받을 줄 알라(약 3:1)고 한 것은 이름값을 못한 유명무실의 책임을 묻는 말이다.

바울은 사도란 이름을 부여받고 최선의 노력으로 사도의 이름값을 한 자였다. 그는 자신에 대하여 "나는 사도 중에 지극히 작은 자라 내가 하나님의 교회를 핍박하였으므로 사도라 칭함을 받기에 감당치 못할 자니라"고 했다. 그래서 "나의 나 된 것은 하나님의 은혜로 된 것이니 내게 주신 그의 은혜가 헛되지 아니하여 내가 모든 사람보다 더 많이 수고하였으나 내가 아니요 오직 나와 함께 하신 하나님의 은혜로라"(고전 15:9-10)고 고백했다. 사도라 칭함을 받기에 부끄럽지 않게 이름값을 했다는 고백이다. 얼마나 멋진 고백인가! 바울이야말로 유명유실한 자가 아닌가! 하나님의 선택 안에 있는 자들에게는 새로운 이름이 주어졌다. 하나님의 자녀요, 성도요, 그리스도인이요, 그리스도의 향기요, 그리스도의 편지이다. 성도는 무화과나무요, 포도나무요, 참 감람나무이다. 그 이름에 합당한 열매를 맺어야 한다. 하나님은 반드시 새 이름에 합당한 열매를 찾으실 것이다.

셋째, 땅값의 의무를 다해야 한다.

하나님이 인류에게 주신 땅은 생산력을 만들어내는 축복의 장소이다. 심는 대로 거둔다. 콩 심으면 콩을 거두고 팥을 심으면 팥을 거둔다. 그 땅에 심은 것들이 열매를 맺지 못한다면 정말 땅만 버리는 것이다. 쓸모없는 땅으로 내버려 둘 수는 없다. 하나님은 땅을 생산성을 가지도록 창조하셨다. 하나님께서 창조

당시 바다와 땅을 분리한 후 땅을 명하여 각종 씨 맺는 채소와 열매 맺는 과실나무를 내도록 명령하신(창 1:11) 것은 생산에 기초를 두고 창조하신 것이다. 하나님께서 땅에서 창조하신 각종 식물이 열매 맺는 것을 심히 좋아하셨다. 따라서 땅 위의 모든 피조물은 생산적인 열매를 내는 일에 중요한 책임을 갖고 있다. 잎만 무성하고 열매 없는 자가 되지 말고, 풍성한 열매로 창조주를 기쁘시게 해야 한다.

또 땅은 삶의 터전이다. 곡식과 열매들은 땅에서 나온다. 더욱이 광물질이나 기름도 땅에서 나온다. 사람은 그것들로 삶을 이어간다. 땅을 중심으로 가정과 사회와 국가가 형성되며, 농업과 산업이 육성된다. 땅은 기업 중에 기본이 되므로 하나님은 이스라엘 백성에게 삶의 터전인 가나안을 주셨다. 이스라엘 민족의 조상들은 그 땅에 정착하여 삶의 축복을 받았고, 그들의 후손은 번성했다. 약속의 땅인 가나안은 이스라엘 백성의 기업이고 삶의 터전이기에 애굽에서 430년의 생활을 마감하고 가나안으로 이주했고, 바벨론 70년의 포로 생활 가운데서도 가나안 땅으로 돌아오게 하셨고, 로마의 통치 이후 이스라엘 백성은 2,000년 동안 땅 없는 백성으로 세계 각처에 흩어져 살았고 아랍인에게 빼앗겼던 땅을 제2차 세계대전이 끝나는 시점에 영국을 비롯한 연합국의 개입으로 영구히 차지하게 되었다. 성도 역시 이 땅의 삶의 터전에서 열매 맺는 삶을 살아야 하며, 하나님 나라의 뿌리 내린 성도로서 성숙한 신앙의 열매로 하나님을 기쁘시게 하고, 그 나라의 터전을 확대해가야 할 것이다(1989.6.20).

13) 본문: 고린도후서 1:2; 13:13, 제목: '은혜와 평강과 감사'

서론적 도입

신약성경에서 바울이 쓴 모든 서신의 서두는 은혜와 평강을 기원하는 인사로 시작하여 은혜와 평강의 축복으로 끝을 맺고 있다. 오늘날 예배를 마치면서 축복하는 기도의 내용도 그리스도의 은혜와 하나님의 사랑과 성령의 교통하심이 성도에게 있기를 바라는 바울 사도의 축복기도에 기원을 두고 있다. 그리스도의 은혜와 하나님의 사랑과 성령의 교통하심 안에 거하는 사람은 필연적으로 내적 평강을 누리게 된다. 감사는 은혜와 평강의 삶을 누리는 생활의 표현이며, 은혜의 결과요 반응이다. 따라서 은혜와 평강과 감사는 삶의 톱니바퀴처럼 서로가 맞물려 돌아간다. 이와 같이 삶 속에서 은혜와 평강과 감사의 생활은 하나님께서 그의 자녀들에게 주신 신앙생활의 모범이며 행복이다.

본문의 핵심적 주제에 대한 어원적 의미

'은혜'란 말은 성경에 많이 나타나 있는 단어이다. 은혜를 지칭하는 단어 '카리스'(καρις)는 대상의 가치나 공적에 관계없이 거저 주시는 하나님의 사랑을 뜻한다. 또 기독교는 '사랑'(αγαπη)이란 명사와 '사랑하다'(αγαπαω)란 동사의 표현으로 기독교의 본질을 드러내고 있다. 이 사랑이란 단어와 대등한 일반적 의미로 은혜란 단어도 사용된다. 엄격히 말하면 은혜란 사랑의 실천이라 할 수 있고 하나님의 사랑이 성령의 임재로 나타나는 행동력이라 할 수 있다. 하나님의 사랑은 내적 불덩이와 같고, 은혜는 외면에 나타나는 사랑의 표현이요, 직접적인 돌보심이다. 따라서 기독교의 진정한 은혜는 죄인을 향한 하나님의 사랑이 용서의 형태로 나타난 구체적인 행동을 말한다. 그러므로 죄인이 받은 최대의 은혜는 하나님의 사랑이 성령의 역사를 통해 동정녀 마리아의 몸을 빌려 세상에 오신 예수 그리스도 자체이다. 예수 그리스도가 이 세상에 오심은 하나님의 크신 사랑의 표현이며, 인간에게는 최대의 은혜가 되는 것이다. 그래서 사도 요한은 "말씀이 육신이 되어 우리 가운데 거하시며 우리가 그의 영광을 보니 아버지의 독생자의 영광이요 은혜와 진리가 충만하더라"(요 1:4)고 했다. 따라서 예수 그리스도를 우리가 영접하는 것은 최대의 은혜를 받는 것이다.

그런데 예수께서 지상에서 사역하시는 동안 은혜란 용어를 결코 사용하신 적이 없다. 그 이유는 예수 그리스도 자신이 은혜요, 은혜의 원천이기 때문이었다. 그리스도의 은혜에 관한 교훈은 예수님이 승천하신 이후 예수 그리스도의 죽음과 결부시켜 많은 곳에 언급함으로써 은혜의 개념이 확립하였다. 신학에서는 이 은혜가 미치는 영역을 일반은혜와 특별은혜로 구분한다. 일반은혜 혹은 일반은총은 자연의 영역과 인간 생활의 기존질서에 나타나는 하나님의 호의를 말한다. 성령의 일반 사역은 인간을 도덕적으로 감화시켜 죄를 제재하고 사회질서를 유지하며, 시민에게 사회정의를 증진시키게 한다.

또 자연법칙에 따라 모든 인류에게 똑같이 햇빛과 비와 이슬과 공기를 공급하듯이 선인과 악인을 구별하지 않고 베푸시는 하나님의 호의를 말한다. 일반은혜는 영적 변화를 일으키지 못하고, 이성적이고 도덕적인 방법을 통해 나타나며, 인간은 이 은혜에 대하여 다소 반항적이며, 저항적이다. 그러나 특별은혜는 하나님의 선택에 따라 불러내어 구원받게 하는 하나님의 특별한 은혜를 말한다. 구원은 전적으로 은혜의 사역으로서 예수 그리스도와 연합할 때 가능하다. 이 특별은혜는 하나님의 일방적 호의로 인간의 성질 전체를 갱신하여 영적 열매를 맺게 하며, 불가항력적이어서 자발적으로 굴복하도록 사람을 변화시킨다. 인생 모두가 하나님의 일반은혜의 호의로 살아가지만, 특별히 그리스도 안에서 구원받은 백성은 특별은혜 안에서 죄와 죽음의 문제가 해결되고 영생 복락을 누리는 특별한 은혜를 누리게 된다.

'평강'(ειρηνε)이란 평화를 의미하는 단어로 건강하다는 뜻이 내포되어 있다. 평안 혹은 평강이란 몸에 속한 모든 기관이 균형 있게 기능해 갈 때 느끼는 안정감이라 할 수 있다. 이런 안정감은 신체적, 정신적, 사회적인 면에서 정상적인 상태를 유지할 때 느끼는 평안의 상태이다. 몸 전체가 강건하기 위해서는 육체의 기관들이 정상적으로 다른 기관과 적절히 연합하여 균형 있는 조화를 이룰 때만 가능하다. 육체적인 기능만으로는 참 평안을 얻을 수 없음은 자명하다. 왜냐하면, 육체는 정신적 영역과 밀접하게 연합하여 있으므로 정신적 기능에 따라 육체에 직접 영향을 끼치기 때문이다. 따라서 진정한 강건이란 전인(whole man)과 관련되어 인간의 몸과 마음과 영혼이 각각 건강하고 서로의 관계가 튼튼하게 결속된 상태이며, 하나님께서 창조한 손상이 없는 본래의 상태를 말한다. 이 상태를 유지하기 위해서는 신체적으로, 정신적으로, 영적으로 건강해야 한다. 따라서 평강이란 예수 그리스도가 베푸시는 은혜 속에서 육체적, 정신적, 영적인 기능들이 서로 연합하여 사회 속에서 이웃들과 바른 관계의 삶을 누릴 때 가질 수 있는 강건함이다.

'감사'(ευχαριστια)란 단어는 '감사의 마음'이란 뜻을 담고 있다. 예수님께서 제정하신 성만찬을 '유카리스트'(eucharist)라고 표현한 것은 떡과 포도주를 가지고 뜨거운 감사를 표현한 데서 유래한다. '감사의 마음'이란 은혜(καρις)에 대한 마음의 표현이다. 은혜가 일상에서 넘쳐날 때 '감사'로 표현된다. 따라서 감사는 은혜요, 은혜는 곧 감사이며, 감사는 은혜의 표현으로 나타나고 은혜의 표현이 넘치는 감사가 될 때 풍성한 삶이 된다. 그러므로 감사는 혼자서 소유하는 것이 아니라 하나님과 이웃에게 표현하고 나누는 감사가 될 때 차원 높은 진정한 감사의 생활이 된다.

본문의 해석과 적용

바울은 특별한 하나님의 은혜를 받은 자다. 그는 하나님의 교회를 박해한 자였다. 자신은 사도라 칭함을 받기에 부적절한 자라고 했다. 그러나 "내가 나 된 것은 하나님의 은혜로 된 것이니"라고 했다(고전 15:9-10). 바울은 일생 하나님의 은혜 안에 붙잡힌 자로 살았기에 그는 서신을 전하는 교회마다 예수 그리스도의 은혜, 평강, 감사의 표현을 잊지 않고 사용했다. 바울의 고백처럼 모든 그리스도인의 삶에도 이런 고백이 계속되어야 할 것이다. 이런 바울의 고백처럼 전재규 장로도 그의 감사를 글을 통해 고백했다.

첫째, 오직 한 길, 믿음의 길을 가게 하심을 감사드린다. 전재규 장로도 자신을 원망하고 증오한 때가 있었다. 그러나 그의 삶 전체가 하나님은 은혜 안에서 이루어졌음을 깨달은 후 그의 삶은 감사의 삶으로 바뀌었다. 모태신앙으로 태어나 오늘날까지 오직 신앙으로 한길을 걸어오고 있다. 지금까지 교회를 떠나 생활한 적이 없으며, 세상의 오락과 취미생활을 해본 적이 없다. 그러나 신앙 일관으로 살아온 삶이 하나님의 은혜의 풍성함과 크신 사랑이었다고 고백한다. 전재규 장로는 에녹이 하나님과 동행한 것처럼 하나님과 동행하는 삶이 되기를 소망하고 있다.

둘째, 어려운 일을 앞에 두고 용기 주심에 감사한다. 전재규 장로는 유약한 성격과 허약한 외모를 가지고 태어나서 '나에게도 용기를 주옵소서'가 그의 기도 제목이 되었다. 그래서 강인한 외모와 체력을 키우려고 기계체조와 태권도 도장에서 심신을 단련했다. 이와 같은 동기에서 기도하며 믿음으로 시작한 운동이 자신감을 가져다주어 청·장년기의 삶에 큰 보탬이 되었다고 고백한다. 이로 인하여 용기와 인내심이 축적되었고, 모든 일이 하나님의 은혜라 생각하며 감사의 삶을 살고 있다.

셋째, 신앙적 끈기와 열심 주심에 감사한다. 전재규 장로의 자녀들은 아버지는 이상할 정도로 열심과 지구력을 가졌다고 말하곤 했다. 전재규 장로 자신은 지구력과 강인성이 부족하다고 생각했다. 그러나 신앙과 하나님의 말씀 안에서 강한 신념을 얻을 수 있었다. 이 강한 신념을 바탕으로 모든 일에 열심을 가지고 최선을 다했다. 그는 하나님께서 주신 은혜 안에서 강한 믿음을 바탕으로 자기의 일에 최선을 다하고 노력할 때 하나님의 은혜와 믿음의 역사가 일어남을 체험했기에 그것이 감사의 생활로 이어졌다.

넷째, 건강 주심에 감사한다. 전재규 장로는 막내아들로 태어나 어릴 때부터 유약해 보였다. 그러나 심신의 단련을 통해 얻은 자신감으로 누구보다 건강한 삶을 살고 있다. 자신이 유약해 보였던 그 약함이 기계체조와 태권도 훈련을 통해 자신감을 갖게 하였고, 육체의 강함을 유지할 수 있었다. 미국에서 귀국하여 동산의료원에서 근무를 시작한 이후로 한 번도 아파서 결근한 적이 없었다. 지금도 나이가 들어 노쇠할 뿐이지 건강에는 지장이 없다.

다섯째, 잠을 주심에 감사한다. '사랑하는 자에게 잠을 주신다'(시 127:2)는 말씀처럼 전재규 장로는 지금까지 잠을 이루지 못해 괴로움을 당한 적이 한 번도 없다. 그는 언제 어디서나 장소와 무관하게 잠을 쉽게 청할 수 있음도 하나님의 은혜와 축복으로 알고 감사한다. 그는 동산의료원 재임시 학회 활동 및 종교 활동으로 서울을 수없이 오르내리면서 잠은 거의 열차 침대칸에서 잤다. 이렇게 수면을 취하고 나면 다음 날 병원 근무에 지장을 받지 않았다. 이러한 습관은 고된 일과 중에서도 건강을 유지하면서 시간도 절약할 수 있어서 삶에 많은 유익이 되었다. 잠자리 변경이나 취침시간의 변경에도 구애됨이 없이 잠을 청할 수 있음도 하나님께 감사한다. 특별히 바쁜 일정에서도 국내나 국외에서 든 음식을 가리지 않고 잘 먹을 수 있어 편하게 여행할 수 있었음도 하나님께 감사한다. 전재규 장로의 생애는 그야말로 하나님의 은혜가 풍성한 삶이었다. 지금도 하나님의 은혜와 평강과 감사가 그의 삶을 지배하고 있다(1994.12.12).

14) 본문: 히 13:4, 제목: '큰 비밀'

서론적 도입

남녀 간의 혼인은 하나님이 정하신 것이므로 창조질서를 성취하시는 놀라운 비밀이다. 이성(異性)의 창조는 창조 사역의 걸작 중 하나이며, 그리스도와 교회의 관계를 부부의 이성 관계로 묘사한 아름다운 사랑의 관계에 대한 표현이다. 따라서 모든 사람은 혼인을 귀한 것으로 여기고 존중하여야 할 것이다. 하나님께서 인간을 창조하신 후 홀로 사는 것이 좋지 않음을 아시고 낙원에 거하는 아담을 위해 혼인제도를 제정하신 것이다. 따라서 인류의 첫 조상이 되는 아담과 하와의 혼인을 축복하셨으므로 혼인은 귀한 것이며, 신성한 것이다. 이처럼 남녀의 성(性)이란 하나님의 계획과 창조질서 속에서 이루어진 것이므로 모든 성윤리는 하나님이 만드신 과정을 통해서 이해되어야 하며, 그분의 뜻에 따라 순종해야 한다. 이성(異性)이란 인류에게 주신 귀하고 아름다운 하나님의 선물이며, 하나님의 영광을 위하여 삶의 목표를 바로 세워 결혼의 아름다움과 부부의 영적인 신성함을 깨달아야 한다.

본문의 핵심적 주제에 대한 어원적 의미

히브리서 저자는 본문에서 '혼인을 귀히 여기고 침소를 더럽히지 않게 하라'고 했다. 혼인은 남녀가 한 몸이 되어 연합과 일체를 이룰 뿐만 아니라 후손을 생산하는 축복의 통로로 사용하신다. '침소'는 부부의 성생활이 이루어지는 장소이다. 본문이 말하는 '침소'(κοιτη)는 침대, 곧 결혼 침대를 뜻하며, 기혼자의 성교를 표시하는 단어이다. 따라서 "모든 사람이 침소를 더럽히지 않게 하라"는 말은 어떤 경우에도 혼인의 정결을 지켜야 한다는 성(性) 윤리의 규범적인 교훈이다. 구약이나 신약은 성도덕에 대하여 엄격하게 가르친다. 당시 헬라와 로마 사회는 성적으로 문란하였기에 하나님께서도 사도들을 통해 바른 성생활을 강하게 요구했던 것이다. 현대는 어떤가? 신약시대보다 훨씬 더 성적으로 문란한 시대일 것이다. 혼인을 소홀히 생각하고, 자유롭게 혼인하고 또 자유롭게 이혼하며, 기혼자들이라도 성에 대한 개방적이며, 프리섹스(free sex)로 자신의 성적 욕구를 만족하며, 즐기고 있다. 이와 같은 사회의 타락한 풍조를 막고 바른 성도덕을 확립하도록 하는 것이 그리스도인의 가정윤리요, 사명이라 생각한다. 하나님께서 성경에서 음행자와 간음자를 심판하시겠다고 하신 것은 결혼한 가정을 아름답고 정결하게 성장하도록 보호하시기 위한 엄격한 성윤리의 규범을 제시한 말씀으로 보아야 한다. 그러므로 그리스도인은 결혼을 귀히 여겨야 하며, 부부의 성적인 순결이 더럽혀져서도 안 되며, 부부간의 성적 무관심과 불성실에 의해 성적 만족이 파괴되어서도 안 된다. 음행은 광범위한 방종의 성행위를 말하고, 간음은 부부의 정조를 어긴 성행위를 의미하는 것으로 하나님은 이런 자를 심판하신다.

본문의 해석

첫째, 인간의 이중성(二重性)이다.

성(性)은 남녀 자웅(雌雄)을 구별하는 성품을 말하며, 성품은 사물이나 사람의 본바탕을 의미한다. 인간은 남성과 여성의 이중성으로 창조되었으며, 남녀에게 각기 다른 성품이 주어졌다. 그래서 예수님은 사람을 지으신 이가 본래 저희를 남자와 여자로 창조하셨다(마 19:4)고 하셨다. 성의 구별은 인간성의 본질로 원초적 질서를 나타내며, 근본적으로 인간실존은 동료 인간과의 너와 나와의 관계에서 존재가 정의되는 사실 때문에 성구별에 있어 상대적 가치가 부여된 것이다.

모든 창조 사역에 대하여 하나님은 만족스러운 표현으로 '좋다'는 표현을 사용하셨지만, 인간실존에 관해서는 '좋지 않다'는 부정적인 표현을 사용하셨다. "사람이 독처하는 것이 좋지 아니하니"(2:18)라고 하셨으니 인간실존의 측면에서 홀로 있는 아담은 아직 완성된 인간이 아니다. 그는 아직도 인간 창조에 있어 미완성적 작품인 샘이다. 따라서 하나님은 남자를 돕는 자로 여자를 창조하셨다. '배필'(helper)이라는 말은 동역자(fellow worker)의 개념이다. 그 개념은 '너'(thou)의 성격을 지닌 상대역의 개념으로 보아야 할 것이다. 따라서 남녀의 관계는 '나'와 '너'의(I-Thou Relationship) 관계로서 완전한 인간성을 소유하는 관계로 발전하게 된다. 아담이 그를 위해 창조된 '너'(thou)를 보았을 때 "이는 내 뼈 중의 뼈요 살 중의 살이라"(창 2:23)고 말한 것은 그에게 관계성에서 분리될 수 없는 적합한 파트너를 얻었기 때문일 것이다.

이와 같이 성에 대한 언급은 동료 인간성(fellow humanity)을 표현하는 말로 봄이 타당할 것이다. 하나님은 나와 너의 관계를 넓은 의미에서 나와 이웃의 관계로 확대하셨다. 그래서 "네 마음과 목숨과 뜻을 다하여 주 너의 하나님을 사랑하라 이것이 크고 첫째 되는 계명이요 둘째는 네 이웃을 네 몸과 같이 사랑하라 하셨으니"(마 22:37)라고 하셨다. 이 두 계명이 인간실존의 윤리적 기초가 되는 것이다. 인간은 하나님 앞에서 나, 이웃과의 관계 속에서 나의 실존을 발견할 때 윤리적 행위가 수반되어야 한다는 것을 알 수 있다. 따라서 하나님의 존재를 무시한 나의 존재가 있을 수 없고, 이웃의 실존을 무시한 나의 실존을 발견할 수 없다. 이러한 이중적 객관성이 인간의 본질인 인간성을 구성한다. 하나님께서는 인간 존재를 남자와 여자로 창조하셨다. 인간의 존재는 나와 너의 만남에서 한 육체의 연합으로 발전하며, 남성과 여성의 상반되는 성의 결합으로 성(性) 공동체를 형성한다. 인간은 개체로서만 존재하는 것이 아니라 쌍극(음양)을 형성하고 있으며, 남녀는 상반되나 짝을 이루고 대조되나 조화를 이루고 있다.

둘째, 이성의 교제이다.

성(性)은 인간의 기본적 욕망 중에 하나이다. 성욕은 자기에게 없는 다른 이성을 갖고자 하는 욕망으로 식욕과 함께 무서운 힘을 가진 본능적 욕망이다. 인간은 이미 가지고 있는 것에 만족하지 않고 가지지 않은 것과 결여되어 있는 것만을 사랑한다. 일반적으로 성(性)을 성교나 임신이나 출산을 위한 남녀간의 성적 결합에 치중하여 이해한다. 우리 선조들은 성교를 이성(二性)간의 육체적 관계로 단정 짓고 남녀의 결혼을 통해 가문을 계승 확장시키는 수단으로만 생각해 왔다. 그러나 창조질서 안에서 성교는 이성 간의 조화와 성숙한 교제를 나타내며, 인간 본능적 기능이라 할 수 있다. 성욕과 성교를 단순히 동물과 같은 생물학적 기능만으로 이해하면 성도덕의 타락을 유발하고, 온전한 결혼생활에 붕괴를 가져오게도 할 수 있다. 인간 창조의 존재론적 입장에서 남녀 간의 다른 이성(異性)은 기능적인 양(陽)과 음(陰)의 결합으로 에너지를 생산하며, 결과적으로 출산의 기능까지 하게 한다. 미적으로 음과 양이 조화를 이루어 하나님이 보시기에 좋은 사랑의 동반자로 나아가게 한다.

인간 이성(異性)의 신비는 생물학적 본성과 인격의 상호연관성에 있고, 생물학적 본성은 인간 존재의 인격성에 의해 조성된다. 인간의 성욕이 생리학적 과정에서는 동물과 유사하지만, 동물의 성욕과는 차이가 있다. 인간의 성적 감정에는 사고와 의지가 작용하기에 인간 성욕은 존재상의 인간 문제와 기능상의 인간 문제로 구분할 수 있다. 존재상의 인간이란 하나님과의 관계에서 무한한 가치와 책임의 소유자로서 인격적 존재이다. 반면 기능상의 인간이란 능동적으로 자기가 노력하는 생산적 인간을 말하며 생물학적 기능과 생물학적 본성의 존재를 말한다. 따라서 인간 존재의 인격적 영역과 생물학적 기능의 상호관계성은 성욕의 영역에서도 발견된다. 만약 성욕이 단지 생리학적 기능이나 생산의 문제라고만 한다면 짐승처럼 성을 상호교환할 수 있고, 배우자를 마음대로 바꿀 수 있는 잡혼이 합법화될 수 있다. 이성을 단지 성적 도구로만 생각한다면 인격적 존재의 차원에서 배우자와의 일체와 연합을 이룰 수 없으며, 오직 기능적 활동만 반복될 뿐이다.

이런 의미에서 플라톤이 말하는 에로스(eros)적 사랑은 자기에게 없는 것, 자기보다 더 나은 그 무엇을 열정으로 추구하는 강력한 힘이라고 했다. 에로스의 본래적 의미는 정신과 분리된 육체적인 것만이 아니라 정신, 의지, 감정적인 것까지 포함된 인간의 내재적 힘이었다. 그러나 이성간의 사랑을 애정적 사랑으로만 표현하는 에로스는 없는 것을 얻고자 하는 사랑, 성적 욕구만을 충족하려는 사랑으로써 타자의 가치가 대상이 된다. 비이성적인 에로스 사랑은 성욕이 맹목적이고 아름다움을 느끼는 감정에만 치우쳐 육체적 만족과 성적 에로스에만 몰두하는 행동이라 할 수 있다.

인간은 본래 하나님의 아가페(agape)적 사랑과 인격적이며, 이성적인 존재로 태어났기에 성교에서도 아가페적 성향이 존재한다고 보아야 한다. 아가페적 사랑은 하나님께서 인간을 위하여 자신을 내어준 희생적 사랑을 말하는데 자기를 내어주는 사랑, 자기를 희생하는 사랑, 아래를 향한 사랑으로 생각할 때 아가페 사랑은 타자의 인격적 존재가 성적 대상이 된다. 진정한 의미에서 인간은 아가페 사랑을 실천할 수 없다. 다만 하나님의 아가페적 정신을 받아 타자에게 전할 때 아가페적 사랑의 일부를 실천하는 것이 된다. 따라서 애정적으로 나에게 관계되는 사람은 나의 이웃이어야 하고, 나의 에로스적 사랑의 대상이 아니라 나의 아가페적 사랑의 대상이어야 한다. 부부의 성생활에서도 상대방을 돕고, 상대방을 좋게 하고자 하는 근본적이며, 인격적인 성관계가 이루어져야한다. 따라서 이성(異性) 간의 교제는 이성적(理性的)이어야 하며, 성윤리의 성경적 규범과 가르침 안에서 이루어져야 하고, 비인격적이고 윤리적 규범을 벗어난 성관계는 배제되어야 한다.

셋째, 결혼의 신비와 성교를 통한 인격의 성장이다.

바울은 "사람이 그 부모를 떠나서 그 아내와 합하여 둘이 한 육체가 될지니 이 비밀이 크도다"(엡 5:31; 창 2:24)고 했다. 성적 교제가 한 몸을 이루는 비밀이라고 했다. 여기 "둘이 한 몸이 된다"는 '몸'(flesh, σαρκα)이란 원래 육체 혹은 육신이라고 말하는 '살'(flesh)을 표현하는 단어이지만 본문에서는 아담의 인성을 받아 희로애락을 느끼는 기능적인 몸(body, soma)으로 표현되고 있다. 따라서 육신(flesh)과 기능하는 육체인 몸(body)과 이성을 합한 인간의 전 실존을 의미한다. 둘이 합하여 한 몸이 된다는 말은 기쁨과 노여움과 슬픔과 즐거움 등 인간의 모든 감정과 사랑과 욕망을 가진 두 인격체가 합하여 한 성적 공동체(共同體)를 형성하는 것을 의미한다. 따라서 성적 공동체로 형성된 결혼은 위대한 신비에 속한다는 표현이다. 이것을 비밀이라고 표현했다(this is a great mystery).

두 개의 다른 성 인격체가 결합하여 성 공동체를 형성하는 것은 하나님의 위대한 신비에 속한다는 의미이다. 이것을 신비로 표현하는 것은 드러내 놓고 말할 수 없는 신비한 값진 것들이 숨겨져 있음을 암시한다. 부부의 성교제 속에는 기쁨도, 행복도, 즐거움도, 가치도, 생산의 가능성도 신비롭게 담겨있다는 뜻이다. 신비의 세계는 체험으로만 이해되고, 체험해보지 못한 사람에게는 숨겨져 있다. 따라서 부부 사이에 이루어지는 성적 교제의 신비는 그들만 체험하고 느끼고 이해하게 된다. 부부가 성적으로 공동체가 된 것은 이성이 결합하여 이루어진 인격적 공동체이므로 인격도 함께 성장한다. 인격은 지, 정, 의의 결합으로 형성되어 지속적으로 성장하기에 성적 공동체의 인격도 지속적으로 성장해야 한다. 결혼하여 가정을 이루어 부부생활을 오랫동안 하면 두 사람의 성격도 사고방식도 닮아 공동의 인격체로 변모해감을 볼 수 있다.

그러기에 결혼하지 않고 독신 생활 하는 사람들의 성품을 보면 왜곡적 시각으로 판단하고, 원만하지 못한 성격의 소유자가 많다. 이것은 바로 이성 간의 성 공동체적 인격 형성에 접해보지 못한 결함 때문이다. 하나님께서 아담과 하와를 창조하신 후에 생육하고 번성하고 정복하고 다스리라고 하신 것은 인격적 존재로서 인간이 미지의 세계를 개척할 수 있도록 무한한 잠재력을 그들에게 부여하신 것이다. 따라서 성 공동체의 성장이란 가정의 성장과 상통하는 말이다. 왜냐하면, 가정은 성 공동체의 인격 성장을 바탕으로 성장하기 때문이다.

본문의 적용

첫째, 이성(異性)을 이해하려는 노력이 부부에게 필요하다.

남성과 여성은 정반대의 성품을 소유함으로 인하여 서로 대립적이면서도 조화를 이루고, 친근하면서도 서로를 이해하지 못할 때가 있다. 그러나 인간은 인격적 존재로서 문제가 발생하면 생각하고, 이해하고 그것을 해결하려는 탐구 의지를 소유하고 있으므로 성 공동체의 신비와 미지의 세계를 단계적으로 정복해나갈 수 있다. 성경에서는 성교를 남자가 다른 여자를 '안다'라는 말로 표현하고 있다(창 4:1, 17, 25; 삿 19:25). 성의 본질에 있어서 남성과 여성이 다르다. 그러나 성교를 통해 적나라하게 토출된 한 여자를 더욱 친밀하게 알게 된다. 따라서 이러한 앎을 통해 서로가 조화를 이루고, 새로운 인격으로 성장하고, 공동체로 발전하게 된다.

둘째, 성 공동체는 상호 신뢰와 협력 가운데서 성장하도록 해야 한다.

가정이나 사회의 어떤 공동체와는 달리 부부 공동체는 두 사람이 합하여 한 몸을 이루는 것이기에 가장 유기적인 공동체로 성장해야 한다. 유기적 공동체이기에 몸의 어느 한 지체가 상처를 입으면 몸 전체가 고통을 느끼듯이 공동체 한편이 상처를 입으면 상대편도 꼭 같은 공통을 당한다. 육체 역시 유기적 기능을 가지고 작용하기 때문에 몸이 고통을 당하며 몸의 전 기관이 서로 협력하여 상처를 돕는다. 이처럼 성 공동체를 이룬 한 몸은 유기적인 상호 신뢰와 협력을 바탕으로 기능하여 상처를 보듬고 고통을 해결해가야 한다. 그러므로 부부간의 성 공동체는 믿음을 바탕으로 서로 사랑하고, 협력하므로 성장하고 발전해가야 한다.

셋째, 부부 공동체는 사랑 안에서 성장해야 한다.

성 공동체는 사랑 안에서 결속되어야 한다. 사랑의 근본 실체는 하나님이시다. 따라서 모든 사랑은 그 근본을 하나님께 두어야 한다. 하나님의 사랑은 인간뿐만 아니라 삼라만상에 나타나 있다. 따라서 이 땅의 모든 사람은 먼저 하나님의 사랑을 경험하고, 그 사랑을 나누는 공동체의 일원으로 살아가야 한다. 종적인 하나님 사랑과 횡적인 이웃과의 사랑의 양면성이 조화를 이룰 때 창조목적에 부합한 공동체로 성장할 수 있다. 기독교 관점에서 하나님 사랑과 이성(異性) 간의 사랑이 결속될 때 창조질서에 부합한 견고한 성 공동체로 성장한다. 부부의 사랑은 에로스적 사랑만으로 형성되는 것은 아니다. 사랑은 수고와 희생과 동반되어야 한다. 성 공동체는 수고와 희생의 사랑 위에서 성장해야 한다.

넷째, 결혼 침대를 더럽히지 말아야 한다.

히브리서 저자는 "모든 사람은 결혼을 귀히 여기고 침소를 더럽히지 않게 하라 음행하는 자들과 간음하는 자들은 하나님이 심판하시리라"고 했다. 이는 하나님이 짝지어주신 가정을 귀하게 여기고 보호하기 위한 하나님의 강한 의지를 표명한 것이다. 여기서 말하는 '침소'는 결혼 침대와 기혼자의 성교를 의미하는 표현으로써 부부의 성적 교제는 귀중하고 아름다운 것이므로 부부의 교제가 침해받지 않도록 엄히 경계하신 말씀이다. 하나님께서는 인간을 교제하는 존재로 창조하였다. 인간이 태어나면 가족 공동체, 교회 공동체, 사회 공동체, 국가 공동체를 형성한다. 그러나 인간의 타락은 공동체성을 허물고 파괴해 버렸다. 가장 근본적으로 창조주 하나님과 인간 사이의 관계가 깨어졌고, 사람과 사람 사이의 관계도 자기의 소유욕, 식욕, 명예욕, 성욕에 이끌리어 타락한 본성의 욕망을 채우려 한다. 그래서 하나님께서 성육신한 예수 그리스도를 세상에 보내어 하나님과 사람 사이와 인간과 인간 사이의 교제를 회복하도록 화목제물로 자신을 드려 본을 보이셨다. 따라서 인간 창조자와의 인격적 교제는 생명과 일치하며, 인간 존재의 귀중성과 가치를 발견하게 한다.

하나님의 피조물인 인간이 살아가는 세상에는 다양한 관계의 교제가 이루어진다. 교제의 대상이나 교제의 성격도 다르다. 그중에서도 부부의 교제는 가장 친밀한 교제이다. 부부만이 갖는 육체적 성행위는 성적 교제의 한 방법이라 할 수 있다. 따라서 성적 교제는 단순히 출산의 기능을 넘어 인간 존재자로서 하나님께서 허락하신 가장 귀한 교제를 나누게 된다. 인간의 성 교제는 동물적이며, 본능적인 성 충동이나 강제적으로 발출된 성행위를 하는 것이 아니라 인격적이고, 이성적이며, 영적인 교감까지 포함된 전인적인 성 교제로 나아가야 한다. 이러한 노력이 침소를 더럽히지 않은 부부의 성 교제일 것이다 (1990.4.15).

15) 본문: 계 2:17, 제목: '감추인 만나와 흰 돌'

서론적 도입

본문은 아시아 일곱 교회 중 버가모교회에 주신 말씀 가운데 한 부분이다. 버가모(Pergamum)는 옛 트로이의 폐허 위에 재건된 도시이므로 '신트로이'라고 불렀으며, 소아시아 일곱 교회 중 하나가 있었던 무시아의 한 도시였다. 버가모에는 사탄의 통치권을 가진 왕좌가 있었고(계 2:13), 로마 황제를 예배하는 신전과 제우스 신전이 있었던 우상의 총 본거지였다. 버가모는 바울이 2차 전도여행 시에 복음을 전했던 곳이며, 성령께서 은혜를 부어 복음적인 교회를 세우게 했던 곳이다. 복음이 성령과 함께 역사했던 버가모교회에 타락한 심령을 가진 자들이 교회의 순수한 신앙을 변질시켰다. 그래서 그리스도께서 말씀의 검으로 그들을 대항하시고자 하셨다. 예수님은 자신을 "좌우에 날 선 검을 가진

이"(계 12:12)라고 하셨다. 예수님은 당시 버가모교회를 혼란에 빠뜨리게 하고, 신앙을 타락하게 만든 사탄의 세력을 말씀의 검으로 대항하셨던 것이다.

본문의 핵심적 주제에 대한 어원적 의미와 해석

첫째, 감추인 만난

주님께서는 사탄의 유혹과 방해가 있었던 버가모교회 안에서 끝까지 믿음을 지켜 승리한 자에게는 감추인 만나를 주시겠다고 약속하셨다. 만나는 하나님께서 출애굽 이후 광야에서 생활했던 이스라엘 백성에게 하늘의 기적을 통해 주신 일용할 양식이었다. '만나'(μαννα)는 나무껍질에서 나오는 달콤한 진액을 말한다. 그것은 광야에 있는 '만나 나무'(Tamarix Mannifera Bunge)에 만나 벌레의 분비물이 말라붙은 것인데 시내 광야의 메마른 기후로 인하여 이 분비물이 흰 빛을 낸다고 한다. 만나는 동글납작하고, 흰 빛이었으며(출 16:4), 코엔트리(coriandrum sativum)의 열매와 비슷하여 직경이 3mm 정도 된다고 한다.

민수기 11:7-8에서 만나는 깟씨와 같고 모양은 진주와 같다고 했으며, 절구에 찧기도 하고 가마에 삶기도 하여 과자를 만들었으며, 그 맛이 기름 섞은 과자 맛과 같다고 했다. 이 만나는 밤에 이슬이 진영에 내릴 때 같이 내렸으며, 매일 새벽마다 거두었는데 햇빛이 내리쬐면 곧 없어졌으며, 한밤을 지나고 나면 벌레가 생기고 냄새가 나며 썩어버렸다(출 16:19). 한 사람이 거두는 분량은 한 오멜로 정해져 있었고, 더 많이 거두어도 더 적게 거두어도 한 오멜밖에 되지 않았다. 안식일을 예비하는 6일에는 두 오멜을 거둘 수 있었고, 제7일 안식일에는 만나가 내리지 않았다. 한 오멜은 금항아리에 담아 아론의 싹 난 지팡이, 언약의 돌판과 함께 언약궤 안에 영원히 보존하도록 했다(출 16:33; 히 9:4). 믿음의 "승리자에게는 감추었던 만나를 주고"라고 하였으니 이 구별된 만나는 믿음의 승리자들에게만 주는 영원한 언약의 양식일 것이다.

본문에서 말하는 만나는 영적인 양식을 뜻한다. 시편 기자는 "저희에게 만나를 비같이 내려 먹이시며 하늘 양식으로 주셨다"(시 78:24)고 했다. 신령한 만나는 믿음을 지켜 승리한 자들에게만 주는 신비로운 영적 양식이다. 육신을 위하여 만나를 먹은 이스라엘 백성은 광야에서 죽었다. 그러나 영적 이스라엘 백성은 하늘에서 주시는 영적 만나인 말씀을 먹고 영생하게 된다는 뜻이 여기에 내포되어 있다. 만나는 영의 양식인 하나님의 말씀이다. 모세는 "너도 알지 못하며 네 열조도 알지 못하던 만나를 네게 먹이신 것은 사람이 떡으로만 사는 것이 아니요 여호와의 입에서 나오는 모든 말씀으로 사는 줄을 너도 알게 하려 함이라"(신 8:3)고 설명했다. 만나는 영적인 양식이며, 하나님의 말씀을 의미하고, 말씀이 영생의 양식임을 말하는 것이다. 예수님께서 광야에서 시험을 받으실 때 마귀로부터 "돌들이 떡 덩이가 되게 하라"는 말에 "사람이 떡으로만 살 것이 아니요 하나님의 입으로 나오는 말씀으로 살리라"(마 4:4)고 대답하시면서 마귀의 요청을 거절했다.

또 만나는 예수 그리스도를 지칭한다. 사도 요한은 "태초에 말씀이 계시니라 이 말씀이 하나님과 함께 계셨으니 이 말씀은 곧 하나님이시라"(요 1:1)고 했다. 예수는 말씀으로 존재하시다가 육신을 가지고 도성인신(道成人身) 하신 분이며, 속죄의 제물이 되어 그를 믿는 자에게는 '하늘에서 내려온 산 떡'(the living bread)이며, "이 떡을 먹는 자는 영원히 살리라"(요 6:58)고 하셨다. 예수님은 "너희 조상들은 광야에서 만나를 먹었어도 죽었거니와 이는 하늘에서 내려오는 떡이니 사람으로 하여금 먹고 죽지 아니하게 하는 것이니라 나는 하늘에서 내려온 살아 있는 떡이니 사람이 이 떡을 먹으며 영생하리라 내가 줄 떡은 곧 세상의 생명을 위한 내 살이니라"(요 6:49-50)고 하셨다. 예수 그리스도는 하늘에서 내려온 산 떡이요 그가 줄 떡은 세상의 생명을 위한 내 살이라고 하신 것은 그가 십자가에 피 흘려 죽으시고, 몸을 찢으신 그를 믿는 자에게 주신 영생을 의미한다. 그러므로 그를 믿는 자는 반석이신 예수 그리스도를 통해 신령한 식물과 신령한 음료가 공급됨을 의미한다. 그는 생명의 떡이며, 생수이시다. 그를 믿는 자는 영원히 산다.

둘째, 새로운 이름을 기록한 흰 돌

요한은 좌우에 날 선 검을 가지신 이가 믿음을 지켜 이기는 자들에게 새로운 이름을 기록한 흰 돌(a white stone)을 주시겠다고 약속하셨다. 성경에서도 돌은 다양한 용도로 사용되었음을 설명한다. 특별히 계시록에서 설명하는 천국의 성곽의 기초석은 각색 보석들로 꾸며져 있다. 벽옥, 남보석, 옥수, 녹보석, 홍마노, 홍보석, 황옥, 녹옥, 담화옥, 비취옥, 청옥, 자정으로 꾸며졌다(계 21:19-20). 특별히 성경에서 돌을 이야기할 때 예수 그리스도를 상징하는 것으로 설명한다. 예수 그리스도를 반석(벧전 2:4-8)으로, "보배로운 산 돌"(마 21:42; 눅 20:17; 시 118:22)이며, 집 모퉁이의 머릿돌이 되어 그를 믿는 자도 산 돌처럼 신령한 집으로 세워진다고 설명한다. 따라서 성경이 말하는 돌과 반석은 그리스도와 신자들을 상징하며, 구속받은 백성의 증표로 설명된다. 그를 믿는 자는 반석이신 예수 그리스도의 터 위에 건축한 자들이다.

바울은 "너희는 사도들과 선지자들의 터 위에 세우심을 입은 자라 그리스도 예수께서 친히 모퉁이 돌이 되셨느니라"(엡 2:20)고 했다. 베드로가 "주는 그리스도시요 살아계신 하나님의 아들이시니이다"고 고백했을 때 예수님은 "너는 베드로라 내가 이 반석 위에 내 교회를 세우리니 음부의 권세가 이기지 못하리라"(마 16:16, 18)고 영원한 승리를 선포하셨다. 본문에서 말하는 흰 돌에는 새 이름이 기록되어 있다. 이 이름은 양자로 받아들여진 자들의 이름이다. 새 나라로 들어가는 자들에게 구속받은 새 이름과 천국 시민으로서 기록된 새 이름을 주신다. 예수를 구주로 영접한 자는 산 돌이신 예수 그리스도의 피로 죄사함 받고 구속의 은총을 입어 성령으로 이마 인을 치고, 새 이름을 받은 자녀로 받아들여진 것이다. 더 나아가 천국에서 영원한 기쁨, 배부름, 참 평안을 누리며, 기뻐하고, 감사하며, 찬양하고, 서로를 격려하는 행복한 삶을 누리게 된다. 이것이 천국의 삶이다.

본문의 적용

환난과 박해와 유혹 속에서도 끝까지 믿음을 지킨 자들에게 주시는 복이 무엇인가? 버가모교회 성도들은 사탄의 왕좌(throne)를 중심으로 사탄의 세력이 강한 곳에서 살았다. 사탄의 통치가 온 지역에 미치고 있었으며, 사탄의 사악함과 잔악함 때문에 악명이 높았고, 핍박이 심한 곳에서 살고 있었다. 그래서 주님은 "네가 어디서 사는 것을 내가 아노니 거기는 사단의 위(位)가 있는 데라"(계 2:13)고 했다. 그러했음에도 "네가 내 이름을 굳게 잡았고 내 충성된 안디바는 너희 가운데, 곧 사단이 거하는 곳에서 죽임을 당할 때에도 나를 믿는 믿음을 저버리지 아니하였도다"라고 칭찬하셨다. 사탄의 박해가 잔인하게 일어난 그곳에서 안디바는 순교까지 당했으며, 그곳 성도들은 그리스도의 이름을 굳게 붙들고 믿음을 저버리지 않았다. 그들은 칭찬을 받았고, 참고 견딘 자들에게 감추인 만나와 흰 돌을 주시겠다고 약속했다. 이 얼마나 놀랍고도 감격스러운 축복인가! 누가 이런 축복을 받을 수 있는가! 환난과 박해 속에서라도 믿음을 저버리지 아니하고 끝까지 믿음을 지킨 자들이 받는 하늘의 보상이 아닌가! 전재규 장로는 신앙의 승리자에게 감추인 만나와 새 이름이 기록된 흰 돌을 주신다는 이 말씀에 근거하여 자신의 아호(雅號)를 백암(白岩)이라 정했다 (1989.3.1).

제5장

전재규 박사의
인간 사랑과
치유 사역

1. 한국호스피스협회 창립과 사역

　'호스피스'란 인간답게 죽음을 맞이할 수 있도록 위안과 안락을 베푸는 봉사 활동이나 그런 일을 하는 사람을 지칭한다. '호스피스'(hospice)라는 명칭은 라틴어의 '호스피탈리스'(hospes와 hispitium)에서 기원된 것으로 알려져 있다. '호스피스'는 인생의 여정을 거의 마치고 마지막 임종기에 처한 환자들을 숭고한 사랑으로 돕고 보살피는 공동체 정신 프로그램이다. '호스피스'는 생명을 인위적으로 연장하거나 죽음을 재촉하는 일이 아니며, 단지 죽음을 준비하며, 생명의 존엄성을 가지고 순간순간의 삶을 평안하고 아름답게 살아가도록 돕는 일이다. 전재규 장로는 호스피스 프로그램은 인간의 본질인 존엄성과 인격성과 윤리성의 근본 출처와 종말과 영생과 사후세계를 깨닫게 해주는 학습의 현장이라고 말한다. 존엄하게 창조된 인간이 가진 영혼에 초점을 두고 전인(全人)을 돌보며 섬기는 프로그램이라고 힘주어 말한다. 그래서 전재규 장로는 이 호스피스 프로그램이 더욱 체계화되고 사회 각계각층에서 말기 암 환자들을 신뢰와 긍휼과 사랑으로 돌보는 아름다운 봉사로 발전해가기를 소망하고 있다.

　근래에 와서는 사람이 살아온 날을 아름답게 정리하여 평안한 삶의 마무리를 준비하는 말로 '웰다잉'(well-dying)이란 말을 사용한다. 인간 삶의 끝자락에서 누구나 맞이할 수 있는 죽음을 스스로 미리 준비하는 일은 자신의 생을 뜻깊게 보낼 뿐 아니라 남아있는 가족들에게 도움이 되는 것이라는 인식이 늘어나고 있다. 이러한 사회적 분위기 속에서 호스피스 사역은 뜻깊은 봉사이다.

이 호스피스 정신은 기독교 사랑에서 출발했다. 가난하고 병든 자와 함께 생활하면서 긍휼과 자비를 최선의 미덕으로 실천하고 가르치신 예수 그리스도의 사랑에 근거한 것이다.

전재규 장로는 초창기 한국의 '호스피스간호사협회' 회장을 역임하면서, 전국 대학교 석학들과 여의도순복음교회 조용기 목사를 포함하여 한국 기독교계의 여러 목회자에게 호스피스 간호의 중요성에 대해서 강조했다. 1991년 '한국호스피스협회'가 설립된 이후 백암은 '한국호스피스협회'의 초대 이사장으로서 협회를 발전시키는 일에 큰 공적을 세웠으며, 수십 년 동안 '한국호스피스협회' 학술세미나에서 논문을 발표했고, 호스피스 시민의 날 행사에서 개회사, 인사말, 격려사 및 축사를 전하면서 사람의 마지막 임종을 돕는 호스피스 사역이 대단히 중요하다는 사실을 역설했다.

특별히 '한국호스피스협회' 10주년을 맞이했을 때 회원들과 함께 호스피스 교육을 위한 표준 교재로 사용하기 위해 '호스피스 총론'은 발간하기에 이르렀다. '호스피스'에 대한 인식이 전무했던 시기에 회원들이 땀 흘려 노력한 연구의 열매가 책으로 엮어져 세상에 빛을 발하게 되었던 것이다. 그 이후로 '호스피스'에 대한 의료인들뿐만 아니라 시민들의 인식도 크게 달라졌다. 따라서 전국에 '호스피스협회' 지부도 설치하고, 도약적으로 발전하는 모습을 보이기도 했다. 백암은 현재도 '한국호스피스협회'뿐만 아니라 계명대학교 동산의료원의 호스피스 간호사협회와도 계속 교류 협력하고 있다. 전재규 장로가 반려자 고(故) 강일혜 권사와 사별 후 홀로 고독한 순간에서도 하나님의 말씀과 기도와 찬송으로 상심된 마음을 스스로 위로하며 지낼 때 동산병원 호스피스간호협회 회원들이 그의 가정을 방문하여 전재규 장로의 마음을 위로해주었다. 그는 이때 받은 위안으로 평안의 마음을 되찾을 수 있었다고 했다.

전재규 장로를 위로하는 사랑의 일은 여기서 멈추지 않았다. 2022년 8월 15일 해방기념일에 맞추어 미국에 있는 그의 딸 전은주 교수가 손녀와 함께 귀국했다. 홀로 계시는 아버지를 뵙기 위해서 찾아온 것이다. 전재규 장로는 오랜만에 누리는 사랑스러운 딸과 손녀와의 만남이 기쁘고 반가웠다. 그에게는 6개월 만에 속마음을 숨김없이 대화할 상대가 찾아와 잠시나마 큰 위로가 되었다. 오랜만에 만난 딸과 손녀를 만난 그는 다정하게 많은 이야기를 나누었고, 강일혜 권사의 묘소에 찾아가 성묘도 했다. 건강하고 맛있는 음식으로 식사 교제를 나누기도 하고, 따뜻한 커피도 마시면서 오랫동안 옛 이야기를 나누는 시간을 가지고 딸과 손녀는 미국으로 돌아갔다.

2. 전인치유 이론과 치유 사역

'기독교와 전인치유'라는 주제는 육체의 병이나 상처를 다스려 낫게 하는 의학적인 치료(medical treatment)와도 관련된 주제이다. 의학적 치료는 인간의 육체적 구조나 기능을 연구하여 육체적이나 정신적으로 몸을 건강하게 기능하도록 돕는 일을 한다. 그래서 의학이란 "인체의 구조나 기능, 질병, 치료, 예방, 건강 유지의 방법이나 기술 따위를 연구하는 학문"이라고 정의한다. 기독교는 인간의 정신적, 사회적 그리고 영적인 영역에서 건강한 상태를 유지하도록 돕는 역할을 한다. 기독교가 말하는 치유(healing)는 정신적, 사회적 그리고 영적인 영역을 포함하고 있기에 '전인치유'(holistic healing)라는 용어를 사용한다. 그렇다고 기독교가 육체적 건강을 전혀 무시하는 것은 아니다. 성경에서 육체의 질병 문제의 원인과 결과에 대한 근원적인 답변을 주고 있음과 동시에 육체의 치유에 관한 원천적 능력과 실제에 관한 기록들을 전하고 있다.

현대 의학은 과학의 기술적 발전과 의료장비의 혜택을 받아 인간이 건강을 유지하고 질병을 퇴치하는 일에 크게 공헌하고 있다. 많은 그리스도인도 역시 현대 의학의 혜택을 받고 있다. 그럼에도 인간의 질병을 퇴치하고, 완전한 건강 상태를 유지하도록 완벽하게 치료하는 일에는 여전히 넘지 못하는 장벽이 있다. 기독교가 가르치는 죄의 결과에 따른 각종 질병, 정신적으로 온전한 상태, 영적인 완전한 상태 그리고 죽음의 문제를 해결할 수 없는 것이 의학이 당면하고 있는 한계이다. 그렇다고 기독교는 이러한 문제들을 완전히 해결할 수 있는

가? 답변은 '아니다'이다. 물론 정신적이고 영적으로 건전한 상태에 관하여 인간과 만물의 주권자이신 창조주 하나님과 바른 신앙의 관계가 형성될 때 전인치유의 가능성이 있음을 성경은 제시하고 있다.

그러나 기독교가 육체의 모든 질병을 퇴치하고, 완전하게 치료한다고 가르치지 않는다. 예수님도 전능하신 하나님이시지만 모든 질병과 병든 자를 다 고친다고 말씀하시지도 않았을 뿐만 아니라 그가 만나는 모든 자를 고치시지도 않으셨다(요 5:1-9). 물론 예수님께서 능력이 모자라 그렇게 하신 것은 아니다. 세상에 오신 그의 사역의 중심이 육체의 질병을 치유하려는 데 있는 것이 아니라 불순종하여 타락하고 범죄하여 죽음에 처한 인간을 구원하고자 하는 일이 그의 사역의 중심이었기 때문이다. 따라서 기독교는 의학을 통한 인간의 질병 퇴치와 치료행위의 혜택을 어디까지 받아야 하며, 기독교는 인간의 육체뿐만 아니라 정신이고 영적인 영역에까지 다루어야 하는 전인치유에 대하여 어떻게 가르치고 수용해야 하는가를 연구 검토하는 것이 필요하다.

1) 의학적인 치료(medical treatment)와 기독교 전인치유(wholistic healing)의 필요성

하나님의 인간 창조는 하나님의 형상을 따라 창조된 하나님 보시기에 심히 좋았던 피조물이었다. 그러나 인간 시조 아담과 하와의 불순종으로 인한 타락은 인간에게 육체적 고통, 질병, 상처, 병약함뿐만 아니라 죽음에 이르게 하는 형벌을 피할 수 없게 하였다. 이것이 타락 이후의 모든 인간의 상태이다. 따라서 모든 인간은 생로병사(生老病死)로 생을 마감한다. 그러나 모든 인간은 개인의 최종 상태인 죽음에 이르기 전까지 생존하는 동안 육체적, 정신적, 영적으로 건강한 상태를 유지하고 행복하게 살기를 열망한다. 물론 인간 가운데 어떤 자들은 육체적, 정신적, 영적으로 건강한 상태를 유지하면서 노년에 이르러 생을 마감하는 자들도 있다. 그러나 대부분의 인간은 일시적이거나 일평생 육체적 질병과 정신적 병약함과 영적으로 죄의 문제를 해결하지 못한 채 괴로움과 고통

가운데서 생을 마감한다.

현대 의학은 인간의 육체의 질병이나 상처를 치료하여 낫게 하거나 회복하는 일에 크게 공헌하고 있는 것은 사실이다. 하나님께서 의학이라는 일반은총의 영역에서 재능을 가진 자들을 일으키시고 직업적 소명을 주셔서 인간의 질병 퇴치를 위해 귀하게 사용하시고, 하나님께서 인간의 질병을 다루시는 의학적 방법과 기술을 통해 영광을 받으신다. 따라서 의학에서 환우를 다루는 기술적인 방법과 치료술은 더 발전해야 하고 인류의 건강 증진에 반드시 필요하다. 기독교 관점에서 다루는 전인치유는 어떠한가? 인간은 영과 육으로 창조되었지만 생각하고 사고하는 정신적 기능을 주셨다. 육체적인 건강이나 정신적이고 영적인 영역에까지 건강하고 온전한 상태를 유지하는 것이 인간에게 필요하다. 이 모든 영역을 다루어야 한다.

기독교 관점에서 '건강'(health)이란 곧 전인 건강(wholistic health)을 말하며, 전인(whole man)이라 함은 하나님께서 창조하신 인간의 실존 전체를 포함한다.[1] 그러므로 성경적 관점에서 건강이란 하나님께서 원하시는 인간 전체의 회복이며, 하나님께서 처음 창조하신 무죄한 상태의 전적인 회복의 상태라 할 수 있다. 따라서 인간은 전 영역에서 건강함과 완전함과 온전함으로 회복되어야 하기에 전인치유 사역이 필요하다.

2) 인간의 전인적 구조와 기능

인간의 전인 구조에 관한 성경의 표현도 다르게 나타나며, 신학적 해석도 다르게 표현되고 있다. 일반적으로 인간은 영혼(spirit)과 육체(body)로 구성되었다고 설명한다. 영과 혼을 분리하여 설명하지 않는 것은 영혼을 복합명사로 사용하고, 또 성경에서 두 단어가 동의어로 사용되고 있기 때문이다. 그러나 성경

---

1 전재규, 『통전적 치유와 건강』(대구:보문출판사, 2001), 16. 성경에서 '건강'이란 단어는 '휘기아이노'(ύγι αινω)란 동사와 '휘기아이네인'(ύγιαινειν)이란 형용사를 사용하며, '강건하다(well), 건전하다(sound), 온전하다(restore)'의 뜻으로 사용되고 있다. 성경에 사용된 건강함(health), 온전함(whole), 거룩함(holy)과 같은 단어들은 완전함(complete)에서 유래된 말이다. 그러므로 건강이란 궁극적으로 하늘에 계신 아버지(하나님)의 온전함(perfect)과 같이 인간의 실존 전체가 온전해지는 것을 목표로 한다(마 5:48).

에서 인간이 영과 혼과 몸으로 구성된 것으로 설명하는 곳도 있다(살전 5:23). 신학에서 인간의 구조에 관하여 설명하는 이분설과 삼분설은 모두 성경적 근거를 가지고 설명한다. 그러나 이것은 학자들의 관점에 따라 전인을 설명하는 강조점이 다른 것일 뿐이다. 성경에서는 전인에 대하여 영(spirit), 혼(soul), 몸(body), 육 혹은 육신(flesh)으로 나누어 설명하기도 한다. 인간의 전인에 관한 이러한 설명이 사람을 분석하는 일에 많은 도움을 준다. 특별히 영혼에 관한 설명은 신학적으로도 혼란을 주고 있다. 한글 번역은 영과 혼을 구별 없이 사용하여 혼을 설명할 때도 영혼으로, 영을 설명할 때도 영혼으로 표현하고 있어 더 혼란스럽다. 이 연구에서 인간의 건강에 대하여 설명하는 일에는 3분설이 더 합리적이고, 전인치유를 쉽게 이해할 수 있다는 판단에 따라 삼분적 구조에 따라 설명하려고 한다.

(1) 육 또는 육체(sarx, flesh)와 몸(soma, body)

인간의 구조에 관하여 설명할 때 성경은 '몸'과 '육'을 엄격히 다른 단어로 설명하며, 기능상으로도 다르다는 점을 나타낸다. 신약에서 '육', '육신', '육체', '몸'이란 단어는 140회 이상 사용되고 있다. 이 가운데 '육', '육신', '육체'로 번역하여 사용하는 세 용어는 모두 헬라어 원문에 '사륵스'($\sigma\alpha\rho\xi$, flesh)로 기록되어 있다. 이 용어가 상황과 문맥에 따라 육, 육신, 육체로 번역되었다는 점이다. 이 표현은 인격, 정신, 영으로 기능하도록 하는 인간의 몸(body)을 감싸고 있는 '살'(flesh), 즉 비기능적 물질인 고깃덩어리를 나타낼 때 사용하는 용어이다. 성경의 기록에서 세밀하게 관찰하면 '육' 또는 '육신'은 모든 생명체의 동물적 기능을 가진 '몸'(soma)에 포함된 물질이며, 이것 위에 인격, 정신, 영이 포함되어 가시적인 인간 기능을 돋보이게 한다. 성경의 설명에 근거하며 이 '육'이나 '육신'은 하나님께서 인간을 창조하실 때 먼저 흙을 가지고 하나님의 형상대로 빚으셨다(창 2:7). 그러나 아직 생기(기능하도록 하는 영혼)를 불어넣지 않은 상태에서는 흙덩어리로 남아있는 것과 같다.

몸(σωμα, body)은 살(flesh)과 뼈(bones)로 구성된 육신에 지(知), 정(情), 의(意)의 인격과 영혼을 불어넣어 인격적 존재로, 가시적인 존재로 연합되어 기능하는 몸(body)을 말한다. 따라서 인간의 몸은 흙이 담고 있는 여러 가지 원자와 분자의 유기적 결합으로 구성된 물질과 연합하여 가시적 형체를 이루고 있다. 흙으로 만든 육신 속에 영혼이 들어감으로 살아 기능하는 존재(생령, living soul)가 된 것이다. 따라서 몸은 그 기능에 따라 순환계, 호흡계, 소화계, 신경계 등의 중요한 기관들이 유기적으로 연합하여 총체적인(전인적인) 몸의 기능을 유지한다. 따라서 몸(body)는 물질계에 속하나 기능적 물질이며, 기능하는 몸(functioning body)이다.[2]

인간의 몸은 먹고, 자고, 생산하는 기본적인 기능을 갖고 있으면서도 형이상학적인 특수한 기능들도 갖고 있다. 이와 같이 인간의 몸이 동물적인 기능을 가지나 전인과 결합된 예속적 기능을 하고 있으므로 결코 개별적으로 분리할 수 없는 기능이다. 따라서 인간의 육체만 분리하여 생각할 수 없고 통합된 인간 전체로 보아야 한다. 인간의 몸을 동물적 관점에서 보면 저속하고 죄악시할 수 있으나 전인적 관점에서 보면 성스럽고 경이롭게 보이는 양면성을 갖게 된다. 성경은 많은 곳에서 인간의 몸이 전인적 기능을 하는 가시적 구조임을 언급하고 있다(빌 1:20; 엡 1:23; 4:4; 갈 6:17; 히 10:10; 마 6:25; 10:28; 고전 6:15, 19). 따라서 인간 몸의 역할이 정말 중요하다는 것을 깨닫게 한다. 그러기에 사람은 각자의 몸을 건강하게 유지 관리할 책임과 의무가 있다. 기능하는 가시적 몸은 비가시적인 더 중요한 영역과 함께 기능하므로 결코 따로 분리될 수 없는 중요한 역할을 하는 전인의 한 영역이다. 따라서 근대 의학은 몸의 기능을 잘 유지하도록 예방하고, 치료하고, 정상적으로 기능하는 몸으로 회복하도록 돕는 일을 하고 있다. 이 몸이 정상적으로 기능하지 못하고 이상이 발생할 때 이것을 몸의 병 또는 육체적 질병(somatic disease)라 말한다.

---

2 전재규, 『통전적 치유와 건강』, 20.

(2) 영(spirit)과 혼(soul)

성경 원문과 영어에는 영(πνευμα, spirit)과 혼(φυχη, soul)이 별개의 단어로 나타나 있으며, 복합명사인 영혼(spirit-soul)으로 기록된 곳은 한 곳도 없다. 그러나 한글 성경에는 영과 혼을 한 단어인 복합명사로 사용하고 있다. 그래서 신학에서도 인간의 구조를 이분설과 삼분설로 설명하면서 혼란만 가중시켰으며, 성경을 읽는 자들에게 영과 혼의 존재와 역할에 대해 혼란을 가지게 했다. 따라서 인간 몸의 구조를 분석하고 의학적으로 다루는 의사들은 몸과 영과 혼이 구분되지 않은 것으로 인하여 건강에 대하여 설명하는 데 많은 어려움을 느낀다. 성경에서 영과 혼을 혼용하여 동의적 의미로 사용하는 듯한 곳은 발견되나, 성경 전체의 기록에 근거할 때 영과 혼을 분리하여 설명하는 것이 더 타당하다. 바울은 인간의 영과 혼과 몸이 그리스도께서 강림하실 때까지 보존되기를 원한다(살전 5:23)는 설명에서 몸과 영과 혼의 실체와 기능과 역할이 다름을 암시적으로 보여주었다.

먼저 '혼'(φυχη, soul)은 인간의 욕망, 느낌, 열정, 정서 등이 존재하는 자리로 인간의 인격을 형성해가는 일을 한다. 사람이 몸과 영과 혼으로 구성되었다고 볼 때 이 셋이 합한 삼위일체적 구조로 설명할 수 있다. 하나님의 본질이 영(the Spirit)이시지만 그가 육체를 입고 오셨을 때 '육신을 입은 영'(incarnated Spirit)으로 표현한다. 하나님의 영이 인간 속에 주입되어 원천적인 영원한 생명의 능력으로 작용할 때 혼적인 특성이 함께 몸 안에서 기능하는 것이다.[3] 영과 혼이 연합하여 몸 안에 기능하는(functioning in the body) 것이다. 특별히 혼은 인간의 지(知), 정(情), 의(意)를 조정하는 일을 하며, 사람의 사고와 정신 영역을 다루어 인격을 성숙시키는 역할을 한다. 이처럼 혼은 생명의 근원인 영과 함께 지(知), 정(情), 의(意)가 바르게 기능하도록 협력한다. 인간은 창조 때부터 하나님의 생기(the Spirit)를 받은 생령(a living soul)이다. 따라서 인간

---

3 창세기 2:7은 하나님께서 그의 '영'인 '루아흐'를 불어넣으시니 '네페쉬 하야', 즉 생령이 되었다고 기록하고 있다.

은 살아있는 생령, 즉 산 인간(a living soul)이라 함은 하나님의 영을 받아 몸과 혼과 기능적으로 협력하여 하나님의 창조와 능력과 생명력과 위대하심과 영광을 드러내게 하신다. 그래서 인간이 천하보다 더 귀한 존재가 된 것이다.

인간은 창조 시에 하나님의 영의 주입(불어넣으신다)을 받는다. 물론 하나님의 본질인 영(루아흐, πνευμα, spirit)도 성경에 다양한 의미로 나타나고 해석되고 있다. '영'은 하나님의 불가견적 본질이다(요 4:24). 성경에는 이 '영'을 '영'(Spirit), 성령(Holy Spirit) 그리고 성신(Holy Ghost)으로 표현하기도 한다. 구약에서 '영'이란 단어가 378회 사용되었다. 이 영의 의미가 때로는 '입김', '숨', '생명의 호흡', '바람', '생기', '생명력'으로 표현되고 있다. 인간을 무(흙)에서 기능하는 존재로 만드실 때 주시는 생명의 창조적이며, 원천적인 생명력을 지칭한다고 볼 수 있다. 따라서 '하나님의 영'(πνευμα, spirit)은 몸을 가진 인간을 살게 하고, 거듭나게 하고, 말씀으로 변화시켜 새롭게 만들고, 하나님을 닮아가도록 하는 근원적 생명의 원천이다. 하나님의 영이 없으면, 혼적인 기능도 할 수 없으며, 생기가 없는 단순한 육(flesh)이 되어버린다. 하나님의 영이 인간에게 들어와 혼과 영이 협력하여 기능하여 창조주를 신앙하고, 그분의 명령과 법도를 따르며, 하나님의 신적 인격(신격)을 닮아가는 온전한 피조물로 성장하게 된다.

이렇게 영과 혼의 기능을 따라 활동하는 인간이 하나님에 의해 부여된 자유의지를 창조주의 요구나 말씀에 따라 순응하기도 하지만 거역할 수도 있는 자아의식적 주체가 되었다. 이렇게 영과 혼의 기능이 연합되어 인간의 지·정·의를 통제하거나 순응하는 자유의지를 가진 것이다. 따라서 인간의 영과 혼의 기능이 인간의 육적인 욕망이나 요구만 따른다면 육적인 존재가 되고, 영과 혼의 기능이 창조주의 정하신 뜻에 따라 명령과 말씀에 순응하면 영적 존재가 된다. 이에 따라 영육의 존재가 달리 기능하게 된다. 바울은 육체를 가진 존재들 가운데서도 혼적 감각을 가진 존재들이 있는가 하면, 지·정·의의 기능을 가진 영적인 존재가 있다는 것을 말한다(고전 15:39).

그래서 베드로는 "너희 영혼을 깨끗하게 하여"(벧전 1:22)라고 했다. 여기

"너희 영혼"은 '너희 혼들'(your souls)로 기록되었다. 따라서 혼은 영과 동일시되기도 하고, 몸과 동일시되기도 한다. 누가복음 1:46-47에서 "내 영혼이 주를 찬양하며 내 마음이 하나님 내 구주를 기뻐하였음은"이라는 말씀에서 "내 혼"(φυχη μου)을 "내 영혼"으로 번역했으며, "내 영"(πνευμα μου)을 "내 마음"으로 번역했다. 좀더 분명한 의미를 전달하는 번역이 필요한 부분이다. 찬양과 기뻐함의 주체가 모두 내 영과 내 혼이다. 여기서도 영과 혼의 연합적 기능과 작용에 대한 정보를 얻을 수 있다. 따라서 인간은 육체 안에서 영과 혼이 각자의 기능을 가지고 연합적으로 활동하므로 인간의 몸을 하나님의 영이 임재하는 곳, 성령의 처소요, 거룩한 전(殿)이라고 할 수 있다. 이 전과 성령이 거하시는 거룩한 처소는 하나님의 말씀과 성령의 지시를 따라야 한다.[4]

3) 인간의 전인적 기능과 건강

먼저 인간의 전인적 구조를 삼위일체적인 구조로 설명하면 이해가 쉬울 것이다. 성부, 성자, 성령 성삼위 하나님이 삼위일체(三位一體) 존재인 것처럼 인간은 몸과 영과 혼으로 창조된 존재로서 삼위일체적 기능을 갖고 있다. 물질적 요소로 구성된 몸(σωμα, body)은 생명력을 가진 다른 유기체들과 연합하여 특수한 기능으로 개체를 유지한다. 몸의 각 기관이 이상적으로 성장하여 균형을 유지해갈 때 이를 육체적 건강(physical health, somatic health)이라 말할 수 있다. 그러나 몸에 기능적인 이상이 있을 때 육체적 질병이라 하고 이를 치료하는 것은 '소마틱 테라피'(somatictherapy) 혹은 '메디컬 케어'(medical care)라 한다. '혼'(φυχη, soul)은 비가시적 존재로서 지·정·의를 통제하거나 주관하며 인격을 형성해가도록 협력하는 기능을 한다.

성경에는 혼(soul)과 정신 혹은 마음(mind)과 마음(heart) 등의 용어를 혼용하여 사용한다. 혼이 동물적이고 물질적인 몸 혹은 육신의 요구나 욕구만 의존하거나 따르면 육의 몸(physical body)이 되고, 혼이 생명, 영원, 창조적 가

---

4 전재규, 『통전적 치유와 건강』, 23-25.

치의 원천인 영의 요구와 명령을 의지하거나 따르면 영의 몸(spiritual body)이 된다. 의학적 관점에서 정신(psyche) 혹은 마음(mental)이 건전할 때 이를 정신적 건강(mental health)이라 한다. 그러나 정신(psyche) 혹은 마음(mental)에 이상이 발생할 때 이를 정신질병(psychopathy)이라 말하고 이를 치료하는 것을 정신치료(psychotherapy)라 한다.

영은 성소에 비유할 때 지성소와 같아서 하나님의 영적 존재의 본성과 생명력과 창조력을 가진 하나님의 영이 인간의 몸속에 유입되어 몸의 기능과 혼의 비가시적 기능을 조정하며, 상호 협력하여 온전한 육체를 가진 인격자로 성장하게 한다. 따라서 하나님의 영이 부여된 모든 인간은 신적 존재를 기억하고, 섬김의 대상자를 찾고, 경외하거나 예배하려 한다. 하나님의 영과 인간에게 부여된 영은 하나님과 교감하고 교제한다. 혼이 생명과 창조적 기능을 실행하는 영의 가르침과 명령을 믿고 따르면 신적 존재에 관한 이해뿐만 아니라 신적 존재인 하나님과도 영적으로 교제하게 된다. 이로써 영적으로 신앙이 성장하는 것이다. 신앙도 지·정·의의 인격성 안에서 성장하므로 이를 신앙의 성장이라 할 수 있다.

신앙의 인격적 성장이 잘 이루어지고 진행될 때 이를 영적 건강(spiritual health)라 할 수 있다. 그러나 인간의 지·정·의가 비인격적이거나 육체적 욕심에만 이끌려갈 때 이를 영적으로 병들었다고 말할 수 있다. 이 영적 질병(spiritopathy)을 치료하는 것을 영적 치료(spiritotherapy) 혹은 영적 돌봄(spiritual care)이라 할 수 있다. 이 세 영역이 균형을 이루어 창조자가 보실 때 가장 이상적인 기능을 할 때 이를 전인적 건강(holistic health)이라 할 수 있다. 인간이 전인적 건강을 유지할 수 있는 비결은 인간 몸과 영과 혼의 창조자이신 하나님을 믿고 그분의 가르침을 따를 때 가능하다. 이것을 떠나서는 전인적 건강을 유지할 수 없다. 따라서 인간이 전인적 건강을 유지하기 위해서는 하나님의 두 가지 대전제의 법칙을 따라야 한다.

마태복음 2:37-40은 이렇게 기록하고 있다. "네 마음을 다하고(with all

your heart) 목숨을 다하고(with all your soul) 뜻을 다하여(with all your mind)을 다하여 주 너의 하나님을 사랑하라." 이것이 크고 첫째 되는 계명이다. 둘째는 "네 이웃을 네 몸과 같이 사랑하라" 이 두 계명이 온 율법과 선지자의 뜻을 이루는 것이라고 명령하셨다. 첫 번째 법칙은 하나님과 바른 관계의 정립이고, 둘째는 이웃과 바른 관계의 정립을 명령하신 것이다. 위로 하나님을 사랑하고 아래로는 이웃을 사랑하며 교제하는 두 가지 큰 계명을 실천하도록 명한 곳이 교회라 할 수 있다. 그러므로 그리스도인은 교회 공동체 안에서뿐만 아니라 사회 공동체 안에서도 이웃과 좋은 교제를 실천해야 한다. 결론적으로 인간의 전인적 건강이란 몸과 영과 혼으로 구성된 전인적 실존이 창조된 원래의 상태로 회복되어 하나님과 이웃과 바른 관계 속에서 살아가는 건강하고 쾌적한 상태라 할 수 있다.

4) 전인치유의 성경적 근거와 용어들

(1) 전인치유의 성경적 근거

성경적 관점에서 인간의 전인적 건강 문제를 다루는 일에 전인치유라는 표현의 사용이 적절하다. 구조적 측면에서 인간은 몸과 영과 혼이라는 각기 다른 기능을 가지고 연합적으로 작용하고 있다. 따라서 인간이 창조된 원래의 상태로 회복되어 창조주와의 관계뿐만 아니라 대사회적 관계에서 건전하고 건강하게 제 기능을 발휘할 때 전인적 건강이라 할 수 있다. 성경적 치유의 특징은 일반적으로 의학적 치료와는 현저히 다르다. 성경에 따르면 치유자는 인간의 생명을 창조하고 주관하는 하나님이시며, 그 치유 사역을 실제로 실행하신 분은 예수 그리스도이시다. 예수님은 인간의 구원 사역과 함께 치유 사역의 실행자이심을 세상에 알리셨고, 그의 제자들과 그를 믿는 자들을 통하여 영적이고 육체적인 치유 사역을 지속적으로 실천하게 하신다.

성경은 하나님이 치유자이심을 알리고 있다. 하나님은 친히 "나는 너희를 치료하는 여호와임이라"(출 15:26)고 하셨다. 히스기야 왕이 병들었을 때 사람이

사는 것이 여호와의 말씀에 있다는 것을 깨닫고 그는 "내 심령의 생명도 온전히 거기에 있사오니 원하건대 나를 치료하시며 나를 살려주옵소서"라고 기도했다(사 38:16). 구약성경 여러 곳에서 하나님이 치유자라는 사실을 기록하고 있다. 예수께서도 그의 공생애 사역을 시작하시면서 가르치시고 복음을 전파하시며, 모든 병과 모든 약한 것을 고치시더라고 했다(마 9:35; 막 6:12-13).

예수님의 제자들에게 위임된 사역들 가운데서도 치유 사역을 지속하게 하셨다. 예수님은 "그의 열두 제자를 부르사 더러운 귀신을 쫓아내며 모든 병과 모든 약한 것을 고치는 권능을 주시니라"(마 10:1)고 하셨다. 따라서 사도들의 손길을 통해 "예루살렘 부근의 수많은 사람들도 모여 병든 사람과 더러운 귀신에게 괴로움을 받는 사람을 데리고 와서 다 나음을 얻으니라"고 기록했다. 비록 예수님의 제자들을 통해 치유 사역을 행하게 하셨지만, 치유 사역은 하나님께만 속한 것이고, 사람은 성령의 능력을 힘입어 예수 그리스도가 하나님의 아들이심과 구원자이심을 세상에 드러내는 하나님의 신적 치유의 한 방편으로 사용하신 것이다. 따라서 성경적 치유는 성삼위 하나님께 속한 영역이다. 사람은 하나님께서 주신 지혜와 신적 능력을 힘입어 몸과 정신과 영혼이 병들거나 온전하지 못한 자들을 치료하고 돌보는 일만 할 뿐이다. 따라서 인간은 모든 의학적 기술과 방법을 동원하여 치료(treatment)하지만, 하나님은 완전하게 생명과 구원으로 치유(healing)하신다.

첫째, 성경적 치유는 근원적 치유로부터 시작한다.

예수께서 인간을 구원하시는 한 방편으로 병자들을 고치실 때 병자의 근본 문제를 언급하신 후에 질병 문제를 다루셨다. 인간에게서 근본적으로 해결해야 할 죄와 믿음에 관한 문제를 먼저 지적하셨다. 예수님은 "네 믿음이 너를 구원하였다"(마 9:22), "예수께서 그들의 믿음을 보시고 중풍병자에게 이르시되 작은 자야 안심하라 네 죄사함을 받았느니라"(마 9:2), "딸아 네 믿음이 너를 구원하였으니 평안히 가라 네 병에서 놓여 건강할지어다"(막 5:34), "두려워하지 말고 믿기만 하라"(막 5:36), "다시는 죄를 범하지 말라"(요 5:14) 등의 말씀을 먼저 언급하셨다. 성경은 예수님만이 유일한 구원자이심을 분명히 밝혔다. "아들을 낳으리니 이름을 예수라 하라 그가 자기 백성을 그들의 죄에서 구원할 자이심이라"(마 1:21)고 하셨으며, "천하 사람 중에 구원을 받을 만한 다른 이름을 우리에게 주신 일이 없음이라"(행 4:12)고 하셨다. 마태는 예수님에 관하여 "인자가 세상에서 죄를 사하는 권능이 있는 줄을 너희로 알게 하려 하노라"(마 9:6)고 기록했다. 오직 예수 그리스도만이 인간의 구원자이시다. 그러므로 예수님은 육체의 질병을 치유하시기 전에 인간의 근본 문제인 죄의 문제와 그로 인한 죽음의 문제를 해결하신 후에 질병의 치유 문제를 다루셨다.

둘째, 성경적 치유는 영원한 치유로 이어진다.

하나님의 치유 사역은 인간의 타락 이후로 오늘까지 계속되고 있다. 그리스도와 함께 시작될 새 하늘과 새 땅의 영원한 삶이 오기 전까지 이 땅에는 사람들은 태어나서 먹고 마시며, 일하고, 장가들고, 시집가고, 늙고, 병들어 죽음에 이르게 되는 삶이 반복될 것이다(마 24:38). 인간이 이 세상에 존재하는 한 하나님의 치유 사역은 계속될 것이다. 말라기 선지자는 하나님을 경외하는 자들에게 이루어질 일을 이렇게 기록했다. "내 이름을 경외하는 너희에게는 공의로운 해가 떠올라서 치료하는 광선을 비추리니"(말 4:2) 하나님께서 창조하여 대기권에 떠 있는 태양은 인생과 만물을 치료하는 광선이다. 태양의 광선이 없거나 비추지 않는다면 생물은 존재할 수 없게 된다. 따라서 그 태양은 오늘도 치유의 광선을 발하며 생명의 역사를 계속 이어간다.

이런 현상이 계속되는 하나님의 치유 사역이다. 태양의 존재로 인하여 지구상의 생명체는 계속 유지되고 계속 회복되며, 재생된다. 이런 하나님의 섭리와 통치 때문에 인간은 건강을 유지하며, 모든 생물도 건전하게 생존한다. 따라서 하나님의 전인적 치유 안에 있는 자들은 그들의 삶이 영생으로 이어진다. 그리스도를 믿고 그의 통치를 받는 자들은 죽어도 살겠고, 영원히 죽지 아니한다

(요 11:25-27). 이 땅 위에서의 치유 사역은 미완성이나 부활의 세상에서는 모든 것이 회복되고 완성된다. 이것이 성경이 말하는 영원한 천국이다. 천국은 성경적 치유 사역이 완성되는 곳이다.

셋째, 성경적 치유는 전인치유이다.

하나님의 치유 사역은 의사의 질병 치료처럼 한 부분만 치료하는 것이 아니라 인간의 실존 전체를 향한 통전적 치유이다. 하나님의 통전적 치유란 의학에서처럼 단편적으로 기능하지 못하거나 상처 난 부분만을 다루지 않고 육체적 질병뿐만 아니라 몸과 영과 혼의 신비로운 연합으로 창조된 인간의 전 영역을 다루신다. 인간은 자신은 물론 자신과 관계된 모든 자와 더불어 살아가도록 창조된 사회적 존재이다. 따라서 성경적 치유는 육체와 혼과 영을 가진 존재로서 사회 영역에서 더불어 균형을 이루며 사회를 발전시켜 가는 일에 기여하는 사회적 존재로 성장할 때 건강한 삶, 건전한 삶이라 할 수 있다. 예수님의 사역도 영적 타락에서 구원, 정신적 혼돈에서의 회복, 육체적 질병에서의 회복에 대한 통전적 사역에 초점을 두었다. 그래서 가르치시고, 복음을 전파하시고, 병자들을 치유하셨다. 이것이 인간을 통전적으로 다루시려는 예수님의 치유 방법이었다. 그러므로 예수님의 사역은 인간이 타락한 실체임을 알고 영적, 정신적, 육체적 회복의 주인이 그리스도임을 믿을 때 영혼의 구원과 함께 육신의 치유도 병행되는 전인적 치유 사역이었다.

2) 전인치유를 위해 사용하신 의학적 용어의 표현들

하나님은 인간의 전인적 치유 사역을 위해 어떤 의학적 용어들을 사용하셨는가? 이에 대한 이해는 하나님의 치유 사역을 이해하는 데 큰 도움을 준다.

첫째, 고치다(heal).

'고치다'는 용어는 예수님의 치유 사역에 대하여 기록한 신약성경 안에서 가장 많이 사용되었다(마 4:23-24; 8:16; 9:35; 10:1; 막 1:34; 눅 6:7; 행 28:9). 물론 구약에서도 이 용어는 사용되었다(왕하 5:3, 6, 7, 11; 대하 21:18; 미가 1:9). 한글에서는 '고치다'는 용어가 '개조하다', '바꾸다', '원상태로 되돌리다'는 뜻으로 사용된다. 이 '고치다'는 용어는 히브리어 '라파'(rapha), 헬라어 '테라퓨오'(therapeuo) 그리고 '이아오마이'(iaomai)의 의미를 담고 있으며, 영어에서는 대부분 '힐링'(healing or heal), 즉 치유로 번역했다.

둘째, 낫다(heal).

'낫다'는 용어는 '고치다'라는 용어보다는 적게 사용되었으나 이것 역시 의료행위에 사용되는 용어이며, 신약에서 흔히 발견할 수 있는 용어이다(요 5:6, 9; 행 28:8; 약 5:16). 이 '낫다'는 말은 질병이나 환자의 상태가 좋아진다는 뜻이다. 몸이 병들었을 때 '낫다' 또는 '나았다'는 말은 병이 물러가고 건강이 회복되었다는 뜻이다. 영어에서는 이 단어를 대부분 '치유하다'(heal)는 용어로 번역했고, 가끔 '좋아지다' 또는 '회복되다'(get well)는 용어로도 번역했다.

셋째, 치료하다(treat).

'치료하다'는 용어는 의료행위 가운데 흔히 사용되는 용어이다. 의사의 주된 일이 환자를 치료하는 일이다. 성경은 치료의 원천자가 여호와임을 밝힌다. "나는 너희를 치료하는 여호와임이라"(출 15:26)고 했다. 이사야도 "네 빛이 새벽 같이 비칠 것이며 네 치유가 급속할 것이며"(사 58:8)라고 했으며, "원하건대 나를 치료하시며 나를 살려주옵소서"(사 38:16)라고 했고, 예레미야도 "내가 너를 치료하여 네 상처를 낫게 하리라" 했으며(렘 30:17), "그곳에는 의사가 있지 아니한가 딸 내 백성이 치료를 받지 못함은 어찌됨인고"(렘 8:22)라고 했다.

이렇게 성경에서 '치료'(treatment)라고 설명된 단어는 성경에서는 '치유'(healing)로 번역되었다. 일반적으로는 '치료'와 '치유'라는 말이 같은 뜻으로 사용되고 있으나 근원적으로는 다른 의미를 갖고 있다.

넷째, 돌보다(care).

'돌보다'(care)란 용어는 의료계에서 가장 흔히 쓰이는 용어 중 하나이다. 이는 환자가 치료를 받기 전이나 받은 후에 환자를 돌보는 상태를 나타내는 표현이다. 환자 스스로 할 수 없는 의학적 돌봄을 병원에서 의료인인 의사나 간호사가 환자를 집중적으로 돌보는 행위이다. 따라서 병원에서는 환자를 돌보는 전문성과 분야에 따라 돌봄이라는 말을 달리 사용한다.[5] 그 외에도 자유롭게 분야에 따라 '돌봄'(care)이란 단어를 붙여 사용할 수 있다. 실제로 의료인의 주된 임무는 환자를 위해 돌봄의 일을 하는 것이다. 이 돌봄에는 약물적이고 기계적인 돌봄뿐만 아니라 간호사의 마음의 애정과 헌신적인 자세가 묻어있다. 돌봄은 육체적 돌봄뿐만 아니라 심적이나 영적인 돌봄도 포함되어 있다. 그러므로 돌봄은 의학적인 영역에서뿐만 아니라 환자를 위한 친절, 성실, 대화, 신뢰를 포함하고 있다.

다섯째, 치유하다(healing).

의학적으로는 '치료'와 '치유'를 동일한 의미로 설명할지 몰라도 어원적 의미로는 한계를 달리하는 표현이다. 치료는 사람이 하지만 치유는 인생의 창조자 하나님께서 하시는 영역이다. 인간을 창조하신 하나님께서 인격과 정신과 육체와 영혼을 총체적으로 다루시는 하나님의 전능한 행위를 말한다. 인간의 육체는 흙으로 빚어진 후에 여호와의 생기를 불어넣어 생령이 되게 했다. 따라서 인간의 육체 속에는 생명력이 들어있다. 세포 및 혈관 자체가 생명력을 갖고 있다. 치유는 하나님의 간섭과 개입으로 세포와 혈관에 가지는 생명력을 재생하고, 향상하는 과정을 말하고, 오직 창조주께서 주관적으로 다루시는 행위이다.

의료계에서 환자를 다루는 의료진들은 '우리가 잘 치료하겠습니다'라고 말할 수는 있어도, '우리가 잘 치유하겠습니다'라고는 말할 수 없다. 인간은 생명을 주

---

5 간호의 돌봄을 'Nursing Care', 호스피스 돌봄을 'Hospice Care', 목회적 돌봄을 'Pastoral Care', 영적 돌봄을 'Spiritual Care', 중환자 돌봄을 'Intensive Care Unit'로 표현한다.

관하지 못하며, 완전히 육체, 정신, 영적으로 회복하게 하는 행위를 할 수 없기 때문이다. 완전한 회복은 하나님만이 하실 수 있다. 하나님만이 치유하신다. 따라서 하나님은 '나는 너희의 치유자'(I am your healer)라고 하셨고, '내가 너를 치유하였다'(I healed you)라고 말씀하신 것이다. 우리가 치유라는 말을 사용할 때 '상처가 나았다' 혹은 '상처가 회복되었다'로 표현하는 것이 자연스럽다.

예수 그리스도의 치유 사역은 모든 경우에 '낫게'(healed) 했다. 그러나 환자 편에서는 '낫게 되었다', 즉 '치유를 받았다' 또는 '치유되었다'로 표현해야 한다. 예수 그리스도는 본성으로 하나님이시며, 생명의 창조자이시고, 만물을 치유하는 능력을 가진 전능자이시다. 하나님께서는 '치유'(healing)하시고, 의사는 '치료'와 '돌봄'을 통해 상처를 입은 생명체 세포의 기능이 회복되도록 돕는다. 따라서 그리스도인은 '치료'와 '치유'를 엄격하게 분리하여 사용함이 올바르다고 본다. 이렇게 하는 것이 생명을 주관하시는 하나님의 권위를 인정하는 것이 된다.

5) 성경에 나타난 치유 사역의 실례와 신앙의 치유

인간은 건강하고 행복하게 살 수 있는 전인적 존재로 창조되었다. 그러나 인간이 하나님의 말씀에 불순종하여 타락한 이후 인간은 에덴에서 쫓겨나고, 땅은 저주를 받아 가시와 엉겅퀴를 내고, 땅의 모든 소산은 생물을 해치는 발암물질을 포함하게 되었다. 창조된 인체는 면역체가 조성되어 외부로부터 침입하는 병균과 암세포를 방어하는 기전이 작동하고 있기에 몸은 나름대로 건강한 기능을 유지할 수 있다. 그러나 방어기전이 약화될 때나 다양한 병인에 노출될 때 질병에 걸리며, 암세포가 발육하여 성장하게 된다.[6]

현대의학도 암을 예방하고 치료할 수 있는 수준으로 발달했다. 그럼에도 사람은 암의 진단을 받으면 사망에 이르는 것으로 인식하고 당황하며 절망한다. 일부는 암이 불치의 병이라는 생각으로 의학의 진료를 거부하고 신적 능력에

---

6 전재규, 이명복,『전인치유, 현대과학 그리고 성경』(서울: 이레서원, 2015), 139.

만(신유) 의존하는 경향이 있다. 이러한 생각과 결정 때문에 의학적 치료를 무시하다가 암세포가 전이되어 치료할 기회를 놓치는 경우도 종종 있다. 이 장에서는 하나님의 전인치유의 관점에서 치유 사역의 실례를 살펴보고 치유에 관하여 어떤 태도를 가지는 것이 바람직한가를 다루기로 한다.

(1) 구약에서의 전인치유적 근거

성경에서 하나님이 인간을 다루시고, 인간 세상에 드러내신 가르침과 사건들 속에 의학적 근거를 제공하는 내용이 기록되어 있다.

첫째, 마취(anesthesis)와 수술(surgery)의 창시적 기록이다.

창세기 2:21은 "여호와 하나님이 아담을 깊이 잠들게 하시니 잠들매 그가 갈빗대 하나를 취하고 살로 대신 채우시고"라고 기록했다. 전재규 장로는 "이 기록은 하나님이 인간에게 행하신 최초의 의료시술이었으며, 마취와 수술의 창시자가 된 것을 나타낸다"고 했다.[7] 이 사건에는 하나님의 합리적인 계획과 방법에 따른 마취와 수술이 시술되었다. 인간은 신경계를 통하여 지각과 통각의 기능이 있을 때만 자신의 생체를 보존할 수 있다.

그러나 하나님은 필요치 않은 통증으로 괴로움을 당하지 않도록 아담의 갈빗대를 취하실 때 그를 먼저 깊이 잠들게 하셨다. 이곳에 기록된 '깊은 잠'은 밤에 수면을 취하는 생리적 현상이 아니고 제삼자에 의해 조정된 잠을 의미한다. 따라서 조정자가 깨우지 않으면 언제까지나 깨어날 수 없는 잠이다. 하나님께서는 아담이 고통을 당하지 않게 하려고 생리적 수면이 아닌 의학적인 다른 방법으로 깊이 잠들게 하셨다. 바로 성경이 말하는 '깊은 잠'은 근대 의학에서 행하고 있는 마취과학의 기본적 개념과 일치되는 것이다.

---

7 Ibid., 150.

둘째, 예방의학(preventive medicine)의 창시적 기록이다.
출애굽기 15:26은 이렇게 증거한다.

너희가 너희 하나님 나 여호와의 말을 들어 순종하고 내가 보기에 의를 행하며 내 계명에 귀를 기울이며 내 모든 규례를 지키면 내가 애굽 사람에게 내린 모든 질병 중 하나도 너희에게 내리지 아니하리니 나는 너희를 치료하는 여호와임이라

이 구절에서 여호와는 질병을 예방하고 치료하는 분임을 밝혔다. 치료의 직접적인 방법을 말씀하신 것이 아니지만 예방의학적 기초를 제공한다. 율법에서 예방의학적 근거는 식이요법, 위생, 격리, 할례, 청결, 등 많은 규례가 기록되어 있다. 이러한 규례들은 예방의학에 중점을 두는 근대 의학과 일치되는 개념이다. 물론 육체가 질병에 노출되거나 오염되고, 정신이 충격을 통해 약화되었을 때 치료받고, 치유받아야 하지만 성경의 가르침대로 예방적인 규례를 따라 실천할 때 전인적 건강을 유지할 수 있다. 인간의 육체는 질병을 방어하는 예방 기능을 갖고 있기 때문에 예방의학적인 지침을 잘 지켜 행하기만 해도 건강을 잘 유지할 수 있다. 그리스도인은 이 예방적 지침들이 전인적으로 건강하게 살도록 가르치는 치유의 은혜임을 알고 감사해야 한다. 병들지 않고 건강한 육체로 생활하고 활동하는 것이 큰 축복임을 깨달아야 한다.

셋째, 방사선 요법(radiation therapy)의 창시적 기록이다.
말라기 4:2에는 이렇게 기록되어 있다.

내 이름을 경외하는 너희에게는 공의로운 해가 떠 올라서 치료하는 광선을 비추리니 너희가 나가서 외양간에서 나온 송아지같이 뛰리라

하나님은 빛이시고, 빛을 창조하신 분이시며, 인생과 만물을 위해 빛을 비추

시는 분이시다. 이 구절에서 '치료하는 광선을 비추신다'는 것은 치유적 방법을 제시하신 것으로 볼 수 있다. 현대 의학에서 치료의 광선은 많은 환자에게 꼭 필요한 치료의 한 수단이다. 치료의 광선을 받아 회복의 은혜를 받게 된다면, 건강하게 성장하는 송아지처럼 활발하게 움직이는 삶을 살 수 있다는 것이다. 하나님은 창조의 빛보다 더 밝은 빛이시다(요 1:8-9; 계 21:22-23). 그는 영원한 의의 태양이시기에 인간과 생명체를 향하여 치료하는 광선을 발하신다.

태양의 광선은 생명체와 직결되어 있어서 이 광선이 중단되면 지구의 모든 생명체는 존재할 수 없게 된다. 마찬가지로 의의 태양이신 하나님께서 치료하는 광선을 비추심으로 인생에 치유의 능력과 새 생명을 제공하시는 것이다. '치료하는 광선'(healing light)이란 표현은 선행하는 과학적 표현이다. 태양광선 중에는 자외선(ultraviolet rays)은 파장이 350nm 이하인 광선인데 물질대사의 촉진작용과 살균작용을 할 수 있어서 병을 치료하는 데 많이 사용된다. 그 외에도 적외선, X선, 감마선, 방사선, 라듐 및 코발트 등 많은 종류의 광선을 이용하는 광선 치료법이 현대 의학의 필수적인 의료행위의 수단이다. 태양은 항상 치유의 빛을 비추며 인생의 질병을 예방하고 치료하지만, 이 치료방법을 회피하는 자들은 각종 질병에 노출되어 건강을 잃을 확률이 높다.

넷째, 감역격리의학(isolation medicine)의 창시적 기록이다.
레위기 13:45-46은 이렇게 기록하고 있다.

나병 환자는 옷을 찢고 머리를 풀며 윗입술을 가리고 외치기를 부정하다 부정하다 할 것이요 병 있는 날 동안은 늘 부정할 것이라 그가 부정한즉 혼자 살되 진영 밖에 살지니라

전재규 장로는 본문의 기록은 나병에 대한 위생법 중 최초의 전형으로 간주할 수 있다고 했다. 전 세계적으로 나병으로 죽은 사람은 수백만 명에 달한다.

한국에서도 곳곳에 나병 환자들을 격리했던 곳들이 역사적인 장소로 남아있다. 중세 사람들에게 직면했던 가장 큰 난제가 나병이었고, 당시 의학적 처방으로는 해결할 수 없었던 무서운 질병이었다. 당시 의사들 가운데 어떤 이는 더운 음식과 마늘과 후추와 병든 돼지고기를 먹기 때문에 나병에 걸린다고 터무니없는 것을 가르쳤고, 예방조치는 전적으로 무익했다.[8] 더욱 중세를 암담하게 했던 것은 흑사병의 확산이었다.

14세기 중엽에 발생한 이 전염병으로 네 사람 중 한 사람꼴로 생명을 잃었고, 전 세계적으로 수억 명이 목숨을 잃었다. 당대의 의사들은 어떤 처방도 내릴 수 없었을 때 교회가 지도적 역할을 담당했다. 교회는 성경의 말씀에 근거하여 감염에 대하여 격리하라는 가르침을 지도 원리로 삼았다. 레위기 13:46에 근거하여 나병의 증상이 의심되거나 나타나면 환자는 철저히 공동체에서 옮겨져 격리되었다. 병자를 감염 격리함으로 증세가 호전되는 원리를 흑사병에도 적용했던 것이다. 성경의 가르침을 따라 감염병자를 격리시켰던 유대인들이나 성경의 예방적 치료 원리를 따랐던 백성들은 큰 재앙을 피해갈 수 있었던 것이다. 하나님의 말씀을 따라 실천한 것이 무서운 질병으로부터 보호받는 큰 은혜를 입게 되었다.

다섯째, 위생의학(sanitation)의 창시적 기록이다.
신명기 23:12-13은 이렇게 기록하고 있다.

네 진영 밖에 변소를 마련하고 그리로 나가되 네 기구에 작은 삽을 더하여 밖에 나가서 대변을 볼 때에 그것으로 땅을 팔 것이요 몸을 돌려 그 배설물을 덮을지니

세상에는 나병이나 흑사병 같은 무서운 질병뿐만 아니라 또 발생한 다른 전염병이 인류를 괴롭혔고, 무수한 사람들이 생명을 잃었다. 콜레라, 이질, 장질부

---

8 Ibid., 153.

사 같은 장성(腸性) 전염병들이 많은 자의 목숨을 앗아갔다. 전재규 장로는 이렇게 말한다.

> 18세기 말엽에 이르기까지 위생에 관한 규정은 전혀 없었으며, 위생 규정이 존재해도 대단히 원시적이었다. 배설물을 포장하지 않고 길거리에 내다 버리는 것이 고작이었고, 고약스런 냄새가 도시마다 진동하였으며 파리들이 오물에서 득실거렸다. 이때에도 모든 의학적 권고가 속수무책이었다. 그들은 하나님의 말씀 속에 장질부사, 이질, 콜레라 등의 전염병을 진압하는 방법이 있음을 깨닫지 못했다.[9]

신명기 23:12에서 가르치는 말씀은 위생에 대한 가장 기초적인 개념이 시초가 된 것이다. 이러한 위생법적 가르침은 민수기 19:11-13에서도 나타난다. 사람의 시체를 만진 자는 이레 동안 부정하게 되고, 그 사람은 즉시 자신을 정결하게 할 것을 가르치고 있다. 물로 자신을 정결하게 할 뿐만 아니라 사람이 거처하는 장막과 만진 그릇들, 다니는 길거리도 물을 뿌리고 옷도 빨도록 가르쳤다(민 19:11-22). 2020년 초부터 발생한 '코로나 19'의 전 세계적 '펜데믹'(pandemic) 상황에서 이러한 가르침은 그대로 적중했다. 이와 같이 사람이 거주하거나 접촉한 모든 것을 물로 정결하게 하여 멸균하도록 가르치는 하나님의 말씀이 위생의학의 원리이다. 따라서 오늘날 감염병자를 치료할 때 방호복이나 산소마스크를 착용하고 환자를 돌보며, 수술실에 들어갈 때는 반드시 옷을 갈아입고 손을 씻은 후 수술에 임하는 것이 전 세계에서 통일된 기본상식이 되었다. 이 근본적 원리들은 성경의 가르침에 근거한 것들이다.

(2) 신약에서 예수님의 치유 사역에 관한 실제적 교훈

공관복음서에는 예수님께서 행하신 많은 치유 사역이 소개되어 있다. 그는

---

9 Ibid., 154-155.

자신을 병든 자에게 필요한 의사로 비유하셨다. 그는 "건강한 자에게는 의사가 쓸데없고 병든 자에게라야 쓸데 있느니라"(마 9:12)고 하셨다. 마태는 "예수께서 모든 도시와 마을에 두루 다니사 그들의 회당에서 가르치시며 천국 복음을 전파하시며 모든 병과 모든 약한 것을 고치시니라"(마 9:35)고 전하고 있다. 예수님의 치유 사역은 복음과 함께 영혼과 육신을 치유하시는 완전하고도 전인적인 치유 방법을 취하셨다. 그는 먼저 인간 본성에 전가된 죄를 사하셨고, 그 사람의 믿음이 자신을 구원한다는 확신을 심어주었고, 인간의 능력의 한계를 뛰어넘는 전능자의 손길로 영혼과 몸을 치유하심으로 자신이 치료자이신 하나님과 동등한 자임을 세상에 드러내셨다.

이러한 치유 사역은 예수만이 하신 전인적 치유 사역이다. 예수님의 치유 행위는 구약에서 말한 예방과 격리와 위생적인 간접 방법 대신 직접적이며, 영구적이고 근원적이며, 동시에 즉각 효력을 얻게 되는 적극적인 치유 방법을 사용하셨다. 바로 이러한 것은 예수님 자신이 치유의 근원이시고, 인류를 죽음에서 구속하시려고 오신 구원자이며, 인간 영육의 문제를 말끔히 해결할 수 있는 유일한 의사이기 때문이다. 예수님의 치유 방법은 그의 전능한 치유의 능력으로 행하신 것으로서 현대 의학이 치료하는 것처럼 구체적으로 시행된 것은 아니다. 그러나 그분의 치유 방법은 시대를 선행하는 완전한 과학이므로 지금은 기적처럼 보이나 미래에는 얼굴과 얼굴로 대하여 보는 것처럼 명백하게 드러날 것이다.

첫째, 12년 동안 혈류증으로 고생한 여인을 치유하신 사건이다.

마가복음 5:25-35에는 혈류증으로 12년 간 고생한 한 여인에 관한 이야기가 기록되어 있다. 그녀는 이 병으로 인하여 괴로움을 받았고, 의원의 치료도 받았고, 가진 것도 다 허비하면서 낫기를 바랐지만, 병세는 점점 악화되었다. 그녀가 가졌던 혈류증은 현대 의학이나 한방 의학에서 말하는 '출혈' 또는 '피의 흐름'이라고 볼 수 있다. 현대 의학적 표현으로는 '자궁암'일 것으로 추측할 수 있다고 했다.[10] 그녀는 자궁암이라는 난치병으로 재산도 탕진하고 몸도 극도로 쇠약해진 상태에서 더 이상 소망을 기대할 수 없는 한계점에 도달했을 때 예수님을 만나게 되었다. 그녀는 예수님의 옷자락에 손만 대어도 자신의 병이 나을 수 있다는 믿음을 가지고 예수님의 옷에 손을 대었다. 바로 그때 예수님께서 자신의 능력이 몸에서 나간 것을 아셨다.

여인이 손을 댐과 동시에 예수님의 능력의 일부가 그녀에게 전달되었음을 말하고 있다. 이것은 예수님이 치유 능력의 실체라는 것을 보여준다. 예수님은 능력의 근원이시다. 그는 인간에게는 없는 특별한 능력을 소유하고 계신다. 그의 능력은 전능한 능력이다. 따라서 현대 의학은 사람이나 기계를 통해 전달되는 에너지를 탐지하려고 노력하고 있다. 현대에 이르러 방사선이나 여러 가지 빛 에너지(laser)를 쏘아 숨어있는 질병의 근원을 찾아내는 노력이 결실을 얻고 있다. 예수님의 능력이 혈류증 여인에게 전달된 것은 예수님만이 가능한 능력의 전달 방법이었다.

둘째, 베데스다 못가의 38년 된 병자를 치유하신 사건이다.

예루살렘 성안으로 들어가는 문 중에 양들이 드나드는 양문(sheep gate)이 있다. 현재 그 문은 스데반 문이라 불리는 곳이다. 이 문 곁에 베데스다(Bethesda)란 못이 있다. '베데스다'란 '자비의 집'(house of mercy)이란 뜻이며, 간헐천으로 때때로 물이 솟아 오르곤 했다.[11] 천사들이 내려와 이 물을 움직이게 할 때 먼저 들어가면 병이 낫는다는 전해 내려오는 미신적인 소문 때문에 많은 병자가 모여들어 물이 움직일 때를 기다리고 있었다. 이 못가에 설치된 현관에는 많은 병자가 모여있었다. 많은 병자 중에 구체적으로 맹인, 다리 저는 사람, 38년 된 병자, 혈기 마른 사람들이 누워 물의 움직임을 기다리고 있었

---

10 Ibid., 157.
11 베데스다 못은 1888년에 헤르 쉬크(Herr Shick)에 의해 발굴되어 지금은 그 위에 기념교회가 세워졌고, 출입문에는 성경 본문이 각국어로 기록되어 있다.

다.[12] 그런데 언급된 병자들을 보면 도저히 자기 힘으로는 못에 들어갈 수 없는 자들이다. 38년 된 병자(one man or a man) 마찬가지였다. 여러 가지 정황으로 볼 때 아마 70세 이상의 노인 환자로 만성 질병에 걸려 기력이 쇠잔한 환자임에는 분명하다. 현대 의사들의 판단으로는 만성 결핵, 만성 신부전, 만성 심부전, 각종 암, 내분비질환 중의 하나로 추측한다.[13]

이 환자는 젊어서 병에 걸려 38년 동안 병으로 고생하다가 이제 죽음을 앞둔 말기 환자인 것이다. 38년에 대한 언급은 그가 병으로 심한 고통을 당하고 있다는 것을 암시적으로 보여준다. 그는 베데스다 못가에 누워있어도 못에 들어갈 수 없었다. 이런 형편에 처한 그에게 예수님이 찾아오셨다. 절망 속에서도 병 낫기를 기다리는 이 사람에게 희망이 찾아온 것이다. 예수님은 그에게 "네가 낫고자 하느냐?"고 물으셨다. 이 물음은 그 병자에게 다른 무엇보다도 가장 필요한 물음이었다. 이 병자는 자기에게 "낫고자 하느냐"고 묻는 자가 예수님이시라는 것을 알지 못했다. 못에 물이 움직일 때 못에 넣어줄 사람으로 생각한 모양이다. 그래서 그 환자는 "나를 못에 넣어주는 자가 없다"고 대답했다. 여기서 당시의 상황이 오늘의 상황과 일치하는 점을 발견할 수 있다. 그것이 주변에 많은 사람이 있었지만, 이 병자는 정작 꼭 필요한 사람이 곁에 없었다는 것이다. 오늘날도 환자의 주변에 가족과 이웃과 의료진과 많은 사람이 드나들고 환자들을 지켜보지만 환자를 불쌍히 여기고, 그의 생명을 귀하게 여기는 진정한 이웃은 많지 않다. 이런 상황에 놓인 자들에게 주님만이 참된 친구이고 이웃이라는 사실을 보여준다.

예수님은 다른 이유를 묻지 않으셨다. 그는 창조주, 구원자, 치유자, 전능자로서 그에게 명령하셨다. "네 자리를 들고 걸어가라"(요 5:8). 생명의 회복을 명령하시고, 완전한 치유를 명하신 것이다. 생명의 회복과 완전한 치유는 오직 주님

---

12 이 기록에서 병자가 많다는 표현은 수적으로 많은 병자 집단, 100여 명의 환자가 머물고 있었던 것으로 추측할 수 있다. 많은 병자에 대하여 영어 성경은 이렇게 번역했다. RSV는 a multitude of invalids, NIV는 a great crowd of disabled, KJV는 a great multitude of impotent folk, TEV는 a large number of sick people, REB는 a great number of sick, Greek English Bible은 a multitude of invalids로 번역했다.
13 전재규, 이명복, 『전인치유, 현대과학 그리고 성경』, 164.

만이 주관하신다. 이 병자에게는 기적 그 자체였다. 상상을 초월하는 역사가 일어난 것이다. 그는 벌떡 일어나 곧 나아서 자리를 들고 걸어갔다. 이것이 주님께서 하시는 기적이고 능력이다. 그는 완전한 치유자이시다. '나았다'는 말은 완전히 '완쾌되었다'(the man was made whole)는 뜻이다. 예수님은 그를 치유하셨고 그 병자는 치유를 받았다. 병이 나았고, 죽을 생명도 회복되었다. 이것은 주님 안에서만 가능하다.

후일에 성전에서 치유받은 병자를 만난 예수님께서 그 사람에게 근본적인 말씀을 전달하셨다. "보라 네가 나았으니 더 심한 것이 생기지 않게 다시는 죄를 범하지 말라"고 하셨다. 여기 "더 심한 것이" 구체적으로 무엇인지 알기는 어렵다. 그러나 인간에게 찾아오는 질병이 범죄로 말미암아 온 것임을 깨닫게 한다. 중요한 것은 예수님은 인간에게 죽음과 질병을 가져오게 하는 근본적인 죄의 문제와 질병을 모두 치유하시는 전인적인 치유자(healer)라는 점이다. 인간의 죄 문제도, 질병의 문제도 완전하게 자유케하시고, 치유하시는 주님이시다. 그러므로 예수 그리스도의 치유는 몸과 영혼을 함께 치유하시는 전인적 치유 사역임을 깨닫게 한다.

셋째, 나병 환자를 치유하신 사건이다.

나병은 구약시대뿐만 아니라 신약시대에도 꾸준히 인류를 괴롭힌 무서운 질병이었다. 나병(leprosy)은 한센씨병(Hansen's disease)이라고도 부른다.[14] 나병은 만성전염병 중의 하나로 나균(mycobacterium leprae)에 의해 발병되고, 개체의 면역반응에 따라 병형(病形)이 다양하게 나타나며, 자연치유가 되기도 하는 일종의 면역성질환이기도 하다.[15] 이 병은 주로 열대지방과 동양에서

---

14 1872년 노르웨이의 젊은 의사 G. A. Hansen이 나병의 병소에서 간균(Bacillus)을 발견하여 마이코박테리움 레프레(mycobacterium leprae)라고 명명하였다. 그 이후 그의 이름을 따서 나병을 한센씨병이라고도 부른다.

15 전재규, 이명복, 『전인치유, 현대과학 그리고 성경』, 171.

많이 발생한다.[16] 세계보건기구의 보고에 따르면 1991년 한 해 동안 새로이 진단 등록된 환자의 수는 약 60만 명이었고, 등록 환자의 총수는 약 3백만 명이나 실제 환자 수는 천만 명이 넘을 것으로 추산하고 있다. 환자는 인구밀도가 높고 경제 상태가 좋지 않은 아시아, 아프리카, 남아메리카에 주로 분포되어 있다. 1991년 통계로 한국에서도 23,326명의 나환자가 등록 관리되고 있었다. 신약에서 예수님의 치유 사역 가운데 나병 환자의 치유 사역이 언급되어 있다. 마태는 이렇게 기록해 놓았다.

맹인이 보며 못 걷는 사람이 걸으며 나병 환자가 깨끗함을 받으며 못 듣는 자가 들으며 죽은 자가 살아나며 가난한 자에게 복음이 전파된다 하라(마 11:5).

예수님께서 그의 사역을 시작하시면서 구약시대에도 나병 환자가 깨끗함을 받았다는 사실을 언급하셨다. 엘리사 시대에 많은 나병 환자가 있었으나 수리아 사람 나아만이 깨끗함을 받은 사실을 말씀하셨다(눅 4:27). 이외에도 예수께서 많은 나병 환자를 치유하신 사건이 기록되어 있다(마 8:2; 10:8; 26:6; 막 1:40; 눅 5:12; 17:12). 이 가운데 한 나병 환자가 치유받은 사건을 살펴보려 한다.

한 나병 환자가 나아와 절하며 이르되 주여 원하시면 저를 깨끗하게 하실 수 있나이다 하거늘 예수께서 손을 내밀어 그에게 대시며 이르시되 내가 원하노니 깨끗함을 받으라 하시니 즉시 그의 나병이 깨끗하여진지라(마 8:2-3; 막 1:40-45; 눅 5:12-16).

본문의 사건은 예수님의 공생애 사역 초기에 일어난 사건 중에 하나이다. 성

16 나병은 인류의 질병 중 가장 오래된 질병의 하나로 확실한 기록은 주전 600년 인도 문헌에서도 볼 수 있고, 주전 500년에 중국으로 전파되어 일본 등지로 미쳤다. 헬라에서는 주전 100년에 그 흔적을 볼 수 있고, 유럽으로 북상하여 13세기에 그 절정에 이르렀으며, 북유럽에는 17세기까지 만연되었다. 우리나라에서는 13세기 말경에 나병 환자가 발생했던 것으로 추정되고 있으며, 조선시대 수양대군인 세조도 나병에 걸렸다고 전해지고 있다.

경을 종합할 때 예수님 앞에 나타난 나병 환자는 온몸에 나병이 퍼진 상태의 한 남자였다(눅 5:12). 외견상으로도 중증 나병 환자가 예수님 앞에 나와 깨끗하게 되기를 간청했다. 당시 나병은 저주의 병으로 알려져 사회로부터 격리되었고, 환자 자신도 부정한 것으로 알아 '부정하다, 부정하다'라고 외치며 사람들의 접근을 경계하던 때였다. 그런 상황에서 이 나병 환자는 동네로 나와 예수님 앞에 가까이 와서 엎드린 것은 생사 결단의 용기가 없으면 불가능하다. 그는 예수님을 '주여'라고 했다. 예수님을 주님으로 부른 것이다. 그리고는 "원하시면 저를 깨끗하게 하실 수 있나이다"고 고백했다. 이때 주님께서 자신의 손을 내밀어 그의 상처에 손을 대시고 '나도 정말 네가 낫기를 원한다'고 하시면서 "깨끗함을 받으라"고 명령하셨다. 이 명령이 주어진 즉시 그의 나병이 깨끗해졌다. 예수님은 나병이 온몸에 퍼진 이 사람을 보고 불쌍히 여기셨다. 이 중증 나병 환자는 즉시 치유되었고, 완전히 깨끗함을 받았다. 예수님의 치유 사역은 몸과 영혼을 낫게 만드는 완전한 전인치유 사역이었다. 예수님은 어떤 환자이든 치유할 수 있는 전능한 치유자이다. 그리스도인은 이 사실을 믿어야 한다.

간략한 요약

우리가 기독교 세계관의 관점에서 다룬 예수 그리스도의 치유 사역은 전인치유 사역이었다는 점을 확신해야 한다. 예수 그리스도는 하나님의 형상을 따라 창조된 몸과 혼과 영혼을 총체적으로 완전하고 완벽하게 치유하시는 치유의 주님이시다. 예수님은 그의 공생애 사역에서 행하셨던 것처럼 그가 원하시면 언제든, 누구를 위해서든 그의 치유 능력을 행하실 수 있다. 왜냐하면, 그는 생명의 창조자이시고 전능자이시며, 치유자이시기 때문이다. 인간의 근본적인 죄의 문제로부터 육신을 괴롭히는 질병까지 모두 전인적으로 치유할 수 있다. 그럼에도 그리스도인은 하나님께서 자연 은총을 통한 치료의 역사도 하게 하신다는 점을 잊어서는 안 된다.

하나님께서 창조하신 인간을 통해 인간의 질병을 예방하고 치료할 수 있는 지혜를 주셨고, 그 지혜로 각종 의료기기, 의약품, 첨단 의료장비들을 통한 조직검사, 수술을 통해 환자의 질병을 치료하고 치료받게 하는 은혜도 주셨다. 주님께서 다 다룰 수 없는 것을 의료진들의 대리적 치료를 통해 건강하게 살아가도록 돕고 있다는 점도 깨달아야 한다. 일부 그리스도인 가운데는 하나님의 치유 능력만 믿고 현대 의학의 일반은총을 통한 치료를 거부하다가 돌이킬 수 없는 상황에 직면하여 세상을 떠나는 자들이 종종 있다. 하나님께서는 인간을 통해 연구하고 발전시킨 의술로도 사람을 치료하게 하는 은혜를 주신다. 이러한 점을 불신하며, 과소평가해서도 안 된다. 모든 것이 하나님의 은혜와 축복 속에 진행되는 것이다. 그러므로 그리스도의 이러한 하나님의 치유 능력과 일반은총의 영역에서 다루는 의료기술을 통해서도 환자를 치료한다는 것을 받아들여야 한다. 그리스도인은 하나님을 믿는 자들로서 건강을 지켜가도록 하나님께서 성경을 통해 말씀하시는 것을 주의 깊게 연구하고 묵상할 필요가 있다.

하나님께서는 인간을 창조하신 후에 말씀하시기를 "내가 온 지면의 씨 맺는 모든 채소와 씨 가진 열매 맺는 모든 나무를 너희에게 주노니 너희의 먹을 거리가 되리라"(창 1:29)고 하셨고, 노아의 홍수 후에는 육식도 허락하셨다. 사람들의 생활에서 어떤 음식을 섭취하느냐에 따라 질병이 발생하기도 한다. 암의 발생도 20-30%는 식생활로 인하여 발생한다는 것이다. 암을 유발하는 요인들을 피하기 위해서는 먼저 짜고 탄 음식을 피해야 하며, 가공 과정에서 첨가하는 방부제, 색소 등이 신체 내에서 발암물질로 작용할 수 있는 육가공품도 피하는 것이 좋다. 둘째로 흡연과 음주를 피해야 한다. 담배에는 니코틴, 타르 등 많은 종류의 발암물질 및 화학물질이 포함되어 있기에 흡연하게 되면 폐암, 위암, 자궁경부암, 후두암 등 다양한 암을 발생시킬 수 있다. 알코올을 섭취할 경우 섭취하지 않은 사람보다 2~3배의 암 발생률이 높다고 한다.[17] 셋째로 운동 부족도 암을 유발하게 만든다. 운동을 규칙적으로 하지 않으면 배변 기능이 불규칙하게 되어 암 유발 인자들을 체내에 오래 머물게 하므로 대장암이 발생할 확률이

---

17 전재규, 이명복, 『전인치유, 현대과학 그리고 성경』, 142~143.

높다. 여성의 경우 지방질을 운동으로 소모하여야 하는데 못할 경우 유방에 영양과 산소 공급을 방해하여 유방암을 발생시킬 수 있다. 이러한 점들을 유의하여 그리스도인은 건강한 몸으로 주님의 이름, 복음, 교회, 백성, 영광을 위해 멋진 생애를 살아가야 한다.

3. 의료윤리 법제화를 위한 공헌

　전재규 장로는 현대 과학에 근거한 의사로서, 또 하나님의 선행 과학에 근거하여 인간의 육체와 생명을 다루는 치유 사역자로서 활동하면서 의료계에서도 의료윤리가 필요하다는 점을 깨닫게 된 것이다. 치유 사역은 인간의 생명을 다루는 사역이다. 인간이 육체 속에서 가진 영적 생명은 오직 하나님의 창조에 의한 것이며, 하나님께서는 그 인간을 천하보다 귀한 존재라고 말씀했으며, 하나님의 형상을 따라 창조된 생명의 존엄성과 귀중성 때문에 인위적으로 살인하지 말 것을 율법을 통해 명령하셨다. 기독교 율법의 근본이 되는 십계명 가운데 제6계명은 "살인하지 말라"(출 20:13)고 했다. 백암은 이 계명은 모든 인간 공동체의 질서와 인간 생명의 존엄성 유지를 위한 하나님의 위대한 선포요, 종족 보존을 위한 윤리의 대전제(大前提)라고 설명했다.

　전재규 장로는 살인과 살생을 구분하여 설명한다. 불교계에서 말하는 살생(殺生)은 모든 생명을 죽이는 개념을 포함하고 있으나 기독교가 말하는 살인(殺人)은 오직 인간에게만 국한시키는 개념이라는 것이다. 왜냐하면, 하나님께서는 인간의 생명과 동물의 생명을 구분하여 다루시기 때문이다. 물론 하나님께서 창조하신 동물의 영역도 보존과 돌봄이 필요하지만 어떤 동물들은 인간이 먹을 수 있도록 허용하셨다. 율법의 제6계명은 인간의 생명과 관련된 모든 영역인 자살, 낙태, 인간 복제, 대리모, 체외수정, 안락사, 호스피스, 존엄사 등을 포함하고 있다. 전재규 장로는 이러한 문제들과 의료과학의 발달로 생명을 다루는 영역에 의료윤리 패러다임이 필요함을 인식하고 의료윤리 법제화의 필요성을 제안했다.

전재규 장로는 생명과학 보건 영역에서 안전과 윤리법 제정의 필요성을 인식하고 2000년 12월 6일에 개최된 "한국보건사회연구원 국립보건원"이 주관하는 공청회에서 논문을 발표했다. 그는 이 논문의 발제에서 빠른 속도로 발전하는 과학이 인간 삶을 급격하게 변화시키고 사회를 바꾸어놓고 있다고 역설하면서 과학기술의 문제와 함께 인간의 권리와 안전과 윤리의 문제를 진지하게 공론화해야 한다는 점을 강하게 주장했다. 그는 강의에서 이렇게 말했다.

> 생명과학의 급격한 발전과 그에 따른 인간생활 및 사회인식의 환란에 가까운 변화의 양상은 오히려 과학적 진보보다는 과학이 가지고 올 수 있는 위험을 더 논의하게 만들었고, 과학이 주는 편리함, 유용성보다는 이에 수반되는 부작용을 감소시킬 수 있는 과학연구윤리와 안정성 확보를 더 강조하는 경향을 가지게 되었다. 생명과학이 더 이상 실험실 내지 연구실이라는 밀실에서 벗어나 새로운 인권논의 즉 인간의 가치와 존엄과 그에 따른 윤리와 의무의 논리가 시급한 과제로(가) 되어야 하는 시점에 달한 것이다.[18]

따라서 전재규 장로는 이러한 문제의 해결을 위한 노력 중의 하나로 인간 생명의 안전과 위험성을 최소화하는 윤리법 제정이 필요하다는 것을 강조했다. 생명과학을 다루는 과학의 인권화, 법제화를 위한 경향을 적대시하지 말고 받아들이는 전향적인 자세를 가져야 하며, 사회구성원의 합의하에 과학기술의 연구자 및 실험자들에게 합리적인 제재를 가함으로써 생명 윤리와 안전의 문제를 사전에 해결한 사회에서 살아가도록 하는 일에 과학자들도 앞장서야 함을 강조했다.

전재규 장로의 이러한 노력의 결과로 보건복지부는 의료윤리의 법제화를 위

---

18 전재규, 『동산에서의 30년』, 대구: TIMEbook, 2003, 233~234.

한 논의를 시작하게 되었고, 사회적 요구에 따라 의료계의 교육을 위해 "한국 의료윤리학회"가 창립되었고(1997년), 1998년에는 학회지의 창간호가 발간되었고, 2001년에 와서 전재규 장로가 학회장으로 활동하고 있을 당시 의과대학의 의료윤리 교육을 위한 교과서 『의료윤리학』(2001.3.5)을 출간하게 되었다. 이처럼 전재규 장로가 한국의 의과대학과 의료계를 위해 헌신한 공로는 높이 평가되어야 할 것이다. 인간의 생명을 하나의 물건처럼 다루고 존엄성과 가치를 모르고 의학을 단순한 상업적이고 돈벌이의 수단으로 활용할 수 있는 위험성을 지적하며, 생명 윤리의 기초를 세우는 일에 공헌한 그의 노력에 아낌없는 박수를 보내야 한다.

제**6**장

전재규 박사의
기독교 역사와
문화 인식

전재규 장로는 일생을 신실한 의료인으로 살아온 인물이다. 계명대학교 부속 동산의료원과 의과대학 교수로 30년 8개월을 재직한 마취통증의학 전공의 명의(名醫)이다. 그가 일생동안 이 분야에 204편 논문과 22권의 단행본을 펴낸 것만으로도 그는 단순한 의사가 아님을 알 수 있다. 그는 '의학의 삼위일체'라는 자신의 의료철학을 일생동안 실천했다. "연구와 교육과 의술을 의학의 삼위일체라 할 수 있다. 의학은 끊임없이 연구되어야 하고, 연구한 결과는 후진들에게 가르쳐 전수되어야 하며, 환자들에게는 정성껏 시술되어야 한다. 동시에 이러한 의학적 실행은 반드시 윤리적 규범 위에서 행해져야 한다. 그러므로 연구와 교육과 의술의 삼위일체가 의도(醫道) 위에서 행해질 때 이를 진정한 의학이라 할 수 있다."[1]

이런 의료철학을 바탕으로 그는 인간의 물리적인 고통뿐만이 아니라 인간의 존재론적 고통의 문제까지 전인적 차원의 의학적 통찰력을 제시했다. 그의 『통전적 치유와 건강』(Holistic Healing and Health, 2000) 서문에는 인간에 대한 전인적 통찰이 잘 드러나 있다. 세계보건기구(WHO)에서도 "건강을 육체적, 정신적, 영적 그리고 사회적으로 쾌적한 상태라 정의하였다. 이제는 건강과 질병을 더 이상 단편적으로 보지 않고 전인적 개념으로 보게 된 것이다. 이것은 '나는 치료하는 하나님이라(I am the healer)'고 하신 하나님의 창조 의학으로 돌아가는 것이며 하나님께서 창조한 사람 원래의 건강 상태로 돌아가는 것이다. 예수 그리스도께서도 의사의 신분으로 이 땅에 오셨고, 그가 행하셨던 주된 사역은 병자들과 약한 자들의 육체를 치유하시고 믿음으로 구원을 받게 하는 전인치유 사역이었다."[2]

그의 통전적 치유 사상은 자연스레 두 가지 측면으로 귀결되었다. 우선 의료적인 면에서 고통 받는 인간의 안녕과 복지에 대한 종합적 사역이다. 그는 동산 호스피스회를 통하여 전인치유 센터를 건립하고, 의과대학에서는 '전인의학'

---

1 전재규, 『동산에서의 30년』, 대구: TIMEbook, 2003, 12.
2 전재규, 『통전적 치유와 건강』, 대구:보문출판사, 2005, 머리말 참조.

216

(Holistic Medicine)을, 간호대학에서는 '목회간호'(Parish Nursing)를, 의료원 원목실에서는 '임상목회교육'(Clinical Pastoral Education) 등의 새로운 분야의 전인치유 사상을 새롭게 열어나갔다. 그러나 통전적 치유 사상은 그의 관심을 의료 영역에만 국한하지 않고 사회문화적 영역까지 확장시켰다. 의료와 사회문화는 관련이 없어 보이지만 인간의 참된 안녕은 그가 몸담고 살아가는 공동체의 안녕과 직결되어 있다. 인간 개인의 고통에 깊이 천착하면 그들이 사는 사회의 안녕과 질서에도 관심을 갖게 되어 있다. 고통하는 인간에 대한 깊은 사랑은 인간들의 공동체인 사회를 향한 사랑으로 승화될 수밖에 없다. 여기에 의료인 전재규 장로의 사회와 문화를 넘어 역사까지 아우르는 확장된 관심이 자리하고 있다.

1. 지역의 문화와 역사에 대한 새로운 인식

의료인 전재규 장로가 지역사회의 문화와 기독교 역사에 눈을 뜨게 되는 계기가 있었다. 그는 1978년 동산기독병원 전도회 회장으로 재직하면서 『대구동산기독병원 전도회 연혁사』[3]를 발간했다. 현재의 대구동산의료원은 미국인 의료선교사 우드브릿지 존슨(W. O. Johnson, 장인차)에 의해 '미국약방'(美國藥房)으로 시작하여 '제중원'(濟衆院)을 거쳐 오늘에 이르고 있다. 동산의료원이 선교병원으로서 세계 의료선교사에 기념비적 업적을 남긴 것은 본연의 의료 사역과 더불어, 병원을 통한 지역교회 개척에도 큰 족적(足跡)을 남겼기 때문이다. 플레처(Archibald G. Fletcher, 鼈離湫) 선교사가 원장으로 재직할 때인 1921년에 '동산기독병원 전도회'가 조직되었다. 전도회를 통하여 대구·경북지역에 120여개의 교회가 개척되었는데, 이런 사실은 지역교회사의 중요한 사실임에도 불구하고 기관 역사로만 남았고, 지역교회사 연구에서 비켜나 있었다. 그러나 '전도회 연혁사'의 출간으로 의료선교사가 지역교회사에서 제 위치를 점할 수 있었다. 전재규 장로는 '전도회 연혁사'의 간행사에서 이렇게 밝히고 있다.

대구동산기독병원이 설립된 지 77년의 세월이 흘렀으며 영남의 기독교와 함께 성장하여 오늘에 이르렀다. 복음전도를 목적으로 하여 창설된 본 기독병원은 1921년에 전도회를 조직하고 오늘에 이르기까지 많은 사업과 성과를 쌓아왔으

---

3 전재규 발행, 『대구동산기독병원 전도회 연혁사』, 1978, 간행사 참조.

니, 이것이 한국기독교에 있어서 중요한 일면을 차지할 것이다. … 본 회의 역사
는 실로 이웃, 즉 도민(道民)과 고락을 같이하는 역사였다. 그러나 본회는 그 가
운데 1세기의 병원 역사를 바라보는 우리의 기억은 차차 흐려지고 역사의 증인
들도 점차 종적을 감추는 아쉬움을 느끼게 하였다. 그러므로 이 작은 책자를 전
도회 연혁사로 발간케 됨은 수년 동안의 고심 끝에 우리들의 숙원을 이루는 것
이요 … 많은 복음사업과 복음 활동의 사적 일면을 보여주는 것이라 하겠으니
우리 전도회와 교계 발전에 시사가 될 줄을 믿는다.[4]

전재규 장로는 당시 40세의 마취통증의학과 교수로서 자신이 몸담고 있는
동산병원 전도회의 소중한 역사가 소실되는 것에 관한 안타까운 마음을 가
지게 되었다. 기관의 역사에 대한 남다른 관심이 출판의 동기가 되었고, 1993
년에는 이 책을 보강하여 『전도회 70주년 연혁사』[5]가 출간되었다. 이러한 작
업의 결과 동산의료원의 개원 100주년이 되는 1999년에 전재규 장로가 편찬
위원장이 되어 900쪽에 달하는『사랑과 봉사의 발자취 동산의료원 100년』
(1899~1999)[6]이 빛을 볼 수 있었다.

『동산의료원 100년사』의 출판은 전재규 장로로 하여금 지역의 기독교 역사
와 문화에 대한 더 깊은 관심을 갖게 만들었다. "1999년 동산의료원이 설립된
지 100주년을 맞이하였을 때 필자는 편찬위원장의 직책을 맡으면서 그때부터
대구·경북지역 교회사에 더욱 관심을 갖게 되었다. 동산의료원의 초기 역사를
정리하던 중 동산병원 2대 병원장 플레처 박사가 1925년에 친히 작성한 대구·
경북지방 교회 배치도를 발견하였다. 대구·경북 초대교회의 설립을 표시한 이
배치도의 모습은 마치 태양계의 모습처럼 보였고 영적으로는 시온의 모습처럼
여겨졌다. 그 후 동산병원의 초기 역사를 정리하던 중 원래 달성 서씨의 땅이었
으며, 공동묘지였던 대구부성(府城) 성 밖 동산 언덕 위에 올랐던 초기 선교사

4 『대구동산기독병원 전도회 연혁사』, 간행사를 참조.
5 계명대학교 동산의료원 전도회, 『전도회 70주년 연혁사』, 대구:경북인쇄, 1993.
6 계명대학교 동산의료원, 『사랑과 봉사의 발자취 동산의료원 100년』(1899~1999), 1999.

들이 '우리가 선 땅은 천지를 창조하신 하나님께서 우리에게 허락한 준비된 땅' 즉 '여호와 이레의 땅'이라 믿고 그 땅을 매입한 것이 대구·경북 신앙의 터전이 되었다.

그 동산 언덕 위에서 초기 선교사들은 성을 한눈에 바라볼 수 있었던 언덕 자락에 서서 구 제일교회가 서있었던 예배당과 대구부성을 바라보며 이스라엘 나라의 예루살렘을 연상하였다. 그리고 남문 곁에 우뚝 서있었던 망대는 다윗의 망대와 같다고 느낀 그들의 느낌도 우연이라 할 수 없었다."[7] 의료인 전재규 장로가 한 인간의 고통에서 출발하여 사회문화와 역사 전반을 아우르는 통전적 안목에 이르기까지는 이십 년의 시간이 필요하였다. 그동안 그의 가슴에는 역사적 사실에만 머무르지 않고 지역을 향한 하나님의 섭리적 인도하심에 대한 성경적, 역사적, 문화적 영역까지 관심이 확장되었다. 이러한 관심이 지역의 기독교 역사와 문화에 대한 다양한 활동으로 결실하게 되는 바탕이 되었다.

---

7 전재규, 『대구는 제2의 예루살렘』, 대구:뉴룩스, 2012, 14.

2. 대구동산의료원 역사 서술

전재규 장로가 지역교회사에 눈을 뜬 후 최우선의 관심사는 자신이 일생동안 몸담았던 동산의료원 관련 역사의 정리였는데 그 출발점이 『동산의료원 100년사』이다. 동산의료원의 지역교회사나 한국교회사에서 점하는 역사적 의의가 지대함에도 불구하고 아직 역사 정리는 미답의 상태로 방치되어 있다. 최근 동산의료원의 현대화의 주역이었던 하워드 마펫(마포화열) 선교사에 관한 연구[8]와 그동안 동산의료원을 다녀갔던 외국인 선교사들에 대한 기본적 자료를 정리한 『한 알의 밀알 되어』[9]가 출판된 것이 더 큰 진전이라 할 수 있다. 이러한 작업이 가능한 것 역시 『동산의료원 100년사』가 그 계기가 되었다고 볼 수 있다.

편찬위원장 전재규 장로는 100년사 출판의 어려움을 이렇게 토로하였다. "지난 시대의 변화가 너무 많았고 그간 기록으로 남아있는 병원의 역사가 제대로 없어 자료 수집에서부터 어려움을 겪었지만, 다행스럽게도 1977년과 1993년에 두 차례에 걸쳐 편찬된 동산병원 전도회 연혁사에 수록된 자료를 토대로 백방으로 힘써 수집한 자료들을 종합하였고, … 일 년여에 걸쳐 초창기 역사를 정리하게 되었습니다."[10] 그는 100년사 출판의 역사적 의의를 세 가지로 정리하

---

8 김영호, 『하워드 마펫의 선교와 사상』, 미션아카데미, 2016과 하워드 마펫 저, 김영호 엮음, 『동산기독병원의 초기 역사와 선교보고』, 미션아카데미, 2016를 들 수 있다.
9 동산의료선교복지회, 『한 알의 밀알 되어』(계명대학교 동산의료원 선교 이야기), 미션아카데미, 2021.
10 『사랑과 봉사의 발자취 동산의료원 100년』, 발간사 참조.

였다. 첫째, 동산의료원은 근대 서양의술의 발상지로서 시민과 고락을 함께하며 성장한 지역 최초의 의료기관이다. 둘째, 동산의료원은 근대 의술을 통한 선교 사역과 문화 창달의 선두주자였다. 병원 전도회를 통하여 지역에 많은 교회를 설립하였고 나아가 기독교 문화가 뿌리내리게 되는 원동력이 되었다. 셋째, 1980년 동산병원과 계명대학교의 합병으로 지역을 위한 명문 종합대학교로 성장하는 발판을 놓게 되었다.[11]

대구의 동산(東山)에 관한 연구가 진척되면서 전재규 장로는 동산을 기독교적 시각으로 정의(定義)하였다. 대구의 동산을 역사유적지로만 보지 않고 그곳을 하나님의 섭리 안에 있는 곳으로 이해하였다. 이것은 동산을 일컬어 "대구·경북의 시온"으로 이해하는 그의 글에서 잘 드러나 있다. 그는 이렇게 기록했다.

> 초창기 교회 설립 지도를 유심히 들여다보면 동산병원에 서있는 십자가를 중심으로 대구·경북지방의 기독교 문화가 성장했음을 쉽게 알 수 있다. 동산병원과 제일교회를 모체로 하여 학교와 교회들이 속속 탄생되었고, 그 당시에 함께 설립된 희도학교, 신명과 계성학교를 통해서 지역사회 교육에 많은 공헌을 하였다. 동산의료원이 서있는 이 동산은 이 지역의 성지요 시온임을 재인식하고 모든 교회는 더욱 많은 관심을 가지고 기도해야 할 것이다. 그리고 지역의 모든 교회는 잃어버린 시온을 되찾고 시온을 중심으로 모여 남한의 예루살렘을 재건할 때라 믿는다.[12]

이러한 동산의 시온 사상은 일찍이 브루언(H. M. Bruen, 傅海利) 선교사가 동산을 일컬어 "이곳은 창조주 하나님께서 선교부를 위해서 '예비해 놓은 땅'이다"라고 한 말에 근거하고 있다. 전재규 장로는 동산의 역사를 섭리적 사상으로 더 확장하였다.

---

11 『사랑과 봉사의 발자취 동산의료원 100년』, 발간사 참조.
12 전재규, 『동산병원과 대구3·1독립운동의 정체성』, 대구:TIMEbook, 2003, 70.

선교사들은 멀고 먼 미국에서 하나님의 부르심을 받고 낯설고 물선 한국 땅 대구에 도착하여 이 언덕 위에 올라 여호와 이레의 땅을 발견한 것이다(수 14:12). '그날에 여호와께서 말씀하신 이 산지를 내게 주소서'라고 하나님께 간절히 호소했던 갈렙의 심정으로 그들은 이 땅을 여호와 이레의 땅으로 받은 것이다. 이곳에 선교사 사택과 병원과 학교가 세워졌고, 대구 교계와 기독교 문화의 발상지가 된 것이다.[13]

이처럼 전재규 장로에게 대구의 동산은 역사적 장소를 넘어 하나님의 섭리가 살아 숨쉬는 성지(聖地)인 것이다. 이곳은 지금도 기독교인들에게 의미 있는 공간이 되고, 기독교인의 정체성을 확립할 수 있는 순례적 공간으로 발전되어야 하는 것은 자명한 일이다. 이에 전재규 장로는 동산을 지역민들이 방문할 수 있는 성지로 꾸미는 작업에 박차를 가하게 되었다. 우선 동산에 위치한 선교사들의 주택이 건축양식이나 건물구조 등이 역사적 가치를 인정받아 대구시 유형문화재로 등재되도록 노력하였다. 그 결과 1989년 6월에 선교사 스위처 주택이 유형문화재 24호로, 챔니스 주택이 25호로, 블레어 주택이 26호로 지정되었다. 뿐만 아니라 동산의 선교사 주택은 영남지역에서 보기 드문 서양 건축양식이 원형대로 보존되어 있고 역사적 가치 또한 탁월하기에 이를 적극적으로 활용하기 위해 그 주택들을 박물관으로 개관하는 일에 힘을 썼다. 동산의료원이 100주년 되는 1999년 10월에 이 주택들을 선교박물관, 의료박물관으로 개관하였고, 2001년 2월에는 교육, 역사박물관을 개관하였다. 이듬해 3월에는 교육, 역사박물관 2층에 한국 현대사의 최대 민족운동인 대구 3·1독립운동 역사관을 개관하였다.[14]

---

13 Ibid., 77.
14 전재규, 『동산병원과 대구3·1독립운동의 정체성』(개정판), 176.

3. 대구 3·1독립운동의 정체성과 역사적 조명

전재규 장로가 심혈을 기울인 부분은 대구 3·1독립운동사의 역사적 실체 파악과 실천 운동이다. 그가 왜 대구 3·1독립운동에 특별한 관심을 가지게 되었는가? 그는 스스로 "3·1운동 정신은 왜 이토록 중요한 것일까?" 하는 질문을 던지며, 지난 10여 년 동안 그 답을 찾기 위해 노력하였다고 밝혔다. 그는 이 이유가 3·1운동이 자주독립, 자유, 정의, 평등의 바탕에서 이루어진 민족운동이었기 때문인지, 아니면 헌법 서문에 드러난 건국 정신과 일치하기 때문인지 고민했지만 시원한 해답을 얻지 못했다며 이렇게 심경을 토로하였다.

> 금년(2010년) 들어 나는 지금까지 대구 3·1독립운동의 정체성 수립을 위하여 노력해온 모든 노력의 마지막 결론으로 '3·1운동 표지석'과 '3·1운동 행진로'를 지정하여 역사에 남기는 일로서 지금까지의 노력을 마무리하기로 결심하였더니, 그 순간 나의 마음이 시원해졌다. 왜냐하면, 3·1운동 정신은 내가 신봉해온 기독교의 정경(正經)인 성경과 일치하였으며 그 정신이 대한민국의 장래를 조명하는 예언적 메시지를 담고 있음을 발견했기 때문이다.[15]

전재규 장로가 대구 3·1운동에 심혈을 기울인 근본 이유는 3·1운동 정신이 그가 가진 기독교 신앙과 맥(脈)을 같이하기 때문이었다. 지역의 책임 있는 신

---

15 전재규,『대구3·1독립운동의 정체성 2』, 대구:뉴룩스, 2010, 8.

앙인으로 3·1운동의 이러한 정신이 그에게 역사에 대한 어떤 부담감으로 작용했다는 것을 알 수 있다. 전재규 장로의 대구 3·1운동에 대한 기본적 이해는 정확하였다. 왜냐하면, 대구 3·1운동의 역사적 실체가 바로 기독교적 운동이었기 때문이다. 박창식 목사는 3·1운동 100주년에 '총회역사위원회'에서 발표한 "영남지역 기독교계 3·1운동사 연구"에서 1919년 3월 8일에 일어난 대구 3·1운동을 기독교적 운동으로 정의하였다. "초기 준비단계 내지 점화단계를 놓고 볼 때 대구 3·1운동은 전적으로 기독교 운동이었다. 운동의 모의가 당시 경북노회의 임원들 중심으로 이루어졌고 교역자와 교계의 지도자들이 앞장서서 운동을 주도하였다. 이것은 체포된 76명의 주동 인물 중 53명이 기독교계 인물이라는 점과 기독교계 학교 학생들이 실질적으로 운동을 이끌었다는 점에서 분명하다."[16]

대구 3·1운동에서 기독교적 정신을 발견한 전재규 장로는 그때부터 그것의 역사화와 실천운동을 다양하게 추진하였다. 우선 2002년 동산의료박물관 안에 3·1운동 역사관을 개관하였다. 당시 문화방송(MBC)사옥에서 개최된 일제 만행 사진 전시회를 관람하고 참혹한 만행에 분노를 느끼게 되었다. 그는 이렇게 생각했다.

> 그때 이후 대구에 3·1운동 역사관을 설립하여 숨어있던 당시의 진상을 관람함으로써 애국심을 환기시킬 수 있다면 지역사회에 유용한 보람을 가져오지 않겠는가 생각하였다. 그러던 다음 날 공교롭게도 대구지역 기독교 사가(史家)인 이재원 선생을 만났다. 대구의 3·1운동에 관한 연구 자료와 서적을 입수하게 되었고, 3·1운동에 관한 논문을 계성학교 권영배 선생과 동창회 남기진 총무 등의 글을 접하게 되었다. 이때 마음속 느낀 묘한 감정이 3·1운동 역사관의 설립에 동기가 된 셈이다. 그때 어쩌면 내가 한평생 살아온 삶 속에 쌓였던 대일(對日) 악감(惡

---

16 박창식, "영남지역의 기독교계3·1운동사 연구", 「장로교 역사와 신앙」, 통권 2권 2019.1호, 161~163.

感)에 항거하여 나라를 사랑하는 애국심이 솟구쳐 나온 결과라 생각된다.[17]

　우선 전재규 장로는 '대구 3·1운동길'의 고증의 필요성을 인식하고. 2003년에 지역 연구자들과 함께 3·1운동길 고증 작업에 착수하였다. 이것은 3·1운동의 실체 파악과 문화적 활동으로 승화를 위해 필요한 기초 작업이었다. 1919년 3월 8일부터 약 한 달 동안 진행된 대구 3·1운동은 세 차례에 걸친 큰 의거가 있었다. 이 중 가장 큰 의거인 제1차 만세운동을 중심으로 행진도를 고증하여 확정하였다. 당시의 도로가 그대로 보존되어 있어 대구 3·1운동길을 밝히는 것은 어려운 일이 아니었다. 2003년 3·1운동 발발 84주년 때에 대구시와 동산의료원의 주관으로 현재 동산병원의 언덕 계단과 당시 동산의 솔밭과 닿아있던 도로를 '대구 3·1운동길'로 명명하였다.[18] 3·1운동길이 밝혀진 2003년 3·1절 기념식 2부 행사로 실제 대구3·1운동을 재연하게 되었다. 재연행사의 추진위원장이었던 전재규 장로는 당시의 의복으로 분장하여 현장감을 살림으로 대구 3·1운동의 민족사적, 교회사적 의미를 널리 알리게 되었다.[19] 이후 재연행사는 지역의 문화로 자리잡아 대구시 장로회 주관으로 치러지고 있다.

　이 무렵 대구시는 중구청을 중심으로 '근대골목길'을 선포하였는데 그것이 '한국관광의 별'로 선정되었다. 대구의 동산이 전국적 관광 명소가 되면서 골목투어를 위해 많은 사람이 찾게 되었다. 이에 발맞추어 전재규 장로는 대구 3·1운동 발상지를 고증하여 그곳에 표지석을 세워야겠다고 생각하였다. 지방정부가 주관할 일이지만 그는 이 일에서 앞서 헌신하였다. 대구 3·1운동 당시 큰 장의 위치는 현재 섬유회관 맞은편인데, 당일 선언문 낭독과 첫 만세운동이 일어난 곳이 큰 장 입구 강씨 소금집 달구지 위였다고 알려져 있었다. 그때까지 그 장소가 정확하게 어디인지 고증된 바가 없었기에 이를 뒷받침할 증인을 찾는 일이 관건이었다.

17 Ibid., 11~12.
18 Ibid., 168.
19 Ibid., 169~171.

전재규 장로는 이전에 지역의 교회사가(教會史家)인 이재원이 3·1운동에 직접 참가했었고 후에 계성학교 3·1운동 동지회 회장을 역임했던 여규진 씨 생전에 직접 현장을 고증했다는 사실을 알게 되었다.[20] 그러나 좀더 확실한 자료를 얻기 위해 재고증(再考證)에 나서게 되었다. 이때 또 다른 증인인 경북대학교 의과대학 정재명 교수의 어머니 이희자 씨를 만나게 되었다. 이희자 씨의 부친은 3·1운동 당시 큰 장에서 천일염 대구·경북 총판이었던 강치운 씨 집에서 소금 거래를 하였다고 한다. 그의 어릴 적 기억을 되살려 부친이 달구지로 소금을 실어 나르던 현장을 지적하였다. 놀랍게도 이희자 씨가 지적한 장소는 이전의 여규진 씨가 확인한 장소와 일치하였는데, 그곳은 현재 대구시 중구의 달성파출소 뒤편에 있는 송월타올 가게 자리였다.

대구 3·1운동 발상지가 분명해지자 그곳에 표지석을 세우는 일이 시급하였다. 2009년 이른 봄에 계획서를 대구시에 제출했지만, 시일이 조급하다는 이유로 거부되었다. 후에 안동대학교 김희곤 교수를 조사단장으로 현장 조사가 면밀히 진행된 결과 "큰 장은 대구지역 3·1운동이 처음 일어난 곳으로써 달서문에서 약 300m 거리에 위치한 신천 냇자리였으나, 현재는 그 흔적조차 찾을 수 없다. 큰 장터는 대구·경북지역 3·1운동의 진원지로서 그 의의가 매우 크다"는 의견을 얻게 되어 대구시의 허락을 받게 되었다. 2010년 3월 1일 당시 김범일 대구시장이 "대구3·1운동 발원지. 대구3·1독립운동은 1919년 3월 8일 오후 2시 큰 장 입구(표지석 주변)에서 장날에 모인 군중을 향해 이만집과 김태련이 독립선언문을 낭독하고 '조선독립만세'를 외침으로써 시작되었다. 2010. 3·1 대구광역시장"이란 글귀가 새겨진 가로 50, 세로 50cm의 표지석을 세우게 되었다.[21]

전재규 장로는 대구 3·1운동의 정체성 확립을 위해 노력한 것들을 2002년에 『동산병원과 대구 3·1독립운동의 정체성』으로 출판하였다. 이 책에는 대구3·1운동 역사관 설립의 개요와 독립운동과 일제 만행에 대한 생생한 사진들을 수

---

20 『대구3·1독립운동의 정체성 2』, 170.
21 Ibid., 31~35.

록하였다. 이와 함께 전재규 장로의 "3·1정신을 이어가자"는 주제의 3편의 글이 게재되었고, 부록으로 대구 3·1운동 참여자들의 재판기록과 경북노회록에 기록된 3·1운동 당시 대구·경북지방의 시찰별 교회 상황보고서가 실려있어 당시 교회의 피해 상황을 알 수 있게 하였다.

2003년에는 『동산병원과 대구 3·1독립운동의 정체성』 개정판을 출판하였다. 개정판은 초판의 오류와 더불어 대구 3·1운동길 제정, 대구3·1운동 재연, 문화재 원형 복구의 내용을 추가 수록하였다. 하지만 전재규 장로의 대구 3·1운동 연구의 결정판은 『대구3·1 독립운동의 정체성 2』이다. 이 책은 내용면에서 두 가지 의미를 가지는데, 첫째는 3·1운동이 가지는 역사적 가치의 발견이다. 2010년 3·1절에 세운 표지석 제막에 이르기까지 전 과정을 수록한 기록문서로서의 의미를 담아내었다. 둘째는 그동안 여러 번역본으로 사용하던 '3·1 독립선언문'의 영문본과 원본 등을 포함한 총 10본을 수록하고 이들 중에 선언문 역본 여섯 가지를 시대적으로 대조하는 한편 현대 어법에 맞게 고쳤다는 점이다. 일본 고문으로 일본 검사, 판사에 의하여 작성된 재판기록문을 현재 청소년들까지 읽을 수 있도록 현대어로 번역하여 수록하였다. 당시 김범일 대구광역시장은 "지난 2003년에 발간된 『대구운동의 정체성』 초판 및 개정판에 이어 전재규 장로의 땀과 눈물의 완결판인 본서가 260만 대구시민의 역사의식과 애향심을 일깨우는 데 큰 보탬이 될 수 있도록 많은 독자의 사랑을 기대한다"며 기대감을 피력했다.[22]

---

22 Ibid., 5.

4. 대신대학교사 편찬과 기독역사문화연구소 개소

전재규 장로는 2009년부터 2013년까지 대신대학교의 제5, 6대 총장을 역임하였다. 지역 신학대학에 경상북도 도지사를 세 차례 연임했던 이의근 총장을 이어 연거푸 장로 총장이 세워지는 데 대한 부담감이 있었지만 전격적으로 결정이 된 것은 그동안 대신대학교의 발전위원장으로 그가 보였던 열정의 결과였다. 전재규 장로는 대구서현교회 원로장로로서 평생을 의학 교육을 실천한 교육가이다. 미국 템플대학교 의과대학 조교수, 계명대학교 의과대학장, 총신대학교 재단이사, 대신대학교 재단이사 등을 역임한 이력에서 잘 드러나 있다. 전재규 장로와 대신대학교와의 관계는 그가 1981년 대신대학교 야간부에서 신학을 수학하면서부터 시작되었다. 이후 줄곧 학교의 신학영어 강사와 재단이사, 학교발전위원장으로 오래도록 관계하였다.

경상북도 도지사를 세 차례 연임한 이의근 장로가 총장에 취임하면서 '대신대학교 비전 2020'을 선포하였다. 비전의 핵심은 지역과 교회가 필요로 하는 인재 양성에 두었고 이를 위한 시설 확충을 위한 구체적 매뉴얼을 작성하였다. 이 프로젝트에 필요한 모금액 총 90억 원 중에 전재규 장로가 기부한 총액이 61억에 달하는 것은 그가 대신대학교에 얼마나 큰 관심을 가지고 있었는가를 알 수 있다. 이의근 총장이 2년의 임기를 마치고 새마을중앙회 회장으로 부임해 감에 따라 이어 전재규 장로가 총장에 취임하여 이의근 총장 때 세운 비전이 결국 전재규 총장의 손에 맡겨진 상황이 되었다.

이의근 총장 재직 시에 대신대학교는 학교 설립 초기 역사에 대한 혼돈을 겪고 있었다. 2009년 대신대학교 총동창회는 '학교발전을 위한 역사바로세우기 대책위원회'를 조직하고 그 명의로 총장과 편찬위원장 앞으로 문서를 발송하였다. 이때 대신대학교는 전재규 장로를 편찬위원장으로 하는 역사편찬위원회가 조직되어 있었다. 역사바로세우기 대책위의 요구는 다음과 같았다.

> 귀 학교 측에서 편찬 예정인 본교 역사는 본 위원회와 검증 협의 후 발간함이 합당한 줄 알아 이를 알려드리오며, 만약 검증 없이 발간할 경우에는 본교 총동창회의 학교발전을 위한 역사바로세우기 대책위원회에서는 역사편찬 가처분 신청을 낼 것을 통보합니다.[23]

총동창회가 본교 역사편찬에 대해 각을 세울 만한 이유가 있었다. 당시 (1999-2000년) 대신대학교가 발행하는 요람의 연혁에는 1952년 3월 8일 재단법인 임마누엘 유지재단이 학교를 설립한 것으로 명시되어 있었다. 1968년 당시 임마누엘 대구신학교의 각종 학교 인가를 수용하는 과정에서 대신대학교의 설립연도를 임마누엘 대구신학교의 설립으로 올려 잡게 되면서 발생한 오류였다. 대신대학교는 1954년 4월 12일 당시 경북노회의 결의에 따라 설립된 신학교이다. 1959년 통합 교단이 분립하면서 인가 학교였던 '대구장로회신학교'가 통합측으로 넘어갔기에 합동측은 '대한장로회신학교'라는 명칭을 사용하며 무인가로 신학교로 지냈다. 이 과정에서 대신대학교의 설립이 경북노회가 설립한 1954년이 아닌 임마누엘 대구신학교가 시작된 1952년으로 바뀌게 되었다. 분명한 것은 각종 학교의 인가를 받아 왔다고 해서 대구신학교의 설립을 1952년으로 바꿀 수는 없는 일이었다.

만약에 대신대학교의 설립을 1952년으로 하게 되면 당시 임마누엘 교단을 이끌었던 최정원 목사가 성결교 출신이기 때문에 대신대학교의 뿌리가 성결교

---

23 박창식, "대신대학교 설립사고(設立史考)", 『大邱敎會史學』, 2011년 창간호, 46.

에 있게 되는 치명적인 역사 오류를 범하게 된다. 칼빈주의 사상에 입각한 신학교가 알미니안주의에 뿌리를 두게 되어 학교의 정체성이 근본적으로 흔들리게 된다. 그러나 학교 요람에 그렇게 기재가 된 것은 아마 학교의 이사들 가운데 과거 임마누엘 대구신학교 출신들이 있었는데, 그들이 주도할 때 학교의 설립연도를 1952년으로 수정한 것으로 여겨진다. 실제로 임마누엘 대구신학교 출신 인사들이 학교를 방문하여 학교사 집필자인 박창식 목사와 두세 번 대화하면서 그런 주장을 확인한 바가 있다. 학교의 설립에 대한 역사적 왜곡을 직시한 총동창회의 강경한 입장에는 그만한 이유가 있었다.

대신대학교사 편찬위원장 전재규 장로는 2010년 4월 12일에 포럼을 개최하고, 박창식 교수로 하여금 "대신대학교 설립사고(設立史考)"라는 논문을 발표하게 함으로 초기 역사의 왜곡을 바로잡았을 뿐만 아니라 학교 설립일도 원래대로 4월 12일로 환원하게 되었다. 이런 일이 계기가 되어 편찬위원장 전재규 장로는 대신학교사의 정리가 시급함을 인식하였다. 2007년에 조직된 편찬위원회를 다시 가동하여 60여 년에 이르는 대신대학교의 역사편찬을 서둘렀다. 전재규 장로가 의도하는 편찬 방향은 단지 학교사만이 아닌 지역과 교회의 역사를 아우르는 통전적 역사서술이었다. 그는 『대신대학교사』의 발간사에서 이렇게 밝히고 있다.

> 대신대학교 설립 당시의 여명기를 들여다본다는 것은 대구, 영남의 기독교 역사의 계보를 이해하는 데에 중요한 요소가 될 것입니다. 의사인 누가는 사도행전과 누가복음을 기록할 때, 각 상황의 단서부터 세밀하게 조사하였습니다. 역시 의사인 필자 또한 대구와 영남의 기독교 역사의 사실을 분명한 기록으로 남겨야 한다고 생각하였습니다.[24]

이런 관점을 충분히 반영하여 집필자 박창식은 세 가지 원칙을 정하였다. "첫

---

24 대신대학교. 『대신대학교사』, 대신대학교사편찬위원회, 2012, 4.

째는 대신대학교의 정체성 확립이다. 둘째는 학교의 초기사에 대한 오해를 불식시키는 것이다. 셋째는 학교사로만이 아닌 지역 기독교 역사와 학교와의 연계성, 그리고 교단의 역사적 맥락과 함께하는 학교사를 기술한다." 이 원칙에 따라 2012년에 600여 페이지에 달하는 『대신대학교사』가 발간되었다.[25]

이에 지속적인 연구 싱크 탱크의 필요성에 따라 2010년 11월에 학교부설로 '기독교역사문화연구소'를 개소하였다. 연구소의 첫 작업으로 전재규 장로의 『대구 3·1독립운동의 정체성2』(2010)를 발간하였고, 2011년 1월부터 『대구교회사학』을 연속 발행하였다. 이 논문집을 통해 지역의 기독교역사 연구를 위한 인적 네트워크를 구축하였다.[26]

---

25 Ibid., 16~17.
26 Ibid., 415.

5. 대구서현교회 역사 편찬

전재규 장로는 영원한 서현교회 교인으로 신앙적 정체성을 가진다. 미국 유학을 마치고 동산병원 통증마취학과 과장으로 부임한 1973년부터 서현교회에 출석하여 1974년 10월에 집사로 장립되었고, 이듬해인 1975년 10월에 장로로 장립되었다. 2007년에 원로장로로 추대되었으니 32년 동안 섬긴 영원한 서현맨(man)이었다. 이처럼 서현교회는 그의 신앙생활의 중심축이었다. 그는 이렇게 기록했다.

> 아내와 함께 며칠 동안의 신중한 의논 끝에 동산병원 후문 맞은편에 우뚝 솟은 서현교회를 선택하여 신앙생활도 기쁜 마음으로 출발하게 되었다. 우리 가정이 거주하는 사택에서 남쪽은 교회가 정면으로 보이고 북쪽은 병원이 바로 가까이 있어서 육신의 일터와 영적 생활의 터전인 교회의 일직선상 가운데 가정이 있으니, 자연 모든 생활은 그리스도의 신앙선상에 놓인 것 같아 늘 마음 든든히 생각되고 신앙생활도 잘할 수 있어서 감사한 마음이 떠나지 않았다.[27]

전재규 장로는 서현교회 원로장로가 되면서 그는 서현교회의 역사적 의미를 담아내는 역사 정리에 모종의 부담감을 가지게 되었다. 서현교회는 1993년에 『서현교회 40년사』를 발간하였다. 그러나 지역교회와 한국교회사에서 서현교

---

27 전재규, 『동산에서의 30년』, TIMEbook, 2003, 13.

회가 가지고 있는 역사적 특징을 제대로 부각하지 못했다. 이런 문제 의식을 가지고 2013년『눈을 들어 산을 보라』라는 제목으로 서현교회 설립 및 건축 이야기가 출간되었다(편찬위원장 강구정 장로). 전재규 장로는 이 책이 반드시 출판되어야 할 당위성을 다음과 같이 제시하였다.

> 서현교회 설립 60주년을 기념한 서현교회 설립 및 건축이야기『눈을 들어 산을 보라』 발간은 대구·경북교회의 산 역사를 조명할 좋은 계기가 될 것으로 생각합니다. … 서현교회는 1953년 1월에 서남교회에서 분립되었습니다. 그 시기는 6·25 전쟁으로 피난민이 대구에서 기승을 부리던 때였습니다. 그리고 대구신학교가 세워졌던 그때 본 교회 정규만 장로님이 대구신학교(임마누엘)에 입학하여 1회 졸업생이 되었습니다. 그 당시는 경제가 극도로 낙후되었던 시기였음에도 불구하고 동양 최대의 순수 화강석 교회당을 설계하여 건물이 웅장하게 세워졌을 때 전국에서 소문난 교회가 되었습니다. 그때 우리들은 대구를 예루살렘이라 불렀습니다. 근래에 와서 설립 60주년 기념식을 하는 교회들은 제2예루살렘, 대구와 함께 성장해 왔습니다. 그중에 서현교회는 가장 앞서간 교회였습니다. 특히 서현교회는 순수 돌집으로 건립되어 넘어지지 않습니다. 그리고 썩지도 않습니다. 그리하여 웅장한 자태를 영원히 간직할 수 있습니다.[28]

서현교회 설립과 건축 이야기에서 전재규 장로의 강조점은 단지 서현교회가 동양 최대의 웅장한 돌집을 지었다는 것을 기념하는 데 있지 않았다. 그의 사상 근저에는 대구 예루살렘론이 버티고 있는데, 대구가 한국교회사에서 평양에 이은 제2의 예루살렘으로 기능과 영광이 회복되기를 바라는 그의 소망이 깃들어 있다. 서현교회 예배당 건축 역시 대구 예루살렘론의 일부로 해석이 가능하다. 그는 이렇게 기록했다.

---

28 대구서현교회 60년사 편찬위원회,『눈을 들어 산을 보라』, 뉴룩스, 8~9.

특히 정면에 세워진 상징적 두 돌기둥은 야긴과 보아스로 예루살렘 성전의 전면을 연상케 합니다. 60년의 흘러간 역사 속에서 예루살렘 성전의 위용을 닮은 아름다운 자태는 아직도 옛날과 조금도 다름이 없으나 부흥의 정체기를 맞이하여 더 이상 부흥하지 못하고 있는 이때에 교회의 설립과 교회당 건축의 역사를 편집한 것은 좋은 일이라 생각됩니다.[29]

서현교회 건축 이야기에서 빼놓을 수 없는 인물은 정규만 장로(1911~1969)이다. 대구 약령시장 역사에서 정규만 장로의 '활신한의원' 이야기는 전설이 되어 있다. 대구에서 신앙생활을 하는 성도라면 아마도 목사님들의 설교 예화를 통해서 서현교회 예배당 건축을 위한 정규만 장로의 헌신적인 이야기는 한 번쯤은 들어보았을 것이다. 하지만 역사란 구전(口傳)에서 진정한 역사의 기록이 시작되는 것이다. 입으로 전해지는 정규만 장로의 역사는 개인의 역사 이전에 대구지역 교회사에도 소중한 사료이다. 하지만 기록의 역사는 역사적 안목을 가진 자들에 의해서만 이루어질 수 있는 것이다. 정규만 장로가 소천한 지 52년 만에 그의 전기(傳記) 편찬을 위해 '대구서현교회 정규만 장로 평전편찬위원회'가 조직되었다. 그냥 전설로만 남아있고 묻혀가는 역사편찬을 위해 전재규 장로가 편찬위원장으로 주도하였다. 이런 결과로 2021년에 『믿음과 헌신의 사람 정규만』이 세상의 빛을 보게 되었다. 발간사에서 이렇게 피력하였다.

대구서현교회 하면 정규만 장로를 손꼽지 않을 수 없습니다. 이는 정규만 장로를 높이기 위함이 아니라 하나님을 향한 그의 신앙과 헌신이 크고 모범적이기 때문입니다. 동시에 그의 헌신을 세상에 알림으로 하나님께 영광을 돌릴 수 있기 때문입니다. 그뿐 아니라 정규만 장로는 대구서현교회의 자랑이기도 합니다.[30]

---

29 『눈을 들어 산을 보라』, 9.
30 대구서현교회 정규만 장로 평전편찬위원회, 『믿음과 헌신의 사람 정규만』, 삼우, 2021, 8.

이 평전에서 강조한 것은 우선 서현교회 석조전 예배당 건축에 헌신한 그의 신앙이야기이다. 정규만 장로가 운영하는 '활신한의원'은 치유 기적의 현장이었다. 1946년에 급성전염병인 콜레라(호열자)가 창궐하여 전국적으로 9만여 명이 감염되었고 그중에 절반이나 사망했다. 정규만 장로는 삼각산 기도원에서 기도하던 중 "지금 유행처럼 번지고 있는 호열자에 이러 이러한 약을 처방하여 치료하라"는 음성을 듣고, 정말 그대로 처방하였더니 큰 효과가 있었다. 심지어 보건당국에서조차 마땅한 약이 없어서 정규만 장로의 한약으로 임상 시험한 결과 효험이 컸기에 환자들에게 적극 권유하게 되었다. 급기야 "대구 약전골목에 가면 요즘 유행하는 호열자를 낫게 하는 용한 정약국이 있다"는 소문이 퍼져 대구뿐 아니라 전국에서 병 치료를 위해 정약국으로 모여들었다고 한다.[31]

정규만 장로의 평전에는 이것을 "부어주시는 복"으로 정리하였다. 증언에 따르면 정규만 장로 댁 안채로 들어가는 툇마루 밑에는 돈을 가득 넣은 수많은 마대 자루와 가마니와 별채 기다란 통로에 있는 큰 나무 상자 속에 돈이 가득 들어있었다고 한다. 이렇게 한 주간 모은 돈을 주일이면 세어보지도 않고 사과 궤짝에 넣어 그대로 교회당 건축 헌금으로 드렸다고 한다.[32] 현재 서현교회 예배당은 1969년 건축 당시만 하더라도 동양 최대의 석조전으로 알려졌다. 정규만 장로는 하나님이 복을 주시면 그것을 하나님의 성전을 건축하는 데 헌신하리라는 신앙적 비전을 오래전부터 품고 있었다. 대구는 기독교 역사적으로 제2의 예루살렘이라고 할 수 있는데, 이런 곳에 예루살렘 성전과 같은 예배당이 세워진다면 얼마나 하나님께 영광이 되겠는가 하는 것이 그의 순수한 열망이었다.

---

31 Ibid., 181.
32 Ibid., 182, 230.

6. 대구·경북 기독교 역사문화의 대중화

전재규 장로의 대구·경북지역을 향한 기독교 역사에 대한 애정은 단지 열정으로 그치지 않는다. 그를 중심으로 다음과 같은 역사문화의 대중화를 위해 다양한 방면으로 분투하고 있다.

첫째, 애락원 경내에 플레처 선교사 기념관 건립을 위한 운동의 추진이다. 대구의 기독교 유산 중에 애락원이 차지하는 비중은 여러모로 크다. 여수에 '애양원'이 있고 부산에 '상애원'이 있다면 대구에는 '애락원'이 있다. 전남 고흥군의 소록도는 대구 애락원과 거의 같은 시기인 1909년에 나환자 요양원으로 시작하여 지금까지 역사적 교훈과 선교사의 숭고한 뜻을 잘 계승 발전시켜나가고 있다. 많은 문화유산을 잘 보존 관리하여 선교 및 역사탐방 코스로 개발하여 많은 관광객을 유치하고 있다. 2016년에는 국립소록도 애양병원을 개원하고 한센병과 소록도의 역사와 자료를 애양원 역사관과 한센기념관으로 개관하여 운영하고 있다. 심지어 소록도에 40여 년간 간호사로 헌신 봉사한 오스트리아 출신 마리안느와 마가렛을 노벨평화상 후보로 추천하고 다큐멘터리 영화까지 제작하였다.

이에 비해 대구는 역사와 콘텐츠가 어느 지역보다 많음에도 불구하고 사실 아무것도 갖추지 못하고 있는 실정이다. 이에 전재규 장로를 중심으로 사단법인 '대한민국역사문화운동본부'를 창단하여 꾸준히 이 작업을 추진하고 있다. 가장 우선되는 작업은 역시 플레처 기념관의 건립이다. 운동본부가 밝히고 있는 플레처 기념관 건립 목적은 다음과 같다. "100년 전 플레처 선교사는 영국 나환자 선교회의 후원으로 현재의 위치에 4만여 평의 부지를 매입하여 천형과 같은 질병이라 불리던 한센병에 걸려 멸시와 천대를 받아 정든 고향과 가족을 떠나 정처 없이 거리를 헤매던 한센인들에게 의술을 통한 치료와 복음을 전하며 영육의 구원과 삶의 터전을 마련해주었다. 대구 애락원이 이렇게 대구 영남 지역의 한센인 보호와 자활을 위한 전문기관으로 자리잡을 수 있었던 것은 서양 최고의 의술을 배운 청년 의사가 꽃다운 나이(27세)에 어둡고 가난한 먼 동방의 작은 나라에 들어와 한평생 헌신과 사랑의 의술을 펼쳤기에 그 공로와 숭고한 박애 정신을 기리며 계승하기 위해 플레처 기념관을 건립하여 근대역사문화 공간으로 활용할 필요성이 절실하다."[33]

현재 대구 애락원은 재산권에 대한 주도권 다툼(이사회, 총회, 노회 등)이 오랫동안 진행되어오면서 많은 불미스러운 일들이 발생되었고, 정비 및 개발이 방치된 상태이다. 이해당사자 간의 상호불신이 팽배하여 재단법인 애락원의 인허가 절차를 정관에 엄격히 규제해 놓은 상태이다. 하지만 대구의 중심권에 위치한 애락원이 도시 미관을 크게 저해하고 있고 인근 주민들의 불만 및 개발 욕구가 증대하고 있기 때문에 공공의 목적을 위한 시설로의 개발이 시급한 실정이다. 이 문제에 대해 전재규 장로의 입장은 이렇다. "대구·경북 근대사의 여정에 가장 아픈 역사의 현장으로 남아있는 대구 애락원 그곳에 대구·경북의 염원인 기독교 선교기념관을 건립하여 역사적인 기록들과 유물들을 보존하고, 부대시설을 조성하여 다음 세대를 위한 정신문화, 교육, 연구의 장소로 활용될 수 있다면 그보다 더 가치 있는 일이 무엇이겠습니까?"[34] 그의 이러한 지역과 교회를 향한 공적인 접근은 머지않아 결실하게 될 것이다.

둘째, 대구·경북의 기독교 역사문화 포 벨트(Four Belt)의 조성이다. 전재규 장로의 생전에 꼭 이루고 싶은 염원이자 꿈의 하나는 역사문화 벨트의 조성이

---

33 세계유네스코 등재 대구근대역사문화 벨트 조성(안)에서 인용하였다.
34 사단법인 대한민국역사문화운동본부 창립 10주년 기념 컨퍼런스, '청라정신과 대구·경북 근대역사문화' (일시 2022년 10월 25일 오전 10시 30분, 대구 인터불고호텔 컨벤션홀)의 인사말에서 인용하였다.

다. 그가 그리는 큰 그림은 이와 같다. "제1길은 청라언덕, 구 제일교회, 가창, 청도 팔조령, 납닥바위, 풍각제일교회, 사월교회, 경산교회, 대신대학교 선교박물관, 경산 메노나이트 선교기지, 영남신학대학교까지의 벨트이다. 제2길은 청라언덕, 3·1운동길, 구 대구제일교회, 약령시장, 구 동산의료원, 신명학교, 계성학교, 대구 애락원, 선교사들의 주택을 짓기 위해 뗏목으로 목재를 운반하고 '귀신통'이라 불렀던 첫 피아노가 들어왔던 사문진 나루터까지의 벨트이다. 제3길은 청라언덕, 성주, 다부동 호국의 성지, 왜관 호국의 다리, 구미 상모교회, 김천으로 이어지는 경북 서북부 벨트이다. 제4길은 청라언덕, 영천 자천교회, 의성경찰서, 안동성소병원으로 이어지는 경북 북부지역 벨트이다."[35]

역사문화 벨트 조성은 결코 쉬운 일이 아니다. 지역의 행정적, 재정적인 지원이 필수적이다. 이미 대구는 근대골목이 전국적인 투어 코스로 각광을 받고 있는 실정이기 때문에 이 일도 결코 불가능한 일은 아니다. 대구는 다른 지역에 비해 훨씬 많은 역사문화적인 콘텐츠를 가지고 있기 때문에 포 벨트 역시 조만간 이루어질 것이라 생각된다.

셋째, 대신대학교 선교문화센터의 건립이다. 전재규 장로는 대신대학교 명예총장으로 그동안 학교의 발전을 위해 거액의 사재를 희사하였다. 그 일환으로 현재 경산에 위치한 대신대학교에는 70여 평 규모의 선교문화센터를 건립했다. 앞의 '포 벨트'에서도 밝힌 것처럼 대신대학교는 제2길에 속해 있다. 대구 청라언덕을 중심으로 동쪽 지역은 초창기 아담스 선교사의 선교구역이었다. 그러므로 대신대학교에 건립된 선교문화센터를 통해 초창기 선교사의 선교정신을 고양하고 나아가 대신대학교가 지역의 문화와 기독교역사 연구의 중심이 되기를 원하는 염원을 담아 건축한 것이다. 건축이 완성된 이후 이곳을 중심으로 대구를 위시한 영남권 전체를 아우르는 역사문화 연구의 중심적인 활동이 기대된다.[36]

---

35 전재규, 황봉환, 『청라 정신과 대구·경북 근대문화』, 사단법인 대한민국역사문화본부, 우리시대, 2022,
36 2022년 8월 17일(수) 오후 1시 대신대학교에서 선교문화센터 건립을 위한 착공감사 예배를 드렸다. 이 공사는 2024년 3월까지 완공될 예정으로 진행되고 있다.

넷째, 대구 의료선교 역사의 소설화이다. 전재규 장로를 중심으로 이루어지는 지역 기독교역사의 대중화의 독특한 것은 바로 그것의 소설화 작업이다. 서현교회 집사인 소설가 김진환과 전재규 장로의 공동 작업으로 플레처 선교사의 전기를 소설화하여 『너도 가서 그리하라』(2019, 생명의말씀사)로 출간한 것이다. 이 소설은 플레처 선교사의 한국 사랑과 봉사 및 복음전파 40년의 생애에서 일어났던 숨은 이야기를 그의 28세 된 손녀의 눈과 발을 통해서 재생한다. 비록 소설의 형식을 빌리기는 했지만 실제 역사를 바탕으로 하고 있기 때문에 딱딱한 역사를 대중들이 쉽게 접할 수 있도록 하였다. 이 책의 글머리에서 전재규 장로는 이렇게 밝히고 있다.

> 100년 전 머나먼 이 땅을 찾아와 몸과 마음을 다해 헌신한 플레처의 행적과 숭고한 뜻을 되짚어보는 것은 더욱 값지다고 생각한다. … 이 책에 등장하는 인물들의 믿음이 자라나는 과정을 눈에 보이듯 서술함으로써, 초신자나 전도 대상자에게도 유익할 것으로 믿는다.[37]

이 책은 2020년에 일본판으로도 번역되어 양국의 관심을 동시에 받고 있다.

---

[37] 김진화, 전재규, 『너가 가서 그리하라』, 생명의말씀사, 2019.

7. 전재규 박사의 대구 예루살렘론(論)

전재규 장로의 역사관을 관통하는 키워드는 대구 예루살렘론이다. 지역교회사 연구에 대한 그의 궁극적인 관심도 '대구 예루살렘 회복 프로젝트'에 있다 해도 과언이 아니다. 그의 역사에 대한 제반 활동을 이해하려면 바로 대구 예루살렘론을 이해하지 않고는 불가능하다. 그가 저술한 『대구는 제2의 예루살렘』(2012)은 이 분야에 대한 첫 번째 책으로 학구적이기보다는 지역에 대한 개인적이며 영성적 단상으로 채워져 있다. 그는 다음과 같이 대구 예루살렘론의 기원에 대해 질문을 던진다. "어느 목사님 한 분이 대구에 오셨는데 기도할 때마다 대구를 예루살렘이라고 부르는 말을 자주 듣게 되었다. 궁금하게 여긴 목사님은 '왜 대구를 예루살렘이라고 합니까?'라며 10여 명의 동료 목사님께 물어보았다고 한다. 그러자 모두 한결같이 모르겠다고 했다."[38] 대구가 왜 제2의 예루살렘이라고 불리게 되었을까 하는 그의 질문은 우선 대구·경북지역의 신앙의 뿌리를 찾는 것이며, 나아가 지역 교회들의 회복을 꿈꾸는 그의 영성의 발로이다. 우선 그는 대구 예루살렘론을 역사적인 관점으로 접근한다.

예수님의 공생애 사역은 복음전파(preaching)와 가르침(teaching)과 치유(healing)의 삼위일체적 사역이었다. 이 예수님이 사역하신 3대 사역이 오늘날까지도 그대로 적용되고 있다. 그래서 해외 선교를 하게 되면 먼저 교회를 세우

---

[38] 전재규, 『대구는 제2의 예루살렘』, 대구:뉴룩스, 2012, 21.

고 학교를 세우고 병원을 세워서 선교하는 선교방법이 가장 이상적인 선교가 되었다. 우리나라의 초기 선교 사역을 보면 거의 모든 도시에 교회와 선교학교와 병원을 세운 흔적을 쉽게 찾아볼 수 있는 것이다. 그런데 대구가 예루살렘이었던 대구읍성 안 한 장소에서 예수님의 세 가지 사역이 한꺼번에 이루어진 것은 다른 어떤 도시에도 찾아볼 수 없다. 이를 우연이라 하기에는 너무나 신비로운 사건이라 하지 않을 수 없다.[39]

대구는 일찍이 북한의 평양과 더불어 한반도 선교의 중심축이었다. 이것이 인구(人口)에 회자되는 '북평양-남대구론'이다. 미국 구학파 정통주의 신학을 가진 미국 북장로교 선교부는 대구를 중심으로 복음주의적이며 성경 중심의 교회들을 세웠다. 특별히 평양은 1907년 평양 대부흥운동을 기점으로 은혜의 도시가 되었다. 일찍이 혹자는 평양을 방문하여 그곳에서 이루지는 복음의 역사를 보고 평양이야말로 '반(半) 천국이요 예루살렘'이라고 말한바 있다.

1938년 평양에서 신사참배를 가결한 이후 해방과 더불어 평양을 위시한 북한 5도는 공산주의에 의해 점령당했다. 평양이 무너진 후에 한국교회사에서 대구의 의의가 더욱 커지게 되었다. 과거 평양의 역할을 대구가 감당할 수밖에 없었기 때문이다. 한국전쟁 당시 낙동강 전투를 마지노선으로 잃었던 국토가 회복되었다. 이런 의미에서 전재규 장로에게 대구는 '호국의 성지'가 된다. 그는 이렇게 기록하고 있다.

대구는 대한민국을 방어한 호국의 성지였다. 대구는 피난민들을 수용한 대한민국의 도피성이었다. … 이와 같은 전세(戰勢)로 대구와 부산을 제외한 전 국토가 공산군의 침략으로 많은 기독교인들이 순교를 당하였고 교회는 불탔다. 그러나 대구는 당시 도피성의 역할을 담당하였으므로 순교자가 없었다. 따라서 낙동강 서편 호남에는 곳곳에 순교지가 남아있는 반면에 대구는 호국의 성지로

---

39 전재규, 『대구는 제2의 예루살렘』, 41.

남아있는 것이다. 이때부터 대구는 평양에서 피난 내려온 기독교인들과 합세하여 뜨겁게 새벽기도를 하게 되었고 극도로 가난한 형편에서도 십일조를 열심히 하게 된 것이다. 이와 같은 역사적 사건에 힘입어 대구를 중심으로 경북 곳곳에는 우후죽순같이 많은 교회가 세워졌던 것이다.[40]

이에 전재규 장로는 "대구가 본격적으로 동방의 예루살렘, 남한의 예루살렘, 제2의 예루살렘 등으로 불렸던 시기는 1950년 6·25 한국전쟁 이후부터 1965년 어간이라 짐작된다"고 밝히고 있다. 대구가 호국의 성지가 된 것과 대구 예루살렘론도 연관이 있다는 역사 인식이다.[41]

대구 예루살렘론에 대한 전재규 장로의 성경적 근거는 다음과 같다. "성경에 기록된 예루살렘은 구약에 660번, 신약에 146번을 합쳐서 806번이나 된다. 그리고 예루살렘 전체를 지칭하는 이름인 시온이란 말은 160번을 훨씬 넘는 성경의 기록이 있다. 이와 같이 예루살렘과 시온을 합치면 1000번에 가까운 엄청난 기록이 있다. 특별히 시편을 읽다보면 예루살렘을 노래한 시를 모아놓은 책이 바로 시편이 아닌가 할 수 있을 정도로 많이 나타나 있다. 이처럼 성경은 예루살렘을 주제로 한 책이라 할 수 있을 정도로 성경 전체의 흐름은 예루살렘에 포커스를 두고 있다. 시편 122편 6절에서 "예루살렘을 위하여 평안을 구하라 예루살렘을 사랑하는 자는 형통하리라"고 하였다. 시편 84편 5절에 "주께 힘을 얻고 마음에 시온의 대로가 있는 자는 복이 있나니"라고 하였다. 우리는 예루살렘과 시온을 사모하여야 한다.

전재규 장로에게 성경적 예루살렘은 대구 예루살렘과 등치를 이루고 있다. 이것은 그의 예루살렘 사랑이 바로 대구 사랑으로 이어지는 중요한 신학적 연결점이 되고 있다. 물론 이러한 그의 관점은 일면 모형론(typology)에 가깝지만 자칫 유대적 신학으로 오해될 소지를 안고 있다. 하지만 이러한 표현들의 이

---

40 Ibid., 139~140.
41 Ibid., 42.

면에는 그의 사랑의 관념이 버티고 있기 때문에 오해의 소지를 극복하게 된다. 그는 "왜 예루살렘을 사랑해야 할까?"라는 질문에 "예루살렘을 사랑해야 하는 이유는 예루살렘을 사랑하는 자에게 형통의 복을 주시기 때문이다"라고 자답한다.

구체적으로 그는 왜 세계가 예루살렘의 평화를 위해 기도해야 하는지를 여덟 가지 이유를 들고 있다. "첫째, 성경이 예루살렘의 평화를 위하여 기도하라고 거듭거듭 당부했기 때문이다. 둘째, 믿음의 기초가 시작된 장소가 되기 때문이다. 지상 첫 교회인 예루살렘 교회가 설립된 곳이기 때문이다. 셋째, 예루살렘은 세계 유일신 종교의 중심지이며 예루살렘은 하나님이 거하시는 거룩한 도성이기 때문이다. 넷째, 이스라엘 백성들이 고통받는 곳이요, 주님이 친히 예루살렘을 바라보시며 우셨던 곳이기 때문이다. 다섯째, 주님께서 십자가에 달려 친히 제물이 된 마지막 제단이었기 때문이다. 여섯째, 하나님은 솔로몬의 성전에 임하셨고 시온에 영원히 거하리라고 하셨기 때문이다. 일곱째, 주님은 재림하실 때에도 예루살렘으로 재림하실 것을 스가랴서가 기록하고 있기 때문이다. 여덟째, 마지막으로 예루살렘은 예수 그리스도의 초림신앙으로 시작하여 재림신앙으로 완성하는 곳이기 때문이다. 그러므로 예루살렘을 사랑해야 할 가장 중요한 사실은 주님의 재림이 임박했기 때문이다."[42]

이러한 대구 예루살렘론은 과거 대구가 한국의 예루살렘이었다는 신앙의 뿌리를 회복해야 할 당위성이며, 우리가 사는 지역인 대구를 사랑해야 할 이유가 된다. 그러므로 그에게 있어서 대구가 과거 한국의 예루살렘이었다는 것이 결코 우연일 수가 없다. 그 속에는 성경의 예루살렘이 구원사의 중심이었듯이, 대구 역시 시대적 소명을 감당하기를 원하는 그의 간절한 대구 사랑이 담겨있는 것이다. 그러므로 그의 대구 예루살렘론은 한 사람의 신앙인으로서 자기 지역에 대한 사랑이며, 그 지역에서 구현되는 하나님 나라를 향한 열정으로 승화된 것으로 파악된다. 또 그 모든 모형의 궁극적인 성취이신 예수 그리스도에 대

---

42 Ibid., 35~36.

한 뜨거운 사랑이 자리잡고 있는 것이다. 그러므로 그의 삶의 궁극적인 동인은 속에서 불타고 있는 예수 그리스도에 대한 사랑이라고 할 수 있다. 그 사랑이 교육에 붙었을 때는 차세대를 위해 사재를 아끼지 않았으며, 교회에 붙었을 때는 교회를 사랑하는 신앙인으로 살았으며, 지역과 사회를 향할 때는 섬김의 리더십으로 나타나게 되었다.[43]

전재규 장로의 이러한 대구 예루살렘론은 성경적 예루살렘론을 지리적 예루살렘으로 국한하여 해석한다는 오해의 소지를 남기는 것 같지만, 이런 오해는 그의 종말론적 예루살렘 사상에서 온전히 극복되고 있다. "그런데 또 하나의 예루살렘이 있다. 그것은 바로 영원한 예루살렘이다. 그 예루살렘은 하늘에 있는 하나님의 도성이다. 앞으로 다가올 영원한 새 예루살렘이다. 이것으로 미루어보면 이 땅에 있는 유대 나라의 예루살렘론은 장차 올 영원한 예루살렘을 미리 보여주는, 다시 말하면 예표로 주신 모형일 것이다. 성경은 영원한 하나님의 나라를 보여주는 책이다."[44]

놀라운 것은 이러한 하늘 예루살렘론 역시 그에게는 대구 사랑으로 다시 귀결되고 있다는 점이다. "그런데 여기서 중요한 의문점이 있다. 왜 한때 대구가 한국의 예루살렘이라고 불리어졌을까? 우리는 묻지 않을 수 없다. 참으로 신기하지 않은가? 이 신비의 비밀을 앞으로 함께 풀어가면서 대구와 영남의 신앙의 뿌리인 동양의 예루살렘, 동방의 예루살렘, 남한의 예루살렘, 제2의 예루살렘의 호칭을 반드시 되찾아야 할 것이다."[45] 어쩌면 전재규 장로의 지역을 향한 다양한 측면에서의 섬김은 바로 이러한 대구 예루살렘론의 비밀을 밝히려는 그의 거룩한 열정의 발로이지는 않을까 사료된다.

결론적으로 지난 이십여 년의 세월 동안 전재규 장로가 손을 댄 역사문화 영역은 다양하고 넓다. 평생을 의료인으로 살아왔던 사람이 했다고 믿기 어려울

---

43 전재규, 『구원을 이루는 약속의 도피성』, 12~13에 기록된 박창식 목사의 '또 한 번의 대구 사랑'에서 인용하였다.
44 전재규, 『대구는 제2의 예루살렘』, 23.
45 Ibid., 23.

정도의 많은 업적을 남겼다. 이러한 활동에 녹아있는 그의 역사관을 학술적으로 규정하기는 어렵지만, 다음 몇 가지로 정리하여 연구토대로 삼고자 한다.

첫째, 사랑의 역사관이다.

전재규 장로의 역사에 대한 그동안의 다양한 활동들의 바탕에는 그의 사랑이 버티고 있다. 그의 글에 등장하는 키워드는 한국, 대구, 예루살렘, 샬롬, 그리고 도피성 등이다. 이런 개념들은 편린(片鱗)처럼 공통점이 없어 보이고, 자칫 유대적인 신학으로 오해될 소지도 있어 보인다. 하지만 그의 말과 행동을 근거로 이것들을 재해석하면 그 안에는 어떤 일치점이 발견된다. 그 일치의 중심은 바로 사랑이다. 한 사람 신앙인의 내면에 하나님의 나라와 예수 그리스도를 향한 사랑으로 충만하다. 그의 모든 사역은 이것에 귀결된다.

그가 일생 의료인의 길을 걸어오면서 고통하는 인간의 통증에 깊이 천착한 것은 그리스도께서 병든 자들을 불쌍히 여기신 그 사랑에 근거하고 있다. 이 사랑이 지역교회로 확대되었을 때 그는 평생 교회의 사람으로 신앙인의 모델을 보여주었다. 그가 지역의 신학대학을 위해 섬길 수 있는 기회가 주어진 것 또한 우연이 아니다. 지역을 향한 그의 사랑이 그를 인도하여 다양한 영역의 놀라운 헌신으로 나타나게 되었다. 이 사랑이 가장 잘 드러나는 것이 대구 예루살렘론이다. 그는 일찍이 선교사들이 활동했던 대구의 동산을 선교의 성지로 인식하면서 대구를 한국의 예루살렘으로 다시 회복하고자 하는 큰 비전을 품고 일생을 살아왔다. 앞에서 언급된 다양한 역사문화적 작업들은 모두 그의 지역을 향한 사랑에서 출발한다. 그러므로 전재규 장로의 역사관을 논할 때 그의 중심에 불붙은 이 사랑을 이해하지 않고는 불가능하다.

둘째, 종말론적 역사관이다.

전재규 장로의 역사관에서 이미 언급한 대구 예루살렘론은 어떻게 보면 지나치게 지리적인 예루살렘론에 국한된 듯한 느낌을 받는다. 하지만 이러한 기우는 그의 종말론적 시각에서 모두 극복되어진다. 그는 결코 지리적인 예루살렘의 회복을 꿈꾸는 환상가가 아니다. 그에게 참 예루살렘은 하늘에 있는 예루살렘이다. 그렇다고 해서 우리가 사는 지역이 하늘 예루살렘과 무관한 것 또한 아니다. 하늘 예루살렘에 도달하기까지 우리가 사는 이곳이 하나님 나라가 이루어지는 또 하나의 예루살렘이 되어야 마땅하다. 이것이 그가 그토록 주장하는 대구 예루살렘론의 핵심이다. 이것은 전재규 장로의 사상의 중심이며 모든 것의 귀결점이다. 이것이 교회로 흘러가면 교회의 회복이고, 학교로 흘러가면 학교의 회복이며, 나아가 지역으로 투영되면 역사 속에 드러난 하나님의 섭리가 현대적 의미로 승화되었다.

성경의 예루살렘이 구원사의 중심이었듯이, 우리가 살고 있는 이 지역 역시 하나님께서 부여하신 시대적 소명을 감당해야 하는 것은 그에게 정당한 것이다. 그런 면에서 그에게 역사 현장은 하나님의 섭리의 현장이기에 그곳에 남아 있는 돌부리 하나, 건물 하나가 귀하지 않은 것이 없다. 왜냐하면, 그곳에서 그는 역사 속에 투영된 하나님의 거룩한 섭리를 보았기 때문에 그곳들은 바로 성지가 되는 것이다. 그렇다고 해서 그는 현실 세계에만 결코 매몰되지 않는다. '이미'(already) 이루어진 역사 속에서 하나님의 경륜을 보며, '아직 아니'(not yet)의 영원한 하늘 예루살렘을 바라보는 종말론적인 성도상(聖徒像)의 균형을 이루고 있기 때문이다.

셋째, 실천적 역사관이다.

의료인으로 일생을 살아온 사람이 생의 후반기 이십 년에 집중한 지역의 역사문화적 사업에서 빼놓을 수 없는 것은 그의 실천력이다. 대다수 역사가들의 작업은 연구실에서 이루어진다면 그의 역사문화에 관한 탐구는 현장에서 진행된다. 그는 단순한 역사적 사실에 만족하지 않고 그것을 대중화하여 사람들로 하여금 그곳을 바라보게 하는 힘을 발휘하였다. 그리고 그곳을 찾는 사람들로 하여금 새로운 영성적 동기를 발견하고, 그들 또한 역사의 책임 있는 존재로 살아가기를 도전하는 것이다. 전재규 장로의 역사관을 논하면서 이러한 그의 실천력을 제외하고는 이해할 수가 없다. 그는 지금까지 길 위에 있었고, 하나님의 섭리가 발견되는 곳이라는 어떤 곳이든 달려갔다. 그리고 그가 가는 곳은 또 다른 역사가 되었다. 지역에 이런 실천력을 가진 리더십이 있기에 지난 역사와 문화가 새로운 옷을 입고 새로운 의미로 우리 앞에 서게 되었다. 성경의 예루살렘에서 대구 예루살렘을 꿈꾸며, 영원한 하늘 예루살렘을 바라보면서 나아가는 그의 남은 삶에 어떠한 역사문화 운동들이 또 어떻게 전개될지 자못 기대가 된다.

맺는 말

한 인물(人物)에 관한 생애와 사상의 진솔한 면을 글로 써 내려가는 작업은 결코 쉬운 일이 아니다. 그의 생애에 관한 삶의 궤적을 추적하여 가감 없이 객관적으로 인정할 만한 글로 진솔하게 세상에 드러내야 그 인물에 대한 예의일 것이다. '전재규 박사의 생애와 사상'이란 주제로 담아낸 글에는 이러한 진솔함이 담겨있다. 공동 집필자들은 삶의 현장에서 보고, 듣고, 경험한 것들 그리고 기록으로 남겨놓은 글들을 종합하여 주제로 삼아 정리했다. 생애와 사상은 없는 것을 각색하여 담화론적으로 엮어간 소설이 아니라 존재한 사실을 근거로 정리한 개인의 역사(歷史)이다. 한 개인의 지나친 주관적 판단과 서술로 기록된 역사는 역사(歷史) 왜곡(歪曲)이라는 불명예스러운 결과를 만들어낼 가능성도 있다.

이 책에서 학자들의 깊은 통찰력을 바탕으로 생존한 인물의 생애와 사상을 글로 담아낸 것은 단지 그 인물의 됨됨이와 업적을 과대평가하려는 것이 아니라 그가 이룬 업적들을 보고 읽는 모든 이로 하여금 신앙과 일상의 영역에서 빛나고 칭송받는 인물들로 도전을 받도록 하기 위함이다. 전재규 장로가 생애 가운데서 남긴 타의 추종을 불허할 만한 업적들은 기독교계 안에서뿐만 아니라 지역사회에서도 귀감이 될 만한 업적들이다.

생의 여정과 삶의 굴곡을 담아낸 생애의 발자취는 내 인생의 길과 견줄 수 있는 희로애락이 담겨있다. 한 전문 의학자로서 그가 이룬 업적과 감동적 사건들은 고스란히 치유받은 자들에게 돌아가 있다. 의료 과학자로서 성경을 보는 예리한 통찰력과 삶에 적용시킨 성경의 해석들은 영적 무지함을 일깨우는 조명탄과 같다. 그 바탕에는 남들이 걷지 않은 길을 뛰고 걸으며, 남들이 추종할 수 없는 열정과 노력이 맺은 열매들이라 할 수 있다. 더 멀리 조망하는 눈으로 시대를 관찰하여 과거 현재 미래를 연결시키는 역사관은 사랑과 교육과 가치관이 빚어낸 작품으로 빛을 발할 것이다. 전재규 장로가 애정을 쏟는 기독교 역사와 문화의 발굴은 아직은 미완성적이나 차근차근 완성을 향하여 나아가고 있다.

이렇게 엮어진 이 저술은 주인공 전재규 장로에게는 말할 수 없는 기쁨과 감동을 줄 것이며, 독자들에겐 큰 인물들로 우뚝 서려는 도전을 동시에 줄 것이다. 지금 우리는 철저하게 개인주의 사고와 자신만의 행복과 즐거움에 매몰되어 이웃의 아픔을 모르며, 공존하는 공동체 의식을 외면하고 자신만의 길을 걸어가는 혼란의 시대에 살고 있다. 타자가 베푼 사랑과 공로는 잊고 베풂보다는 축적에만 신경을 쓰고 열을 올리며 삐뚤어진 길을 걷는다. 이런 암담함 속에서도 희망의 끈을 놓지 않는 것은 진리와 함께 좁은 길을 걸어가는 자들에게 미래에 펼쳐질 영광의 나라와 상급이 기다리고 있기 때문일 것이다.

세상은 넓다. 아직은 할 일이 많다. 세상 안에는 도움을 받으려는 자들의 아우성으로 가득하다. 복음이 우상의 늪이나 자연숭배의 그늘에 가려 빛을 드러내지 못하고 있다. 자연과 인생은 아름다우나 창조주를 경배함보다 피조물을 더 섬기고 경배하는 세상에 휩쓸려가고 있다. 쌓음과 축적이 행복을 만드는 것이 아니라 내어줌과 베풂이 소유의 가치와 행복을 만들어낸다는 체험적 삶이 모든 독자에게 실현되기를 기대한다. 중요한 것은 영적 생명을 얻고 다시 태어남의 체험을 바탕으로 전능한 창조주의 손길에 붙들림을 받아 열방을 향해 진리의 횃불을 밝히고, 주께로 돌아오는 자가 많아지는 그런 세상을 기대해야 한다.

이 글을 읽는 독자들의 사고와 행동이 어떤 방향으로 나아갈지 사뭇 기대감이 커진다. 이 글이 독자들에게 소리 없이 달려와 가슴을 때리며, 마음과 행동을 움직여 오직 하나님의 이름을 높이고 영광을 드러내는 일에 귀하게 쓰임 받는 인물들로 다듬어지기를 희망한다.

전재규 박사 생애 약사

전재규 박사 학력 및 경력

1938. 3. 10.	경상북도 칠곡군 동명면 금암동에서 출생
1950. 5. 20.	대구수창초등학교 졸업(동녕초등학교에서 5학년 전학)
1953. 3. 25.	계성중학교 졸업
1956. 2. 24.	계성고등학교 졸업
1956~1962. 2. 26.	경북대학교 의과대학 입학 및 졸업
1962. 4. 22.~1965. 8. 13.	육군군의학교 입학 및 제대
1963. 3. 1.	대구제일교회당에서 이상근 목사의 주례 결혼
1966. 12. 28.~1968. 6. 30.	St. Louis City Hospital Internship and Surgical Residency(Mossouri, USA)
1968. 7. 1.~1970. 6. 30.	Huron Road Hospital Anesthesia Residency (Cleveland, Ohio, USA)
1970. 7. 1.~1971. 6. 30.	Akron Children Hospital and Cleveland Clinic Educational Foundation
1971. 7. 1.~1972. 12. 30.	Fellow Staff, Huron Road Hospital
1972. 12. 31.	귀국
1973. 1. 1.~1981. 3. 1.	대구동산의료원 마취과장
1974. 10. 4.	대구서현교회 장립집사 안수
1975. 10. 25.	대구서현교회 장로장립
1978. 1. 23.~1979. 12. 30.	Staff, St. Christopher's Hospital and Asssistant Professor, Temple University Faculty

1981. 2. 24.	경북대학교 의학박사 학위취득
1981. 2. 26.~1983. 9. 13.	대구신학교 편입학 및 졸업
1981. 3. 1.~1991. 6. 24.	계명대학교 의과대학 주임교수 및 마취과장
1988. 5. 10.~1988. 7. 1.	경주기독병원 원장 직무대리
1990. 11. 18.~1991. 10. 26.	제35대 대한마취과 학회장
1994. 11. 26.~1996. 11.	제4대 대한통증학회 학회장
1996. 4. 14.~2000. 4	세계마취과학회(WFSA) 상임임원
1996. 5. 24.~1998. 5. 23.	계명대학교 의과대학 학장
1998. 1. 7.~2002. 1. 6.	학교법인 대한예수교장로회 총회신학원(총신대학교) 이사
1999. 11. 25.~2001. 7. 16.	한국의료윤리학회 학회장
2001. 8. 1.	대구동산의료원 초대 박물관장
2003. 1. 8.~3. 1.	대구3·1운동재연 추진위원회 위원장
2009~2013	대신대학교 총장
2017	대신대학교 명예신학박사
2022. 11. 17.	영남신학대학교 명예철학박사
2007~현재	서현교회 원로장로(시무 31년)
2013~현재	대신대학교 명예총장
2014~현재	사단법인 대한민국역사문화운동 본부 이사장

전재규 박사 수상 내역

1973   공로패: 지역보건의료 향상(대구광역시의사회장)

1980   학술상 다수: 대한마취과학회 및 외국학회

1992   동아의료문화상(대학의학협회장)

2003   국가유공자 복지증진 공로패(국가보훈처장)

        교육표창장(국무총리)

        선행모범시민상(대구광역시장)

        보훈문화 확산기여 감사패(국가보훈처장)

2013   지역사회발전 공로 표창패(대구광역시장)

2015   학교를 빛낸 안행대상 및 가명식(경북대 의대 동창회)

2020   국제 안중근 의사상 및 대만 담강(淡江)대학교 명예철학박사(대만담강대학교)

전재규 박사 저서 소개

단독저서

1988 『척추마취의 임상』, 서울:학문사

1994 『임상 산과마취』, 대구:계명대학교 출판부

1995 『내 집이 평안할지어다』, 대구:보문출판사

1996 『임상의를 위한 순환호흡생리』, 서울:군자출판사

2000 『치유와 건강』, 대구:보문출판사

2002 『임상의를 위한 척추마취』, 서울:군자출판사

2003 『동산병원과 대구3·1독립운동의 정체성』, 대구:도서출판 Timebook

『동산에서의 30년』, 대구:도서출판 Timebook

『의사의 눈으로 본 십계명, 주기도, 팔복』, 서울:생명의말씀사

2010 『대구3·1독립운동의 정체성2』, 대구:뉴룩스

2012 『대구는 제2의 예루살렘』, 대구:뉴룩스

2015 『구원을 이루시는 약속의 도피성』, 대구:뉴룩스

공동저서

1978 『대구동산기독병원 전도회 70년 연혁사』, 대구동산기독병원 전도회:전재규(편집위원), 대구:경북출판

1987 『마취과학』, 대한마취과학회 교과서편집위원회:전재규 외 7인, 서울:여문각

1991 『마취과학 제2판』, 대한마취과학회 교과서편집위원회:전재규 외 7인, 서울:여문각

1993 『마취과학 제3판』, 대한마취과학회 교과서편집위원회:전재규 외 7인, 서울:여문각

1995 『통증의학』, 대한통증학회:전재규 외 7인, 서울:군자출판사

1999   『동산의료원 100년:1899-1999』, 동산의료원 100년사 편찬위원회, 편찬위
        원장 전재규, 대구:에드코인

        『사진으로 보는 한국 100년사』, 동산의료원 100년사 편찬위원회, 편찬위
        원장 전재규, 대구:한국문화홍보센터

2000   『통증의학 개정판』, 대한통증학회:전재규 외 50인, 서울:군자출판사

2001   『의료윤리학』, 한국의료윤리교육학회:전재규 외 22인, 서울:계축문화사

        『호스피스 총론』, 한국호스피스협회:전재규 외 30인, 대구:한국호스피스
        협회 출판부

2006   『대한마취과학회 50년사』, 대한마취과학회 50년사 편찬위원회:편찬위원
        장 전재규, 서울:대한마취과학회

2007   『대구서현교회 선교이야기』, 대구서현교회 선교역사편찬위원회: 편찬위
        원장 전재규, 대구:애드갤러리

2009   『수액요법의 실제』, 제2판, 전재규·김현철, 서울:군자출판사

2012   『대신대학교사』, 대신대학교사 편찬위원회:편집위원장 전재규, 대구:뉴룩스

2015   『전인치유, 현대과학 그리고 성경』, 전재규·이명복, 경기:이레서원

2019   『너도가서 그리하라』, 전재규·김진환, 서울:생명의말씀사

2020   『수액요법의 실제』, 제3판, 전재규·박지훈, 서울:군자출판사

2022   『청라정신과 대구·경북 근대문화』, 전재규·황봉환, 서울:우리시대

엮은책

2004   『지게군』, 전재호 역, 전재규 엮음, 서울:대한기독교서회

화보

백암 전재규 부부(2015년)

백암 전재규 부부(2015년)

경북대학교 의과대학 안행대상, 각명제막식(2015년)

백암 전재규 박사 가족

Nigeria Billiri 신학교 교정에서

젊은 시절 의료진들과 함께

계성학교 100주년 기념 3·1운동 재연행사 단상에서(2006.3.1.)

50사단 근현대 역사교육 강의 시 사단장과 참모

50사단 장병 교육 현장

대구토요성경연구클럽 2016년 송년행사

Nigeria 목사 가운을 입고 선교사와 함께

신안 증도 문준경 전도사 기도 바위

기도 바위 위에서, 모세의 지팡이를 들고

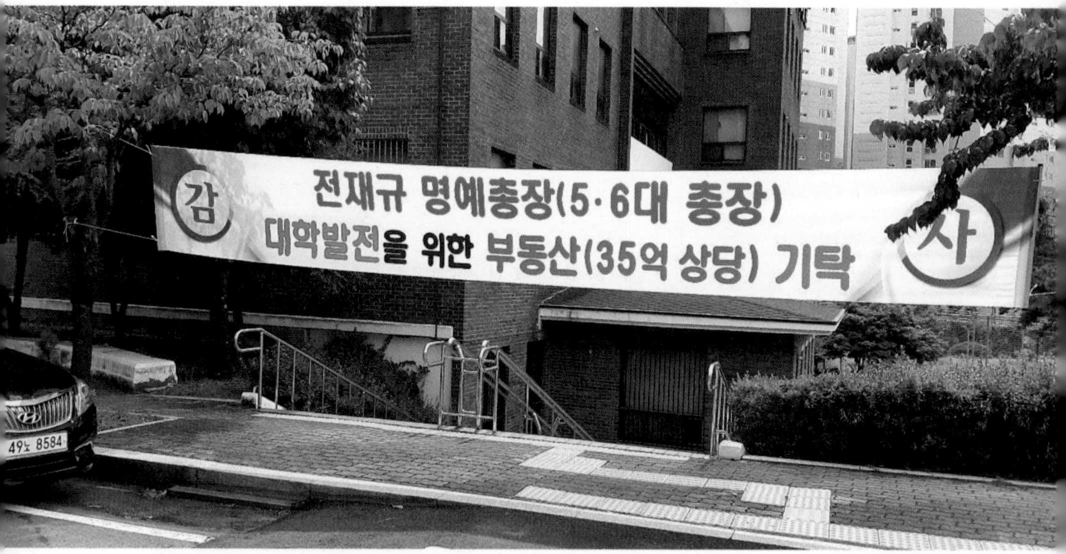
감
전재규 명예총장(5·6대 총장)
대학발전을 위한 부동산(35억 상당) 기탁
사

대신대학교 선교문화센터 투시도

동산의료원 의료박물관

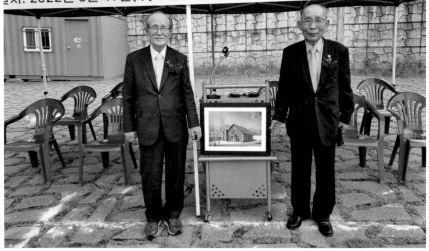

학교 선교문화센터 건립 착공 감사

일시: 2022년 8월 17일(수) 오후 1시 장소: 선교문화센터 현장

학교 선교문화센터 건립 착공 감사예배

일시: 2022년 8월 17일(수) 오후 1시 장소: 선교문화센터 현장

신안군 소악도 12사도 순례길

천로역정 순례길

참고문헌

단독저서

전재규, 『척추마취의 임상』, 서울:학문사, 1988

　　　『임상 산과마취』, 대구:계명대학교 출판부, 1994

　　　『내 집이 평안할지어다』, 대구:보문출판사, 1995

　　　『임상의를 위한 순환호흡생리』, 서울:군자출판사, 1996

　　　『치유와 선강』, 대구:보문출판사, 2000

　　　『임상의를 위한 척추마취』, 서울:군자출판사, 2002

　　　『동산병원과 대구3·1독립운동의 정체성』, 대구:도서출판 Timebook, 2003

　　　『동산에서의 30년』, 대구:도서출판 Timebook, 2003

　　　『의사의 눈으로 본 십계명, 주기도, 팔복』, 서울:생명의말씀사, 2003

　　　『대구3·1독립운동의 정체성2』, 대구:뉴룩스, 2010

　　　『대구는 제2의 예루살렘』, 대구:뉴룩스, 2012

　　　『구원을 이루시는 약속의 도피성』, 대구:뉴룩스, 2015

　　　"총체적 존재로서의 인간", 「치유와 선교」 창간호, 서울:한들출판사, 2010

　　　"총체적 치유사역에 있어서 우울증과 치유", 「치유와 선교」 제4호, 서울:한들출판사, 2011

　　　"성서적 관점에서 본 암과 치유", 「치유와 선교」 제7호, 서울:엘드론, 2013

공동저서

전재규(편집장), 『대구동산기독병원 전도회 70년 연혁사』, 대구동산기독병원 전도회, 대구:경북출판, 1978

전재규 외 7인, 『마취과학』, 대한마취과학회 교과서편집위원회, 서울:여문각, 1987

전재규 외 7인, 『마취과학 제2판』, 대한마취과학회 교과서편집위원회, 서울:여문각, 1991

전재규 외 7인, 『마취과학 제3판』, 대한마취과학회 교과서편집위원회, 서울:여문각, 1993

전재규 외 7인, 『통증의학』, 대한통증학회, 서울:군자출판사, 1995

전재규(편집장), 『동산의료원 100년:1899-1999』, 동산의료원 100년사 편찬위원회, 대구:에드코인, 1999

　　　『사진으로 보는 한국 100년사』, 동산의료원 100년사 편찬위원회, 대구:한국문화홍보센터, 1999

전재규 외 50인, 『통증의학 개정판』, 서울:군자출판사, 2000

전재규 외 22인, 『의료윤리학』, 한국의료윤리교육학회, 서울:계축문화사, 2001

전재규 외 30인, 『호스피스 총론』, 한국호스피스협회, 대구:한국호스피스협회 출판부, 2001

전재규(편집장), 『대한마취과학회 50년사』, 대한마취과학회 50년사 편찬위원회, 서울:대한마취과학회, 2006

전재규(편집장), 『대구서현교회 선교이야기』, 대구서현교회 선교역사편찬위원회, 대구:애드갤러리, 2007

전재규·김현철, 『수액요법의 실제』, 제2판, 서울:군자출판사, 2009

전재규(편집장), 『대신대학교사』, 대신대학교사 편찬위원회, 대구:뉴룩스, 2012

전재규·이명복, 『전인치유, 현대과학 그리고 성경』, 경기:이레서원, 2015

전재규·김진환, 『너도 가서 그리하라』, 서울:생명의말씀사, 2019

전재규·박지훈, 『수액요법의 실제』, 제3판, 서울:군자출판사, 2020

전재규·황봉환, 『청라정신과 대구·경북 근대문화』, 서울:우리시대, 2022

역본

전재호 역, 전재규 엮음, 『지게꾼』, 서울:대한기독교서회, 2004

일반문헌

김영호, 『하워드 마펫의 선교와 사상』, 서울:미션아카데미, 2016

박창식, 『동산 선교 이야기』, 대구:뉴룩스, 2012

하영웅, 『아픔은 잠들고 사랑을 깨우라』, 대구:뉴룩스, 2020

Fletcher, Donard R. *By Scalpel and Cross, A Missionary Doctor in Old Korea*, 이용원 역, 『십자가와 수술칼』, 대구:동산의료원선교복지회, 2021

Michael Horton, *Where in the World is the Church*, 윤석인 역, 『개혁주의 기독교 세계관』, 서울:부흥과개혁사, 2010

Moffett, Howard F. *The Early Years of Presbyterian(Dongsan) Hospital Taigu, Korea and Mission Report*, 김영호 역, 『동산기독병원의 초기 역사와 선교보고』, 서울:미션아카데미, 2016

Richard T. Wright, *Biology through the Eyes of Faith*, 권오식 역, 『신앙의 눈으로 본 생물학』, 서울: IVP, 1995